KB049852

미스터 션샤인 Mr. Sunshine 2

미스터 션샤인

Mr. Sunshine

2

드라마 원작소설

극본 김은숙 — 소설 스토리컬처 김수연

RHK
알에이치코리아

차
례

불꽃 속으로

들판 위로 바람이 불었다. 말을 타고 달리는 두 사내의 옷깃이 바람결을 따라 세차게 나부꼈고, 저무는 석양이 두 사람을 물들였다. 따듯하고도 눈부신 석양이었다. 나란히 달리는 이들의 얼굴 위로는 따듯한 미소가 머물렀다. 이대로 끝없이, 한없이 달릴 수 있을 것만 같았다.

그때 바람이 홀렁, 한 사내의 모자를 데려갔다. 깃털처럼 날아가 버리는 모자 아래로 검고 긴 머리카락이 쏟아져 내렸다. 모자를 잃은 이도, 옆에서 말을 달리던 이의 시선도 뒤를 따랐으나, 모자는 진작 떠나고 싶었다는 듯 저 멀리 날아가 버렸다. 머리카락을 늘어뜨린 애신이 멈춰 선 유진을 보았다.

"머리카락을 숨길 길이 없어졌소."

유진과 애신은 말에서 내렸다. 걱정하는 애신에게 유진이 자신의 모자를 벗어 씌워주었다.

"늘 길은 있소."

유진은 모자 밖으로 나온 애신의 머리카락을 조심스러운 손길로 정리했다. 애신은 다시 사내의 모습이었다. 두 사람의 거리가 가까웠다.

"바다로 가는 길은 알고 가는 거요?"

눈을 빛내며 애신이 묻자 유진이 품 안에서 지도와 나침반을 꺼냈다.

"이걸 보고 가는 중이요. 동쪽으로. 해가 뜨는 곳으로. 불꽃 속으로."

유진은 타오르는 불꽃과 손을 맞잡고 있었다. 유진과 눈을 마주친 애신이 웃으며 고개를 끄덕였다.

다시 달리기 시작한 말은 어느새 검은 밤을 지나 푸르른 새벽으로 두 사람을 인도했다. 드넓게 펼쳐진 모래사장 위로 파도가 철썩였다. 파도가 밀려오는 바다는 끝이 없었다. 애신은 벅찬 얼굴로 바다를 바라보았다. 가슴이 두근거릴 만큼 황홀한 풍경이었다. 애신은 그 풍경 속에 완벽히 빠져들었다.

모래사장 한편에 모닥불을 피우고 군용 취사도구에 물을 끓이며 유진은 조용히 미소 지었다. 짐 가방 속에서 꺼낸 폴딩 나이프로 통조림을 따 애신에게 내밀었다. 유진이 챙겨온 짐에는 빵부터 콩과 고기가 든 통조림까지 여러 음식들로 가득했다.

"입에 맞을지는 모르겠지만 허기는 달래질 거요."

"세상엔 참 신기한 것이 많소. 이런 신식 음식도, 파도 소리
도, 저 수평선도. 나의 상상은 참으로 허약하였소."

애신의 세계는 유진으로 인해 흔들렸고, 무너졌고, 이제 새
롭게 세워지고 있었다. 새로운 세계는 더 넓고, 견고하며, 평
등하고, 평화로울 것이다. 애신은 그러한 세계를 만들기 위해
계속해서 꿈꿀 것이었다. 꿈꾸는 듯한 눈으로 다시금 바다를
바라보는 애신을 유진 또한 꿈꾸듯 바라보았다. 애신이 유진
을 향해 고개를 돌렸다.

"저 수평선 너머에 미국이 있소?"

"그럴 거요."

그곳은 또 제 상상과는 어떻게 다를까 생각하며 애신은 통
조림 음식을 입에 넣었다. 유진의 걱정과 달리 애신이 그 맛
에 감탄하며 눈을 크게 떴다. 우물거리며 애신이 물었다.

"국문은 누구에게 배우는 거요."

"공사관 심부름꾼 소년에게. 꽤 엄한 스승이오."

"영문은 그때 그 서신을 보낸 이에게 배운 거요?"

머나먼 바다 너머로 시선을 두며 유진은 요셉에게 영어를
배우던 때를 떠올렸다.

"말을 할 줄 알아야 먹고사니."

"미국에서 배를 곯았소?"

"동양인 소년에게 친절한 나라는 아니었소. 처음 뉴욕에 도착했을 때, 땅도 크고 건물도 크고 사람들도 크고 하늘까지 더 커 보였소. 무서워서 요셉의 뒤만 따라다녔소. 그를 놓치면 죽겠다 싶어서. 그 선교사가 아니었다면 난 아마 죽었을 거요."

모닥불 불빛이 유진의 얼굴 아래에서 아른거렸다. 애신은 가만히 주머니 속에서 서신을 꺼내 유진에게 내밀었다.

"그때 그 서신이오. 돌려주겠소."

이완익의 집에서 애신이 가지고 온 요셉의 서신이었다. 유진이 조심스럽게 그 서신을 받아들었다.

"한데 귀하는 왜 조선 이름도 유진이고 미국 이름도 유진이오?"

"미국에도 유진이란 이름이 있소. 그리스어와 히브리어를 어원으로 하는 '고귀하고 위대하다'라는 뜻의 영어 이름이 유진Eugene이오. 내 이름과 발음이 같소. 그 땅에서도 내가 유진으로 불릴 수 있게 해준 이가 이 서신을 보낸 사람이오."

애신은 가만히 입가에 미소를 띠었다.

"멋있소. 귀하와 잘 어울리는 이름이오."

"잘 어울리게 크느라 힘들었소."

유진의 농담에 애신이 소리 내어 웃었다.

"고생했소. 답장은 뭐라고 쓸 거요. 잘 지내냐 묻지 않으셨소, 나랑."

마주 보며 웃던 유진의 눈빛이 흔들렸다. 파도 소리가 심장 소리처럼 유진의 가슴께에 밀려 들어왔다 멀어졌다.

"바다를 보러 갔다 왔다고. 바다는 하나도 못 보고 한 여인 만 보고 왔다고……. 그 여인은 바다도 보고 통조림도 먹는데 난 못 그래서 억울했다고."

꾸밈없이 솔직한 마음이었다. 애신만이 유진의 시선 안에 들어와 있었다. 저를 향한 마음에 애신이 환히 웃었다. 그 웃음마저 담아내며 유진은 잔에 뜨거운 물을 부었다. 챙겨온 음식 중에는 가배도 있었다.

"가배요. 추위에 도움이 될 거요."

"일전에 마셔본 적이 있소. 그때는 무척 쓰기만 했는데……."

김이 나는 가배를 불어 조심스럽게 한 입 마신 애신이 잔을 그러쥐었다.

"오늘은 달콤해졌소. 아마도 내가, 헛된 희망을 품게 되나 보오."

"어떤."

"나는 내 일생에서 처음으로 이리 멀리까지 와봤소. 다음엔 더 멀리까지 가보고 싶다는. 그런 다음이 있을지도 모른다는, 헛된 희망 말이오."

"거기가 어디요. 나도 함께 있소?"

푸르스름한 새벽을 가르고 붉은 해가 들어서고 있었다. 어둠을 밀어내고, 불꽃처럼 해가 떠올랐다. 애신은 유진과 눈을 마주했다.

"있소. 희망이니까."

너른 모래사장 위에서 애신은 허약한 상상이 아닌 풍요로운 상상을 했다. 희망과 기쁨이 넘실대는 상상이었다. 잠시나마 따뜻하고, 행복했다.

✦

가마터로 애신과 유진이 나란히 들어섰다.

바다에 다녀온 후 두 사람은 약방의 어성초 함에 서신을 놓아두는 것으로 연락했다. 애신은 영문으로, 유진은 국문으로 서신을 썼다. 하루는 유진이 산기슭, 해질녘과 같은 어려운 단어를 적어두어서 애신이 웃었고, 하루는 애신이 'Good job(잘했소)' 하고 써두어서 유진이 웃었다. 노꾼이 필요할 때가 되지 않았냐는 유진의 서신에 두 사람은 나루터에서 재회했다.

애신과 함께 나루터에 도착한 유진은 손에 들고 있던 맥주병들을 내려놓았다. 애신은 유진의 손에 들려 있던 것이 무엇인지 몰라 의아해했다. 고에게 사발을 챙겨오라 시킨 후, 은산은 맥주병부터 뒤적였다.

"보자……. 몇 병이나 들고 오셨나……. 어허. 손이 두 개인데 어찌 꼴랑 이걸. 한 손은 노 젓느라 놀렸나."

"걸어왔습니다. 강이 얼어서."

유진의 답에 은산은 수염만 쓰다듬으며 떨떠름한 얼굴을 했다. 애신은 맥주에 관심을 보였다. 들어본 서양 술이었다. 애신이 관심을 보이기 무섭게 은산은 나눠 줄 수 없다고 어깃장부터 놓았다. 술 한 병에 야박하게 구는 은산을 보며 애신은 헛웃음을 흘렸다.

"이리 야박한 이와 장 포수는 어찌 친우인 것인지."

"몇 번을 말씀드립니까. 승구 그놈아 아부지랑 제가 친우였다니까요?"

"됐네. 그리 궁금하지도 않았어. 사발이나 얼른 챙겨주게. 실력이 알려진 바와 달리 별로인 게야. 올 때마다 깨진 사발 투성이인 걸 보면."

티격태격하는 애신과 은산을 보며 유진은 의문에 빠졌다. 연습용 사발을 주는 것을 보면 은산도 분명히 장 포수와 연이 깊은 의병 중 하나일 터였다.

"몰라서 그러는 거요. 알면서 그러는 거요."

"뭐가 말이오."

"몰라 그러는 거면 말을 그…… 조금 삼가는 게……. 후회할 텐데……."

애신은 아무것도 모르는 것인지 유진의 말에도 은산에게 쩨쩨한 자라며 혀를 찰 뿐이었다.

두 사람은 사발을 받아 왔던 길로 돌아갔다. 두 사람이 함께 손을 맞잡았던 다리를 건너며 애신이 물었다.

"나 없는 새에도 왕래를 했나 보오. 서양 술도 갖다 주고."

"귀하 없을 때 진 빚이 많아서. 조선을 도망쳐나갈 수 있게 도와준 사람이 황 도공이오."

놀란 애신이 유진을 돌아봤다.

"조선을 떠날 땐 몰랐는데, 돌아와 보니 나를 살린 은인들이 많이 있었소. 요셉에게 나를 부탁해준 도공 황은산이 그랬고, 나를 놓쳐준 추노꾼들이 그랬소."

"황 도공한테 잘해줘야겠소."

"노력 중이오."

"내가 말이오. 내가 할 후회가 이거였구려."

자신의 은인에게 잘해줘야겠다 말하는 애신에 유진은 진한 미소를 입가에 머금었다.

"그나저나 국문이 많이 늘었던데. 산기슭이라니. 깜짝 놀랐소."

"해질녘은 왜 빼는 거요."

유진의 말에 애신이 천진한 웃음을 터뜨렸다. 유진과 함께 나누는 대화가 즐거웠고 어성초 함에 들어 있던 꽃도, 서신들도 모두 애신의 가슴속에 남아 유진과 함께 있지 않을 때도 애신을 들뜨게 했다. 금방이라도 봄이 올 것만 같은 웃음이 좋아 유진은 지그시 애신을 바라보았다.

"웃는 것만 보고 싶은데……."

유진이 들고 있던 짐을 잠시 내려놓았다.

"울릴지도 모르겠소. 물을 것이 있소."

유진이 주머니 속에서 사진을 꺼냈다. 용주가 가지고 있던 사진이었다. 애신은 그 사진을 건네받으며 앞뒤로 훑어보았다. 애신에게는 생소한 물건이었다.

"혹시 아는 얼굴이 있소?"

애신은 찬찬히 사진 속 얼굴들을 보았다.

"……이들이 누구요."

"이들 중 한 사람을 조사 중인데 뭔가 걸리는 게 있어 묻는 거요."

"무엇이 걸리오."

"이 중 한 사람 이름이, 고상완이오."

순간 애신의 시선이 조용히 떨렸다. 그 눈으로 애신은 사진을 다시 찬찬히 들여다보았다.

"부친의 얼굴을 몰랐던 거요?"

"일본으로 건너가 한 여인을 만났고, 두 분이서 소박하게 혼인을 하고 나를 낳으셨다 들었소. 얼마 되지 않아 두 분이 돌아가셨고……. 갓난아기인 나는 조선으로 건너와 할아버님 손에 맡겨졌다고……."

애신의 눈에서 어느덧 눈물이 흘렀다. 그 모습을 보는 유진은 가슴이 시리고 아팠다. 애신의 아픔이 차라리 제 아픔이었으면 좋을 순간이었다.

"내 눈매가 꼭 아버님을 닮았다고……. 고집 부릴 때가 특히 아버님 얼굴이라고……. 함안댁도 내 어머님의 얼굴은 모르니 내 얼굴에서 아버님을 빼면 어머니 얼굴일 거라고……."

잠이 오지 않는 밤이면, 애신은 함안댁을 졸라 제 아비의 어린 시절 이야기를 듣곤 했다. 함안댁이 처음 고 대감댁에 왔던 날의 이야기. 상완은 열다섯이었고, 반듯한 이마와 오똑한 콧날을 가졌고, 총명했다는 이야기. 사리가 바르고, 아랫것들에게도 다정다감해서 모두 상완을 좋아했다는 이야기.

가만히 사진을 보던 애신은 떨리는 손으로 상완의 얼굴을 정확히 짚었다.

"이분이오. 내 아버님……. 알 수 있소."

그렇게 말하며 애신은 하염없이 눈물을 흘렸다. 저도 모르게 눈물을 닦아주려 손을 올렸던 유진은 가만히 애신의 눈물을 지켜보았다. 처음 마주한 아비의 얼굴이었다. 이렇게라도 남아 그리던 얼굴을 보게 되어 다행이었다. 그 얼굴을 간직하고 싶을 애신을 알아서 유진은 조심스러웠다.

"조사하는 동안 사진은 내가 보관해야 하오."

"누구를 조사 중인 거요. 이 중에 누구를. 왜."

"누군지는 말해줄 수 없고, 이 중 한 사람이 나를 습격했소. 현장에서 직접 잡았고."

유진이 습격을 받았다는 사실에 애신은 또 다른 충격을 받왔다.

"대체 왜……. 이리 사진을 찍었다는 건 아버님의 친우라는 건데, 귀하를 왜……!"

"가장 쉬운 해석은 이들 중 누군가가 친우들을 배신했을 경우요."

착잡한 심정이었다. 유진은 밝혀지는 게 있으면 그대로 전해주겠다 애신에게 약조했다.

"부탁하오. 내가 부모님에 대해 물을 수 있는 이가 현재로선, 그이가 유일해서."

유진이 고개를 끄덕였다. 바싹 마른 나뭇가지들이 저들끼리 부딪히며 아픈 소리를 냈다.

✦

빈관으로 들어오는 희성의 발걸음이 급했다. 손에는 궐련갑이 들려 있었다. 빠르게 프런트를 지나치는 희성을 웨이터가 다급히 붙잡았다.

"키는 나중에 받아가겠네. 이게 더 급해서."

희성이 궐련갑을 흔들어 보였다.

"이쪽이 더 급하실 듯합니다. 아까부터 룸에 손님이 기다리고 계십니다."

"손님?"

의아하게 웨이터를 본 희성이 곧 고개를 끄덕이고는 계단을 올랐다.

어제 아비인 안평과 만난 이후, 아니 안평의 손에 이끌려 완익을 만난 이후 희성은 누군가를 만나는 것이 달갑지 않았다. 아무 곳에도 쓰이지 않고 싶은 희성이었다. 조선에 오고 싶지 않았던 이유였다. 그러나 안평은 희성이 조선에 돌아오자 그를 출셋길에 내놓으려 안달이 났다. 희성을 완익의 눈에 들게 하기 위해 고의로 인력거 사고를 내고 죄송하다며 굴비를 떠안기는 술수까지 썼으니 더 할 말이 없었다. 착잡한 심경으로 희성은 방문을 열었다.

허리를 세운 채 꼿꼿하게 앉은 사홍의 모습에 희성은 잠시 얼어붙었다.

"이리 걸음 해주실 줄은 꿈에도 몰라, 민망하고 송구합니다."

희성은 그대로 바닥에 꿇으며 절부터 올렸다. 사홍은 그런 희성의 인사를 가만히 받았다.

"내 네가 조선에 왔단 얘긴 진즉 들었다. 집에도 다녀갔다지. 애신이도 보았고."

"법도에 어긋나는 줄도 모르고 송구합니다, 어르신."

"탓하려는 것이 아니다. 잘했다."

맞은편에 앉아 그저 조아리고 있던 희성이 놀라 사홍을 바라보았다. 머리도, 수염도 하얗게 셌으나 사홍에게선 젊은 시

18

절만큼, 아니 그보다 더한 기개가 느껴졌다. 오랜 세월 신념과 신의를 저버리지 않고 살아온 이에게서만 느낄 수 있는 기운이었다. 희성의 놀란 눈을 보며 사홍이 말을 이었다.

"네가 왜 유학길에 올라 돌아오지 않았는지 잘 안다. 네 조부 그늘을 벗어나려고 도망치듯 오른 유학길인 것도 내 알아."

제 부모도 알아주지 않던 마음을 사홍이 꿰뚫어 보고 있었다. 희성은 사홍의 주름진 눈과 마주했다.

"애신이와 널 정혼시킨 이유도 그래서였다. 네가 그런 결을 가진 아이라. 하니 이제 그만, 애신이 데려가거라."

그 순간 애신과 나누었던 대화가 희성의 가슴을 아프게 휘저었다. 애신이 희성에게 허락한 자리는 동무까지였다. 나쁜 마음은 먹지 않기로, 아름다운 꽃은 그저 바라보기로 희성은 매일 밤 스스로를 달랬다. 희성은 떨어지지 않는 입을 뗐다.

"말씀 올리기 송구하오나……. 전 그 여인이 마음에 안 듭니다."

거짓이었다. 모든 것이. 희성이 말해온 거짓 중 가장 무거운 거짓이라 한마디를 하는 데도 죽을힘을 다해야만 했다.

"웃는 것도, 걷는 것도……. 눈빛 하나, 손끝 하나……."

처음 애신을 담장 너머로 보았던 날. 마당에 선 애신의 미소가 햇살 아래 부서지고 있었다. 그 웃음부터 저와는 달리 단정하고 단호한 애신의 걸음걸이, 눈빛, 손끝까지. 모두 희성의 마음을 흔들었다. 좋았다. 그러나 그 무엇 하나 마음에 들지 않는다고, 희성은 말해야만 했다. 그 무엇 하나 놓치지 않기 위해서.

"알지. 그 아이 성격에 혼인을 깨자 했을 것이고, 쌀쌀히 대했을 것이다. 모진 말도 서슴지 않았을 테지. 하니 그 모든 것들을 다 감싸달라는 말이다."

사홍의 주름이 깊어졌다.

"혹여 내게 무슨 일이 생기면 그 아이를 꼭 지켜달란 부탁이고. 아무래도 내가, 시간이 많지가 않을 것 같구나. 그리 해주겠느냐."

사홍도 결국 어쩔 수 없이 시간 앞에서 무력한 인간이었다. 근래 들어 하루가 다르게 몸이 좋지 않았다. 그래서 사홍은 서두르고 있었다. 애신은 누구보다 똑똑하고 강한 아이였다. 그래서 더 걱정이 됐다. 사홍의 아린 심정이 느껴져 희성은 아무런 답도 하지 못했다.

우체사 총판이 황급히 이완익의 집을 찾았다. 총판으로부터 전달받은 서신을 읽는 완익의 표정이 몹시 언짢았다.

섬나라 일본이 제 나라 화폐로 조선의 물자를 쟁취하려 하고 있다. 물자를 쟁취함은 곧 백성의 고혈을 뽑는 일이오, 또한 나라의 주권을 위태롭게 함이니, 작금의 세태에 이 나라 선비 된 자로 어찌 침묵하겠는가. 하여, 이달 그믐 회합을 통해 뜻을 모으고자 하니, 초야에 묻힌 그대들은 한성으로 상경하여 힘을 보태주길 바란다.

송백松柏 고사홍

사홍이 한 자, 한 자, 붓끝에 힘을 주어 쓴 서신이 수십 통이었다. 사홍은 이러한 서신을 안동, 진주, 함안, 부산, 대전, 남원 등 전국 각지로 보내고자 했다. 총판이 불안한 얼굴로 완익의 눈치를 보았다.

"허! 별 생각지도 않은 뒷골방 늙은이가 내 발목을 잡아채려는가? 양반 것들은 이래서 아이 되는 기다! 글 몇 줄 가지고 조선을 구하면 구해지네?"

완익은 그대로 다 읽은 서신을 구겨버리며 성을 냈다.

"그 누구도 못 받아야 되지 않게? 싹 다 태워버리라!"

"예, 대감마님!"

"늙은이가 얌전히 죽을 날이나 기다리지. 말년에 더러운 꼴지락서니 보고 싶은 모양이다. 송백? 하, 옳다! 그럼 내래 소나무 밑에 송장으로 묻히게 해주갔다."

제 앞길을 막으려 드는 사홍에 대한 분노로 완익의 눈이 독사와 같이 희번덕거렸다.

고
귀
하
고

위
대
한

자
여

　제물포의 절에서 서신을 받은 애신은 히나와 제빵소에서
만날 약속을 잡았다. 서신에는 며칠 전 기모노를 입은 낭인
하나가 절에 찾아왔으며, 그자가 애신에 대해 물어 걱정이 된
다는 내용이 적혀 있었다. 애신은 낮게 분노했다. 동매가 기
어코 저를 뒤쫓은 것이다.

　"내 부탁할 게 있어 보자 했소."

　"말씀하세요."

　애신과 마주 앉은 히나가 손에 낀 장갑을 벗으며 답했다.

　"일련의 일들도 있었고 서로 편도 먹었으니, 편먹은 김에
돈 좀 빌려주시오."

　"전 애기씨 편이 아닙니다."

　재미있는 말을 들었다는 듯 히나가 웃었다.

"그럼 편은 안 먹어도 되니 돈은 좀 빌립시다."

"맡겨두신 줄 알았습니다, 하도 당당하셔서. 대가댁 애기씨께서 돈 필요하실 일이 뭐가 있을까요."

"빚진 돈을 갚으려 하오."

"제가 싫다면요."

도도한 히나의 태도에 당황한 애신은 미간을 찌푸렸다. 저와는 전혀 다른 차림의 여인과 친우가 될 것은 아니었고 친우가 될 수도 없겠지만, 그럼에도 은연중에 히나가 자신과 같은 편이라 생각하고 있었다. 이완익의 집에서 침입자로 마주해서인지, 기차역에서의 첫 만남부터 묘한 태도로 저를 도와주어서인지는 알 수 없었다. 히나가 애신의 부탁을 들어줄 생각이 없다고 한다면, 애신도 다른 수를 쓰는 수밖에 없었다.

"협박을 해야겠지."

"글쎄요. 먹힐지. 서로 양날의 검을 잡고 있었던 걸로 기억하는데. 제가 경무청에 고하면 더 곤란해지는 건 애기씨입니다."

"그럼 내게 동지가 있었음을 알려야지. 이완익에게."

기가 찬 히나가 헛웃음을 지었다.

"이러자고 편먹자 하셨네."

"내 기억이 맞는다면, 그대가 가져간 서류는 사체검안서였소. 보통 '사' 자 들어가는 것들이 사사로이 큰 사고가 되어 사달이 나던데."

"애기씨가 제게 지시려는 것도 '사' 자가 들어갑니다, 사채. 혹 그 돈을 구동매에게 갚으시렵니까?"

"그걸 어찌 아오?"

동매의 이름에 애신이 놀라 되물었다. 동매에게 빚을 졌다니, 히나는 이 일이 우습지도 않았다. 동매가 받길 바라는 것은 아마 돈 같은 게 아닐 터였다. 히나는 빙그르르 미소 지었다. 아무것도 모르는 애기씨가 재미있기도 했고, 애신에게 빚이라도 지워보려 했을 동매가 씁쓸했다.

"한성에서 빚졌다 하면 열에 아홉은 구동매 아니겠습니까. 그래서 구동맨가 했습니다. 편은 됐고, 애기씨 입은 돈으로 막겠습니다."

히나는 지갑에서 동전을 꺼내 애신에게 내밀었다. 단돈 오십 환이었다.

"이 정도 돈은 나도 있소"

"그럼 그냥 가시면 됩니다, 이 정도면 충분하니. 돈은 그저 사사로울 겁니다."

한낮의 유도장은 사내들의 땀 냄새가 가득했다. 대부분 동매가 흘린 땀이었다. 낭인들을 한 명씩 차례로 넘어뜨리던 동매가 인기척에 돌아보았다. 입구에 모여 서 있던 낭인들이 당황한 눈으로 반으로 갈라져 길을 트고 있었다. 그 사이로 애신이 걸어 들어오고 있었다.

"여긴 어떻게……."

풀어헤쳐진 유도복처럼 동매는 넋이 나간 채 애신을 보고 있었다.

"물었네, 빈관 사장에게. 구동매를 보려면 어디로 가면 되는 지. 주위를 물리게."

동매의 눈짓에 낭인들이 지체 없이 유도장 밖으로 물러났 다. 이유는 대충 알 것도 같았으나 자신이 있는 곳을 찾아온 애신이 신기하고 반가워서 동매는 기분을 숨기기 힘들었다.

"저에 대해 관심이 많으신 모양입니다, 애기씨."

"관심이 아니라 조심하는 걸세. 내게 직접 돈을 갚으러 오 라 수작 거는 자를……. 내게 총을 겨눠 나를 쏜 자를."

그러나 아주 잠시였다. 동매는 찬바람 부는 애신 앞에 서 있었다. 동매 스스로 애신 앞에 간이며 쓸개며 다 내어놓고 다닌 셈이었으니 모르길 바라지도 않았으나, 어느덧 애신은 동매의 속내를 다 파악하고 있었다.

"예. 총을 쏜 게 접니다."

"그래서. 어찌할 것인가. 나를 일본에 팔아넘길 것인가?"

"아니요. 아무것도요. 그저 있을 겁니다."

"그저 있겠다는 자가 내 뒤는 왜 밟은 건가. 절엔 왜 간 것 이야."

"저는 그날 그저 잘못 봤고, 앞으로도 잘못 볼 겁니다. 애기 씨를 잘 보는 새끼가 있으면 그 눈깔을 뽑아버릴 거고. 그러려면 저는 애기씨에 대해 많은 걸 알아야 하니 그리한 것뿐입니다."

애신은 잠시 입을 다물었다. 동매의 말도, 눈빛도 모든 것이 거칠었다. 스치기만 해도 베일 것 같은데 그런 동매가 저는 지켜주겠다 하고 있었다.

"내가 필요 없다 하면 어쩔 텐가."

"애기씨께서도 그때 제겐 필요 없었던 제 목숨, 마음대로 살리지 않으셨습니까."

멀리 돌팔매질을 당하고 있던 어미를 숨죽여 지켜보던, 분노와 두려움으로 끓어오르던 어린 동매의 눈과 다시 한번 마주한 기분이었다.

"돈은 가져오셨습니까."

애신은 들고 온 돈 주머니를 바닥에 툭 던졌다. 동매가 주머니를 주워 끈을 풀었다. 주머니 안에 든 돈 중 오십 환짜리 동전 하나만을 꺼내들었다.

"돈은 달에 한 번씩 받겠습니다. 이달 치입니다. 돈을 받았으니 앞으로 그 아이도, 그 아이가 전달한 걸 받은 그자도 더는 캐지 않겠습니다."

"지금 나를 평생 보겠다는 건가."

"예. 그 말입니다. 애기씨께서 저를 계속 살려두신다면요."

주먹을 꼭 쥐며 애신은 동매를 노려보았다. 동매가 제게 어떻게 하는지는, 동매에게 제가 어떤 존재인지는 중요하지 않았다. 동매가 이제까지와 같이 사람을 베고, 의병에게 총을 쏘고, 아이를 괴롭힌다면 애신에게 동매는 그저 적이고 매국노였다.

"자넨 돈을 다 못 받지 싶어."

"그리 말씀하시니 퍽 아픕니다. 하나 걱정 마십시오. 제가 알아서 잘 아물어보겠습니다."

그렇게 말하는 동매의 입안이 썼다. 씁쓸하고, 쓸쓸했다.

공사관 한편에 앉아 유진은 애신에게서 받은 요셉의 서신을 펼쳐보았다. 그 손길이 무척이나 소중했다. 이미 한 번 읽었던 것인데도 처음 보는 것처럼 늘 즐겁고 설렜다. 그런 유진에게 도미가 다가와 병을 내밀었다.

"나으리. 어제 출타중이셨을 때 손님이 오셨습니다. 나이 지긋하신 미국 나으리셨는데, 이것만 전해달라 하고 가셔서……."

유진이 반갑게 병을 받아들었다. 유진이 군수품과 목화학당으로 전해지는 장로회의 보급품들을 받으러 제물포항에 간 사이 요셉이 다녀간 모양이었다. 거리가 황제의 행차로 붐비고 있어 돌아오는 길이 늦어진 탓에 엇갈린 모양이었다.

"디어 유진. 함경도의 추위는 몇 해를 지내도 익숙해지지 않는구나. 이젠 내가 너보다 조선에서 보낸 겨울이 많을지 모르겠다. 나는 곧 한성에 간단다. 그리운 친우가 보고 싶다 기별을 하였더구나…….”

유진은 어느덧 서신에 빠져들었다. 요셉이 왔을 때 만나지 못한 것이 아쉬웠지만, 곧 만날 생각을 하니 입가에 미소가 떠올랐다. 생각만으로도 마음이 따스해졌다. 요셉은 유진에게 그런 존재였다. 늘 그립고, 보고 싶고, 고마운.

미소 띤 얼굴로 편지를 읽어 내려가던 유진이 잠시 머뭇거렸다. 편지지 뒤로 겹쳐 들었던 봉투의 관인이 눈에 띄었다. 용주에게 습격당한 후 그의 방을 수색하다 같은 관인이 찍힌 서신들이 흩어져 있던 것을 보았다. 왜 하필 함경도에서 온 서신들이 용주의 방에 있었는지, 불길한 예감이 스쳤다.

그때 관수가 공사관 안으로 들어서며 다급하게 유진을 찾았다.

“일본인 조계지에서 미국인의 시신이 발견됐답니다. 그 시신을 수습해 한성 경무청으로 인계했는데, 아무래도 살인 사건 같다 합니다.”

손에 든 편지를 꼭 쥐며 유진이 자리에서 일어섰다.

경무청 앞으로 살해당한 미국인이 수레에 실려 오고 있었다. 길을 지나던 사람들이 몰려들어 수군댔다. 인파를 뚫고 유진이 수레 쪽으로 나아갔다. 시체 위에 거적이 덮여 있었다. 수레로 향하는 유진의 발걸음이 무거웠다. 시야가 흔들렸

다. 거적 밖으로 힘없이 떨구어진 손에 피가 흥건했다. 그리
고 그 손안에 꽉 쥐어진 십자가가 유진의 눈에 들어왔다.

'설마…….'

유진은 제 눈을 의심하며 무거운 발걸음을 옮겼다. 분명 자
신이 만들어 요셉에게 건넨 십자가 목걸이였다. 그 순간, 시
간이 멈춘 것만 같았다.

'아닐 거야……, 아닐 거야!'

유진은 눈과 귀가 먼 사람처럼 멈춰 섰다. 수군대는 주변의
소음이 모두 차단되고 앞이 깜깜해졌다. 여기에 이 십자가 목
걸이가 있어서는 안 됐다. 덜덜 떨리는 손으로 거적을 들추어
냈다. 피를 뒤집어쓴 요셉이 거기 있었다. 제 눈으로 보고도
믿고 싶지 않은 죽음. 유진의 무릎이 바닥에 떨어졌다. 눈에
서 뜨거운 눈물이 떨어졌다. 숨이 쉬어지지 않아 울음소리조
차 낼 수 없었다. 되풀이해 읽던 요셉의 편지, 그 안에 담겼던
따뜻한 말들이 가슴속에 자꾸 차올라 더욱 숨이 막혔다.

어느 날 문득 긴 댕기 머리를 싹둑 자르고 나타났던 네가 떠오
른다. 나는 들쑥날쑥한 네 머리칼을 다듬어주고 겨우 약을 발
라주면서 신께 기도를 했단다.
이 이방의 아이에게 갓 구운 빵과 맑은 물을 허락하시라고.
이 이방의 아이에게 추위를 거두시고 따뜻한 햇살을 허락하시
라고.

요셉과의 지난날들이 유진의 뜨거운 눈물 속에 스며들었다. 제 머리를 잘라주고, 제게 약을 발라주고, 저의 손을 꼭 잡고 기도해주던 요셉이었다. 유진이 혼자일 때 혼자가 아니게 해준, 유일하게 손 내밀 수 있었던, 아버지와도 같은 존재였다. 이렇게 처참히 피를 흘린 채 죽어 있어서는 안 될 일이었다. 유진을 만나러 오고 있다고 했다.

"어떻게…… 이렇게 오십니까. 왜 이렇게 오십니까!"

유진은 오열했다. 옆에 있지 않아도 늘 곁에 있는 것처럼 든든했던 요셉이, 곧 만날 수 있다고 여겼던 요셉이, 유진의 앞에 주검으로 찾아와 있었다. 어디에 있든 유진을 위해 기도해줄 요셉이 이 땅 위에는 이제 없었다. 유진은 또 한 번 홀로 남겨졌다.

'겨우'라는 말은 지워야겠다. 가난한 선교사에게 약은 꽤나 비쌌거든.

보고 싶구나, 유진. 근래에 탁주 담그는 법을 배웠단다. 너를 만나러 가는 길에 들고 갈 계획인데 한성에 도착하기 전에 다 비우는 일은 없도록 애써보마.

유진, 고귀하고 위대한 자여. 나의 아들아.

네가 어디에 있든 널 위해 기도하마.

기도하지 않는 밤에도 늘 신이 너와 함께하길 바라며.

요셉

요셉의 시신은 한성병원으로 옮겨졌다. 오열하는 유진을 대신해 카일이 시신을 수습했다. 유진은 병사들의 부축을 받아 겨우 공사관으로 돌아왔다. 허공만 바라보며 앉아 있는 유진을 살피며 카일과 관수가 요셉이 남긴 유품들을 확인했다. 테이블 위에 올라온 요셉의 유품은 단출했다.

"가방이 찢긴 거 보면 범인이 뭔가를 찾고 있었던 모양인데, 요셉이 대체 뭘 갖고 있었을까."

허름한 셔츠와 바지, 양말, 얼마 안 되는 돈과 십자가 목걸이, 피 묻은 성경책을 훑으며 카일이 중얼거렸다. 관수가 닳아버린 배표를 집어 들었다. 사흘 전 출항하는 상해로 가는 배표였다. 관수와 유진이 제물포에 군수품을 실으러 간 날이기도 했다. 무언가 떠올린 관수가 심각한 얼굴로 유진 앞에 섰다.

"나으리가 글로리 빈관 205호에서 보셨다는 서신들도 말입니다. 함경도에서 오던 서신들이 왜 김용주의 방에 있었을까요? 나으리께 오는 서신만 다른 곳에서 발견된 것도 이상하고. 그 다른 곳이 어딥니까?"

유진도 서신에 찍힌 함경도 관인을 보며 용주를 떠올렸다. 요셉이 자신에게 보낸 서신을 애신은 어디에서 가지고 왔을까. 용주 뒤에 있는 자는 누구인가. 김용주를 빼내간 이의 배후라면 이완익인가!

"상황을 종합해보면 일전에 김용주가 나으리를 습격했던 일과 이 사건은 분명 관련이 있습니다. 다만 의아한 건 순서입니다. 나으리를 노려 고인에게 접근한 건지 고인을 노려 나으리를 간 본 건지 말입니다."

관수의 추리가 제법 그럴듯했다. 배후가 이완익이라면, 그가 노리는 것이 무엇일지 유진은 궁리했다. 그때 경무청에 보냈던 병사가 사무실로 들어왔다.

"조선 경무청에 김용주는 없었습니다. 나흘 전에 풀려났다고 합니다."

"용의자가 나흘 전에 풀려났다? 하필 살인 사건 하루 전에 말이지."

카일이 찌푸렸다. 모든 것이 석연치 않았고, 불길한 예감은 합리적인 의심이 되어가고 있었다.

"이 모든 질문의 답을 아는 자가 하나 있어."

끓어오르는 분노를 삼키며 유진이 자리에서 일어났다.

유진이 병사들을 이끌고 향한 곳은 이완익의 집이었다. 대낮의 급습에 완익의 집을 지키고 있던 가노와 심복들이 당황하며 미군과 대치했다. 집 안에서 덕문이 헐레벌떡 뛰어나왔다.

"이게 무슨 무례요. 여기가 어딘 줄 알고!"

덕문이 유진에게 호통을 쳤다. 미군들 사이로 유진이 걸어 나왔다.

"김용주가 경무청에서 나왔던데."

"죄가 없었나 보지. 그렇다고 지금 여길 쳐들어온 거요? 여긴 조정 대신 댁이야!"

"용의자가 숨기 딱 좋은 댁이네."

난리를 부리는 덕문에게는 눈길도 주지 않은 채 유진은 병사들에게 집을 뒤지라 명령했다. 미군들이 일사분란하게 움직이며 완익의 집 구석구석을 들췄다. 분개한 덕문이 유진의 멱살을 잡아끌었다.

"이자가 미쳤나! 어디 일개 군인 따위가 감히!"

더는 덕문이 말할 수 없게 유진은 제 멱살을 잡은 그 손목을 꺾어버렸다. 덕문이 손목을 붙잡고 악을 내질렀다.

소란을 지켜보던 완익이 절뚝거리며 유진 앞에 섰다.

"이 아새끼래 아주 대장부구나야. 목숨 내놓고 일하는 거 보니."

완익을 바라보는 유진의 눈빛에 한기가 어렸다. 벌레를 보는 듯한 혐오도 함께였다.

"사흘 전 제물포에서 미국인 선교사가 살해당했소. 난 조선인 김용주가 범인이고 배후에 당신이 있다는 의심이 들어서."

"그랬디? 기럼 내가 좀 보태줘도 되게?"

한 발짝 앞으로 다가서는 완익의 눈이 야비했다. 유진의 의심은 한 치의 틀림없이 진실이었다. 그러나 완익에게 중요한 건 진실이 아니었다. 용주를 보내 황제를 돕고 있다는 함경도의 선교사를 살해했고, 그 선교사의 품에 들어 있던 황제의 밀서를 얻었다. 요셉을 통해 주청 미 공사에게 전하려 했던, 미국에 경제적 도움을 요청하는 밀서였다. 그리고 그 밀서는 이제 완익의 손에 있었다. 완익은 밀서로 황제를 압박하고 협박할 예정이었다. 이런 식으로 돈과 권력을 탈취해왔다. 완익에게는 돈과 권력이 진실보다도 위였다. 황제도, 나라도, 심지어 가족마저도 돈과 권력을 대신할 수는 없었다.

"조선 땅에서 일어나는 변고의 반은 내래 사주한 일이야. 한데 누구도 나한테 죄를 묻지 못하지비. 어째 그런지 아니? 의병 잔당 다섯이 나를 죽이겠다 작당을 했는데 그때 그놈들 편들던 소작농들까지 동학도로 몰아 죽여버렸지비. 내 일본에 공사로 가기 직전의 일이다. 이 조선 땅에서 어디 너만 정의로왔갔니?"

"개새끼네?"

차게 내뱉은 유진의 한마디에 등등하던 완익의 표정이 구겨졌다.

"아, 난 조선인이 아니라서 예의에 서툴렀네."

유진의 눈이 경멸로 들끓었다. 유진이 한 발 더 앞으로 나아가며 완익을 위협했다.

"지금까지는 어땠는지 몰라도 이제부턴 당신도 목숨 내놓고 사주해야 할 거야. 난 미국인이고, 당신을 의심하기 시작했고, 늦더라도 꼭 잡으러 올 거거든, 당신을."

당장에라도 찌를 듯 서늘한 눈길. 심장을 찢긴 유진이었다. 누구든 찢어발길 수 있을 듯했다. 무서울 것 없던 완익조차 그 눈길에는 등골이 오싹했다. 손이 부들부들 떨렸다.

"종간나새끼, 지금 네가 일본을 적으로 두겠다 이거네?"

"내가 무슨 수로. 근데 일본이 당신을 적으로 두게 할 수는 있지."

"어, 기래. 그럼 들이대봐라! 기왕 할 거면 서두르고. 지금쯤이면 진범이 잡혔을 거인데, 어찌게?"

이성을 찾은 완익이 다시금 비열한 눈을 번득이며 물었다.

병사들과 함께 다시 공사관으로 돌아온 유진은 완익이 말한 진범부터 조사했다. 따로 진범이 있을 리가 없었다. 일을 알아보고 온 관수가 유진에게 보고했다.

"잡힌 진범이 구동매란 말이오?"

관수의 보고에 유진은 멈칫했다. 생각지 못한 인물이었다. 고개를 끄덕이는 관수 또한 탐탁지 않은 표정이었다.

"예, 그렇답니다. 한데 암만 생각해도 이상하지 않습니까? 구동매가 사람 죽인 게 새삼스러운 일도 아닌데 체포라니요."

"구동매는 진범이 아니오."

유진의 확신에 관수가 의아함을 내비쳤다. 제물포항에 갔던 날 유진은 동매와 마주쳤다. 그는 유진에게 먼저 와 인사를 건넸고, 심지어 반가워했다. 살인을 한 자의 얼굴도, 살인을 할 자의 얼굴도 아니었다. 무신회를 이끌며 숱하게 사람을 베어왔겠지만 이번 사건만은 아니었다. 직감이었고, 그간 동매를 봐오며 생겨난 믿음일 수도 있었다. 이외에도 유진에게는 동매가 진범이 아니라 확신할 만한 이유가 있었다.

"진범은 김용주요. 지금부터 우린 김용주를 쫓을 거요. 상해와 일본으로 가는 배편이 닷새 후에 있으니 김용주가 아직 한성에 있다면 우리는 닷새 안에 반드시 그자를 잡아야 하오."

김용주가 범인이다. 완익의 태도가 그것을 증명하고 있었다.

유진은 도열한 병사들 앞으로 갔다. 슬픔은 깊었으나, 짧아야만 했다. 요셉을 죽인 원수를 잡아내는 일이 우선이었다.

"지금부터 미국인 선교사를 살해한 용의자 수색을 시작한다."

명령하는 유진의 눈이 검디검었다.

"김용주의 얼굴은 다들 알 것이다. 팔에 총상을 입어 행동이 부자연스러울 수도 있다. 아편굴, 기방, 여관. 숨을 수 있는 곳은 다 뒤지고 수상한 자는 전부 수색한다."

경례로 답한 미군들이 달려 나가며 흩어졌다.

그
리
움

누런빛이 희미하게 스며드는 경무청 취조실은 피 냄새가 진동하고 있었다. 의자에 포박된 동매는 고문으로 인해 피범벅이었다. 동매가 거칠게 숨을 내쉬며 눈앞의 스즈키를 노려보았다. 엉망이 된 상태에서도 그 눈빛만은 형형했다.

제물포 일본 조계지에서 살인 사건이 벌어졌다는 소식에 동매는 그렇지 않아도 무신회 낭인들을 단속하려고 했다. 혹시나 부하들이 저지른 일은 아닌지 확인하려던 것이었다. 그러나 그럴 필요도 없이 하야시의 심복인 스즈키 일행이 들이닥쳤다. 조계지에서의 미국인 사망 사건으로 곤란해진 일본 공사관이 직접 그 용의자인 동매를 체포하러 왔다고 했다.

터무니없는 이야기였다. 동매를 포박하려는 스즈키 일행에 무신회의 낭인들이 너 나 할 것 없이 나서다 그중 몇이 스즈키의 총을 맞아 쓰러졌다. 동매는 일이 심상치 않게 돌아감을 빠르게 눈치챘다. 유죠에게 뒷일을 맡긴 후 동매는 경무청 취조실로 걸어 들어왔다.

그 뒤로는 계속된 고문이었다. 범행을 자백하라는 고문에도 동매는 입을 다문 채였다. 저지른 적 없으니 자백할 수도 없었다.

늘 동매를 눈엣가시로 여기던 스즈키에게는 이번이 기세등등한 동매를 제거할 절호의 기회였다. 지난번 호타루를 욕보이다 부하를 잃은 뒤로는 더욱 이를 갈고 있었다. 그러나 모진 고문에도 소리 한번 지르지 않고 저를 노려보는 동매에게 스즈키는 두려움을 느꼈다. 동매의 손발이 묶여 있어 다행이었다. 마음 같아서는 이대로 죽이고 싶었으나 하야시 공사가 바라는 증언을 받아내야 했다.

"언제까지 버틸 거야. 그 선교사 사망 추정일 앞뒤로 네가 제물포에서 두 번이나 목격됐다니까?"

끈질기게 버티는 동매에 싸늘한 시선을 보내며 경무사가 다그쳤다. 피로 시야가 흐릿한 동매가 겨우 떨어지지 않는 입을 뗐다.

"몇 번을 말해. 일 때문에 갔다고."

"두 번 다 일 때문이었다?"

"내가 그렇다면 그런 거야. 보기보다 부지런해서 내가."

한 번은 애신의 흔적을 찾아 절에 갔고, 한 번은 미국인 철도 기술자를 만났다. 동매의 답에 경무사가 책상을 내리쳤다.

"똑바로 고해! 한 번은 죽일 장소를 살피러, 한 번은 죽이러 간 거 아니야?!"

"이리 못 믿으니, 내가 안 죽였다는 걸 증명하기 위해 누굴 하나 죽여볼게. 내가 죽였다면 그 나으리는 서양인이었는지 조선인이었는지 알아볼 수도 없었을 거야. 아주 잔인해서."

이를 악문 채 경무사를 향한 동매의 눈이 짐승과도 같았다. 동매를 몰아세우던 경무사가 주춤하며 뒤로 물러섰다. 도무지 동매가 범행을 시인할 것 같지 않아 경무사는 서둘러 목격자를 불렀다. 지키고 섰던 순검이 문을 열자 밖에 있던 목격자가 들어섰다.

"제가 보았습니다."

목격자는 빈관에서 여급으로 일하던 귀단이었다. 동매는 기가 차 헛웃음을 지었다. 과연 히나를 뒤로하고 제게 빈관의 정보를 팔던 이다웠다. 귀단은 동매의 헛웃음에도 아랑곳하지 않고 꼿꼿한 손가락으로 동매를 가리켰다.

"저자가 제물포에서 칼 찬 낭인들을 우르르 몰고 미국인을 만나는 거. 이자가 만난 미국인은 선교사 옷을 입고 있었습니다. 그 선교사를 끌고 어둠 속으로 들어가는 것까지 보았습니다."

뻔뻔하게 나오는 귀단에 동매는 말문이 막혔다. 이때다 싶어 경무사가 동매를 다시금 몰아붙였다.

"이래도 계속 발 뺄 거야?"

그다음은 동매가 만났던 미국인 기술자가 취조실 안으로 들어섰다. 동매가 뒤를 봐주던 이였으나, 그가 조선인들을 폭도로 매도한 게 동매의 심기를 거슬렀다. 그래서 그날 동매는 기술자와 계약을 끝냈다. 그런데 미국인 기술자는 그날 동매를 본 적도 없다 증언했다. 일을 지켜보던 스즈키의 입가에 비열한 미소가 떠올랐다. 동매는 더 말할 수도 없어 웃음을 터뜨렸다. 터진 입가가 부어오르고 있었다. 누구 하나 한통속이 아닌 자가 없었다.

"이것들 봐라. 내가 어디서부터 걸려든 건가."

누군가 쳐놓은 거미줄에 제대로 걸려들었다.

"사주한 자가 누구야. 돈만 주면 뭐든 하는 놈이잖아, 너."

경무사의 말에 동매는 그제야 알게 되었다.

"아, 그게 목적이었어? 내 입에서 나와야 될 이름이 정해져 있는 거였으면 두들겨 패기 전에 물어보지 그랬어. 누굴 불어줄까. 이완익은 어때. 하야시는 괜찮아?"

"이 새끼가 감히 누구 이름을 들먹여! 더 지껄여봐. 너네 애들, 네 그 벙어리 계집까지 갈기갈기 찢어줄 테니까."

하야시의 이름에 스즈키가 발끈하며 동매의 뺨을 내리쳤다. 동매의 고개가 힘없이 돌아갔다. 입안에 고인 피를 뱉어내며 동매는 고개를 바로 했다. 동매의 눈빛이 더욱 매서워져 있었다.

"하나 확실한 건, 내가 여기서 나가면 너부터 죽일 거야. 진범은 나겠지만 네가 누군지는 아무도 못 알아볼 거야. 네 면상을 갈기갈기 찢어줄 거니까."

동매의 기세가 맹렬했다. 스즈키가 겁에 질려 아무 말도 하지 못했다. 귀단과 기술자를 내보낸 경무사가 동매를 보며 조소했다.

"고사홍."

"……뭐?"

동매는 살인 사건의 범인으로 지목되었을 때보다 더 굳었다. 고사홍. 한성 땅에서 모를 수 없는 이름. 동매에게는 더욱 그랬다. 동요하는 동매를 바라보며 경무사는 힘주어 그 이름을 반복했다.

"네 입에서 나와야 될 이름. 고사홍."

처음부터 거기까지 쳐진 거미줄이었다.

선교사의 품에서 나온 황제의 밀서에는 주청 미국 공사를 통해 미국의 자금을 구하는 내용이 들어 있었다. 일본의 차관을 거부하고 자력으로 일어나기 위함이었다. 그러나 밀서는 전달되지 못한 채 완익의 손에 들어왔고 일본의 차관을 거절한 황제를 압박할 수 있는 약점이 되었다. 완익은 일본 공사인 하야시와 일을 도모했다. 일본이 아닌 동매에게 충성하는 무신회 한성지부를 제 입맛대로 재구성하고, 미 공사인 알렌을 구슬리고, 황제를 무력하게 만들며, 나아가 완익이 외부대신 자리에 앉을 수 있는 좋은 기회였다. 그것만이 아니었다. 완익은 전국의 선비들을 불러 모으려던 사홍까지 계획 속에 집어넣었다. 경무사는 동매와 사홍을 엮는 대가로 완익에게 황제의 친위대인 경위원 총관 자리를 약속받은 상태였다. 경무사의 입꼬리가 야비하게 올라갔다.

"지금 너네 무신회 애들 다 잡아들이고 있어. 네 입에서 그 이름이 나올 때까지 하루에 한 놈씩 죽어나갈 거야. 선택해."

취조실에 들어와 처음으로 동매가 흔들리고 있었다. 무신회의 낭인들은 자신만을 믿고 따르는 수족이었다. 그리고 사홍. 애신의 조부였다.

프런트에 선 히나의 안색이 어두웠다. 동매가 경무청에 잡혀갔다. 이끌던 무신회의 낭인들 또한 전부 완익 쪽에 붙잡혀 있었고, 호타루는 짐을 싸든 채 맨발로 빈관을 찾아왔다. 밤사이 일이 심상치 않게 흘러가고 있었다. 동매에게 짐만 될 듯한 호타루가 마음에 들지는 않았으나, 히나는 호타루에게 방 한 칸을 내어주었다. 문제는 경무청 취조실에 있을 동매였다. 경무청 순검들에게 금을 주고 알아본 결과 동매가 제물포 미국인 선교사 살인 사건의 용의자로 몰린 데에는 빈관에서 쫓겨난 귀단도 연관되어 있었다. 동매가 단단히 걸려든 것이다.

히나는 한숨처럼 어느 밤, 동매의 등에 업혔던 일을 기억했다.

'해드리오'를 찾아 사체검안서에 적힌 마츠야마의 서명을 위조하던 날이었다. 다를 바 없이 계략과 술수로 점철된 하루였다. 그럼에도 완익이 제 아비인 것이 싫었고, 제 삶이 싫었다. 엄마조차 찾지 못하는 삶. 무거워지는 기분을 비워내려 히나는 진고개 거리의 술집에서 술잔을 기울였다. 역시나 혼자 술을 마시러 왔던 동매는 예상치 못한 만남에 툴툴대면서도 히나 앞에서 함께 잔을 비웠다. 동매는 제물포에서 애신의 흔적을 쫓다 그 부모의 위패를 보고 오는 길이었다. 닿지 않을 그리움에 쓸쓸하기는 매한가지였다.

이른 저녁부터 마시던 히나가 먼저 취해버렸고, 동매는 그런 히나를 등에 업었다. 빈관으로 향하는 길 가운데 히나는 눈을 뜨고도 계속 동매의 등에 업혀 있었다. 내내 걸음이 무거웠는데 업어주는 이가 있어 좋았다.

"무거워?"

"제법. 마음에 뭘 품고 살기에."

"그대는 시간이 안 가서 술을 마시고……. 난 시간이 너무 쏜살같아 술을 마시고……. 이래서 술집이 안 망하나."

"그런가."

취해 아무렇게나 중얼거리는 히나의 말도 동매는 묵묵히 받아주었다. 넓고 따듯하고, 외로운 등이었다. 그 등을 알고 있어서 히나는 동매를 모른 척하기 힘들었다.

히나는 겉옷을 챙겨 들었다. 유진이 요셉을 죽인 진범을 찾는 데 애를 쓰고 있었고, 히나 역시 최선을 다해 돕는 중이었다. 그것이 곧 동매를 구명하는 일이었다.

흐릿한 취조실 불빛 아래 동매는 여전히 포박당한 채였다. 동매는 맞은편에 앉은 히나를 보며 눈살을 찌푸렸다가 이내 웃어 보였다.

"빈관의 위세가 이리 대단했나, 매를 너무 맞아 헛것이 보이는 건가."

"생각보다 더 엉망이네."

칼을 차고 다니니 피를 멀리할 순 없었겠으나, 이렇게 피범벅을 한 동매를 보는 건 히나도 처음이었다. 고문의 강도를 짐작할 수 있었다. 엉망인 꼴을 하고서도 저를 보고 여유를 부리는 동매에 히나는 한숨을 삼켰다. 완익과 같은 혈육을 두었으니 냉정하게 살기로는 자신 있는 편이었는데도 동매를 보자 안타까운 마음이 절로 들었다.

"내가 눈엣가시인 분들이 한둘이 아니니 도통 감이 안 잡히네."

"괜찮아. 이완익이라고 말해도 돼."

"그럼 좀 잡아다 줄래?"

씁쓸하게 받아치는 히나에 동매가 물었다. 진담이 진하게 섞인 농담이었다.

"나보단 그자가 더 빠를 거야, 유진 초이. 죽은 선교사랑 각별한 사이였다나 봐. 며칠째 빈관에도 안 들어오고 수사 중이야. 그이가 생각하는 진범은 따로 있는 모양이고, 구동매가 아니라. 한번 믿어봐."

의외의 이야기에 동매는 자조하며 중얼거렸다.

"글쎄. 그 나으리랑 나 사이에 지난한 역사가 있는데, 그리 아름답지가 않아서. 날 한 번도 안 찾아오는 걸 보면 구해줄 마음이 없는 모양이고."

"그게 외려 널 믿는다는 거 아닐까?"

"그리 믿으시면 내가 또 마음이 가는데. 큰일이네."

능글대는 동매에 픽 웃던 히나가 이내 웃음기 가신 얼굴로 경고했다. 지금도 이렇게 상태가 안 좋은데 앞으로가 더 걱정이었다.

"내일부터 심문 강도가 더 세질 거야. 오늘 그 선교사의 사인이 나온다는데 너한테 유리할 리 없거든. 그 검안의가 이완익의 사람이라."

히나를 안심시키려 농담을 하던 동매의 웃음소리도 이내 잦아들었다. 언제까지 버틸 수 있을지 장담하기 어려웠다. 동매의 얼굴에 짙은 그림자가 졌다.

유진은 천천히 눈을 감았다가 떴다. 눈꺼풀이 무거웠다. 욱
신거리는 온몸은 체력이 한계에 다다랐음을 말해주었지만,
유진은 한시도 쉬지 않고 움직였다. 일분일초가 급했다. 이대
로 요셉을 살해한 진범을 놓칠 수는 없었다.

히나에게서 받은 205호의 물건들을 살폈다. 허름한 옷가지
와 아편 봉지, 궐련갑과 함경도에서 온 서신들이 쏟아져 나왔
다. 유진은 함경도발 서신들을 쭉 펼쳐 놓았다. 요셉의 서신
에 있던 관인과 같은 관인이었다. 봉투에 적힌 글자들을 읽던
유진이 퍼뜩 봉투를 집어 들었다. 봉투에 적힌 주소의 위치가
익숙했다. 봉투를 뜯자 그 안에는 조각난 지도가 있었다. 유
진은 서둘러 남은 봉투들을 뜯었다.

각각 '이사야李絲惹', '배두로裵頭勞', '나사로那絲勞'에게 보낸
서신에는 약방과 대장간, 그리고 제빵소의 주소지가 적혀 있
었다. 그리고 조각난 지도들을 한데 모으자 마치 한 장의 지
도처럼 지도가 이어져 있었다.

"이사야, 베드로, 나사로…… 순례자들께서 다 함경도에 계
셨네."

함경도 경흥군 신아산에 요셉이 머무르던 선교기지가 있었
다. 그곳에 요셉의 최근 행적과 정보들이 있을 것이다. 생각
에 빠져 있던 유진은 곧장 '해드리오'로 가 일식에게 함경도

에 다녀와줄 것을 부탁했다.

사건의 어느 한 부분도 완익의 손길이 뻗치지 않은 곳이 없었다. 요셉은 하루아침에 사리사욕에 눈멀어 황제의 문서를 위조해 이득을 취하려 했던 탐욕스러운 미국인이 되었다. 소식을 들은 유진의 가슴속에 분노가 솟구쳤다.

"이 밤에 이 무슨."

정문은 자신의 집 마당으로 들어서는 유진을 보며 놀라 물었다. 유진의 기세가 무척이나 거칠었다.

"왜 수사를 종결하는 거요. 미국의 한 개인이 사리사욕을 채우기 위해 조선 황제의 문서를 위조했다는 개소리는 또 어디서 나온 거요. 구동매는 진범이 아니오."

놀란 것도 잠시, 정문은 표정을 굳혔다.

"이미 종결된 수사고 조선의 일이니 그만 돌아가게. 구동매야 이번엔 무고하다손 쳐도 언젠간 그리 될 자고. 나서지 말게. 그 선교사도 그걸 바랄 것이니."

그간 참아온 분노가 유진을 집어삼켰다. 조선 땅에서 자신이 당한 모욕은 참을 수 있어도, 요셉은 아니었다. 요셉은 유진에게 고귀하고 위대하다고 해주었지만, 유진에게는 요셉이 그 누구보다도 고귀하고 위대한 자였다. 실제로 순결한 신념 속에서 죽임을 당했다. 그런 요셉을 이렇게 명예롭지 못하게 보낼 수는 없었다.

"감히 아는 척하지 마. 그분이 뭘 바랄지는 내가 더 잘 아니까. 요셉이 나를 만나러 공사관에 왔던 날엔 황제의 행차가 있었소. 행차 시간에 맞춰야 해서 나를 채 기다리지 못하고 서둘렀을 테고. 황제가 미국인 선교사를 은밀히 만날 이유는 단 하나요. 밀서."

정문의 멱살을 잡아챈 유진의 목소리가 떨렸다.

"그는 조선을 돕다가 죽었소. 그를 이리 불명예스럽게 죽게 해선 안 된단 말이오."

"설사 자네 추론이 사실이라 해도 달라지는 건 없네, 미국인. 여기서 멈추지 않으면 자네 목숨도 위험할 것이고."

유진의 눈을 마주하며 정문이 선을 그었다. 유진은 한없이 가라앉았다. 언제나 상처받는 것은 유진의 몫이었다. 그러나 물러서지 않을 것이었다. 요셉을 위한 일이었다.

"조선을 떠날 때도, 조선으로 돌아온 후에도. 난 단 한순간도 조선에게 위협받지 않은 적 없소. 구동매는 미국 공사관에서 인계합니다. 요셉의 명예를 찾을 때까지 수사는 계속될 거란 소리요. 힘없는 조선이 막아보시든가."

뒤돌아서는 유진의 등이 차가웠다. 멀어지는 뒷모습을 바라보는 정문의 눈이 비장하고, 비정했다. 정문에게 유진은 조선을 힘없다 말하는 위협일 뿐이었다.

다음 날 낮, 경무사는 버티고 선 동매에게 요셉을 죽인 것은 구동매 자신이고, 이를 사주한 자는 고사홍이라 적힌 진술서를 꺼내 내밀었다. 순검에게 동매의 오른손을 풀어주라 명령하며, 경무사가 동매에게 수결手決을 강요했다.

동매는 이를 드러내며 제 손을 풀려는 순검에게 경고했다.

"그 손을 푸는 순간 후회할 거야. 장담해. 차라리 손목을 잘라. 아, 손목을 잘라도 팔은 자유로워지니 결과가 같으려나?"

동매의 협박에 순검이 손을 덜덜 떨며 머뭇거렸다. 보다 못한 경무사가 소리를 질렀을 때였다. 거칠게 문이 열리며 유진과 미군들이 우르르 취조실 안으로 몰려들었다. 그대로 사홍의 이름이 적힌 서류에 수결할 뻔했다. 동매는 유진을 보며 피식 웃었다.

"이리 극적으로 나타나실 줄은 몰랐습니다, 나으리."

"갑시다. 걸을 수 있겠소?"

그러나 유진이 반가웠던 것도 잠시였다. 동매는 다시 미 공사관 창고에 갇혔다. 손발을 묶고 있던 포승줄이 사라지고, 고문 또한 없을 거라는 게 위안이라면 위안이었다. 줄이 풀리자 자유로워진 손목을 흔들며 동매가 인상을 찌푸렸다. 상처투성이의 동매를 살피며 유진이 맞은편에 앉아 물었다.

"지금부터 묻는 말에 답하시오. 일전에 김용주의 방을 뒤졌다던데. 왜 뒤졌던 거요."

"이러실 거면 경무청에 그냥 두시지. 막 정들던 참인데."

"다시 보낼 수도 있고."

딱딱한 유진을 보며 동매는 이내 유진의 질문에 답했다.

"매정하시긴. 그자가 애기씨 댁 주변을 어슬렁거린다 해서 방을 뒤져본 겁니다. 정확히는 그 댁이 고사홍 어르신 댁이냐 물었답니다. 여기 미국인 나으리도 아는 걸."

애신의 이야기에 유진의 표정이 더욱 심각해졌다.

"누구한테 들은 거요."

"사건과 관계없는 자입니다."

"혹, 애기씨에 관한 정보를 보고받고 있소?"

"김용주는 찾으셨습니까?"

"보고하는 자가 그 댁 식솔이오?"

대답은 없고 질문만 있었다. 유진도 마찬가지겠지만, 동매 또한 진범을 찾는 일이 급했다. 진범을 찾아야 동매가 이곳을 벗어날 수 있을뿐더러 이 일에 애신의 조부가 휘말려 있었다. 경무사는 사홍의 이름을 대라 종용했고, 진범일 김용주는 사홍의 집 근처를 배회했다. 사홍의 위험이 곧 애신의 위험이었다.

"일본서 도망 다닐 때 은신처로 삼던 데가 몇 군데 있습니다. 외진 데 있고, 계집 혼자 살고, 사내가 드나들어도 이상하지 않은 그런 곳들. 이를테면 조선에선 주막 정도려나."

"끝끝내 내 물음에는 대답을 않네. 누구한테 보고받냐 물었는데."

"우리 애들보다 먼저 찾으셔야 할 겁니다. 아시다시피 애들이 못 배워서 앞뒤 없이 바로 죽여버릴 놈들이라."

"그럼 날 응원해야겠네. 그가 죽으면 당신은 못 나갈 테니."

"김용주 말고. 나으리 말입니다. 내가 이완익이면 김용주를 잡을 게 아니라 나으리를 죽이라 할 거거든."

미간을 모으며 유진은 자리에서 일어섰다.

"문 앞은 무장한 미군들이 지킬 거요. 허튼짓하지 않길 바라오."

✦

완익은 신경질적으로 책장 앞을 왔다 갔다 했다. 계획이 틀어지고 있었다. 덕문이 들어오기 무섭게 완익이 몰아붙였다.

"어찌 됐니! 구동매는. 알렌은 뭐라니."

"구동매는 미 공사관에서 인계해갔고, 알렌 공사는……. 대감을 만날 일이 없다 전하랍니다."

완익은 알렌을 향해 욕을 퍼부었다. 알렌은 이미 완익의 돈을 받았다. 그런 주제에 완익에게 등을 돌린 것이다. 덕문이 어쩔 줄 몰라 하며 완익을 진정시키려 했다.

"우선은 하야시 공사를 만나서 대책을 세우시는 게……."

"일이 이래 됐는데 넌 하야시가 우리 편이라 생각하니?"

덕문에게 소리치던 완익은 일순 떠오르는 잔상에 얼굴을

구겼다.

'……당신을 죽이러 갔지. 오래 걸려도……. 꼭 갈 거야, 그들이…….'

피를 토하며 죽는 그 순간에도 완익을 노려보는 그 검은 눈동자는 흔들림이 없었다. 평생을 절뚝거리며 살게 된 다리만큼이나 완익을 괴롭히는 저주 중 하나였다. 마치 어제의 일처럼 생생해 완익은 치를 떨었다. 얼마 전 완익에게 '늦더라도 꼭 잡으러 오겠다'던 유진의 말 때문인 듯싶었다. 희진과 같은 눈빛이었다. 완익은 불길함에 중얼거렸다.

"내래 아무래도 잘못 건드린 것 같다야."

"예?"

"지금부터 내 말 잘 들으라. 구동매랑 그 미국 아새끼 약점이 될 만한 것 좀 찾아보라. 부모든 계집이든 키우는 똥개새끼까지 다! 기카고 낭인들 풀어주라. 지들 오야붕 살릴 길이 있다 전하고."

어리둥절한 덕문이 멍청하게 되물었으나 완익은 두 번 답하지 않았다. 불길한 싹은 애초에 잘라버려야 했다.

애신의 가마가 글로리 빈관 앞 거리를 지났다. 가마는 얼마 전 경무청 앞에서 오열하던 유진의 앞도 지나갔다.

요셉의 죽음 앞에서 오열하던 유진이 아직까지 애신의 눈에 아른거렸다. 당장에라도 가마 밖으로 나가 유진의 옆을 지켜주고 싶었으나, 함안댁이 그것만은 애신의 뜻대로 할 수 없다고 말렸다.

요셉에 대해 말하던 유진의 표정이 어찌나 애틋하던지 애신은 먼 이국땅에 머물렀을 소년과 선교사가 애처로웠다. 요셉이 유진에게 어떤 의미일지 다 헤아리지 못한다 하더라도, 그 아픔만은 생생하게 느껴졌다.

보고 싶었다. 아픔을 덜어줄 순 없겠지만 함께하고 싶었다.

가마의 창을 반쯤 열고 애신은 빈관 건물을 올려다보았다. 유진의 방 테라스에 붉은 바람개비가 돌아가고 있었다. 애신이 약방에 걸어두던 바람개비였다. 돌아가는 바람개비를 먹먹하게 바라보던 애신은 약방으로 향했다. 약방의 어성초 함을 열자 그곳에 유진의 서신이 놓여 있었다. 애신은 떨리는 손으로 서신을 펼쳐 들었다.

"길이 어긋났구려……."

유진의 낮고 진중한 목소리가, 슬픔에 젖어 있을 목소리가 들리는 듯했다.

소식을 들었는지 모르겠소. 들었다면, 내 걱정을 할 것 같아서. 귀하가 걱정할 일은 만들지 않겠소. 그러니 오늘 하루만이라도 내 걱정은 잠시 잊고 늘 그랬듯 어여쁘시오.

통성명, 악수, 포옹……. 그다음은 그리움인 모양이오. 혹여 장
날을 핑계 삼아 빈관 앞을 지나가진 않을까 하여, 테라스에 오
래 서 있었던 날도 있었소.

I miss you(당신이 그립소). 늘 배움이 빠른 그대라 이젠 이 말
을 배웠을 듯하여.

서신을 접어 품에 넣는 애신의 눈가에 물기가 어렸다. 애신
이 걱정할까 염려하는 서신 속 유진이 다정했다. 다정해서 더
사무쳤다. 유진이 지금 어떠한 마음으로 하루하루를 견디고
있을지 애신은 차마 가늠하기 힘들었다. 겨울의 끝자락이었
다. 조금만 더 보내면 봄이 올 텐데 유진에게는 봄마저 추울
듯하여 또 걱정이었다.

애신은 눈 오는 밤, 유진에게 받았던 장갑을 꺼내 어성초
함에 곱게 넣어두었다. 유진이 조금이라도 따뜻하길 바라는
마음이었다.

대청 한가운데 우뚝 서 있던 사홍은 대문 안으로 들어오는
사내에 눈살을 찌푸렸다. 유진은 반듯한 걸음으로 사홍에게
다가와 모자를 벗고 예를 갖춰 고개 숙였다. 행랑아범이 안
절부절못하며 그런 유진과 사홍을 번갈아 보다 사홍에게 고

했다.

"대감마님. 미국 공사관서 나왔다 합니다."

"미 해병대 대위 유진 초이입니다. 근래 미국인 사망 사건에 관련된 인물이 이 댁 일대를 배회하고 있다 하여 순찰 중입니다. 혹 보호를 원하시면 그 또한……."

"이 일대를 배회하는 인물이 미국인가."

사홍이 차게 물었다. 유진은 담담히 답했다.

"조선인입니다."

"한데 미군이 무슨 연유로 내 집을 보호하려 하는가."

"조선은 보호하지 않을 것이기 때문입니다."

뒷짐을 진 채 사홍은 말없이 유진을 내려다보았다. 유진은 그런 사홍의 눈을 피하지 않았다. 유진은 시선이 곧았고, 그 눈은 검었으나 미 군복을 입고 있었다. 사홍은 불편한 기색을 감추지 않았다.

"뜻은 알겠으나 양이의 보호보단 보호치 않는 조선의 뜻이 있음을 헤아릴 것이니, 그만 양이들을 물리고 내 집에서 떠나라."

그 꼿꼿함이 과연 애신의 조부였다. 잠시 침묵하던 유진은 이내 단념하고는 사홍에게 깊이 머리 숙여 인사했다.

"실례 많았습니다. 부디 경계를 강화하시길 권고드립니다."

말에 올라탄 유진은 데리고 왔던 병사들을 사홍의 집에서 철수시켰다. 공사관으로 향하는 걸음이 무거웠다. 고삐를 쥔 손에 힘이 들어가지 않았다. 자꾸만 뒤돌아보게 되는 것은 애신 때문이리라.

요셉마저 죽은 조선에서 유진은 이방인일 뿐이었다. 그런데도 자꾸만 머뭇거려졌다. 마음이 가라앉는 이 순간에도 애신이 보고 싶었다. 그리웠다. 아마도 유진을 걱정하고 있을 것 같아서, 괜찮으니 걱정 말라 직접 말해주고 싶었다. 공사관을 향하던 유진이 말을 돌려 담장 안쪽을 보았을 때였다.

유진이 왔다는 소식에 헐떡이며 뛰어나온 애신이 그곳에 서 있었다. 보고 싶었던 얼굴이었다. 또 언제 볼 수 있을지 몰라 두 사람은 서로의 얼굴을 가슴속에 담았다. 어디 상한 곳은 없는지 살피는 애신의 눈에서 절절한 그리움이 묻어났다. 애달픈 눈빛들이 담장 안팎을 오갔다. 아무 말도 할 수 없었지만 눈빛만으로도 두 사람은 서로의 마음을 알 수 있었다. 걱정이었고, 위로였고, 위안이었다.

애신의 그리움에 답하듯 유진이 손을 흔들었다. 애신이 어성초 함에 넣어둔 장갑을 끼고 있었다. 손을 흔든 후 유진은 자신을 기다리고 있을 미군 병사들에게 향했다. 따사로운 햇빛만이 소리 없이 자리에 남아 있었다.

그렇게 유진을 보내며, 자신이 그립다고 말하는 그의 서신만 손에 쥐고 있을 수는 없다고 애신은 생각했다. 유진은 환영받지 못할 걸 알면서도 애신과 사홍을 걱정해 이 집에 왔다. 자신도 움직여야 했다. 유진에게로.

바
다
보
다
더
멀
리

　공사관으로 돌아온 유진은 장갑을 벗어 애신의 손인 양 한
번 꼭 쥐었다 책상 위에 올려두었다. 담장 안에서 저를 보던
여인의 얼굴이 자꾸만 아른거렸으나, 지금은 애신의 위로에
기댈 때가 아니었다. 코트를 벗어 정리하며 용주의 사진 또한
책상에 꺼내놓았다. 수발을 들러 뒤따르던 도미가 찻잔을 내
려놓으며 유심히 사진을 보았다.

　"어? 나 이 아저씨 아는데."

　코트를 걸던 유진이 신경을 곤두세우며 돌아섰다.

　"어떤 아저씨."

　"이 아저씨요. 공사관에 일이 많으면 가끔 오십니다. 아까도
왔다 가셨는데."

　사진 속 인물 중 하나는 용주였고, 하나는 죽은 상완이었

다. 그리고 도미가 짚은 이는 승재였다.

"한 시진 정도 됐습니다. 방마다 화분들 봐주시고 가셨는데……."

언제였냐 다급히 묻는 유진에 도미가 얼떨떨해하며 답했다. 창가에 놓인 화분들을 응시하던 유진이 황급히 책상 서랍을 열었다. 대장간, 약방, 제빵소의 주소가 적힌 봉투와 지도 조각들이 모두 사라졌다. 심각한 유진의 분위기에 도미가 걱정스럽게 물었다.

"제가 뭘 잘못했습니까, 나으리?"

"네가 아니라 내가 뭘 놓친 듯싶다."

승재의 정체뿐만 아니라 아직은 모든 것이 흐릿했다. 유진의 눈이 깊어졌다.

"주막, 가마터, 대장간, 제빵소……. 약방……."

봉투 속 주소지들을 떠올리며 유진은 어둑한 밤길을 걸었다. 애신과 만나던 약방을 떠올리자 발걸음이 느려졌다.

생각에 빠진 유진의 앞을 낭인들이 막아섰다. 완익이 풀어준 무신회의 낭인들이었다. 미 공사관에 동매가 갇혀 있으니 그 길로 달려온 모양이었다. 당황한 것도 잠시, 유진은 총을 들어 허공에 발사했다. 총성이 울려 퍼졌으니 곧 누군가 올 것이었다. 그러나 그 누군가가 올 때까지가 문제였다.

"왜 이러는지 아는데, 잘 생각해. 이런다고 구동매가 살진 않아."

"닥쳐! 앞뒤 가리지 말고 죽여!"

낭인 하나가 소리치자 낭인들이 막무가내로 칼을 휘두르며 유진을 공격했다. 최선을 다해 방어해보지만 상대가 너무 많았다. 그때 생각지 못했던 목소리가 낭인들과 유진 사이를 갈랐다.

"무슨 일들이오! 구동매의 낭인들 아니오? 이 자들이 왜 304호를 공격하는 거요."

희성이었다. 별 도움이 되지 못할 희성이라 유진은 실망한 기색이 역력했다. 만류하려 앞으로 나섰던 희성은 살기등등한 낭인들에 한 발짝 물러날 수밖에 없었다.

"이자들이 진정 원하는 게 304호의 목숨인가 보오. 하나 걱정 마시오. 내 행실이 점잖아 오해를 사는데, 문무를 두루 겸비한 편이오."

희성이 담벼락에 세워진 지게와 지겟작대기를 발견하고는 지겟작대기를 집어 들었다. 희성의 등장에 주춤하던 낭인들이 다시 우르르 달려들기 시작했다. 유진이 희성과 등을 맞댔다.

"공사관이 가까우니 오 분만 버티시오."

낭인들의 칼을 온몸으로 막아내며 유진과 희성은 죽기 살기로 버텼다. 이미 두 사람 다 피를 본 상태였다.

"다들 멈춰!"

유죠가 소리치며 달려와 낭인들을 멈춰 세웠다. 일순간 몇은 혈투에 모두 거친 숨을 몰아쉬며 유죠를 보았다. 유죠가 유진을 공격했던 낭인들을 물렸다.

"무례를 용서하시오. 애들은 아무것도 모르고 한 것이오. 오야붕을 구명하고자 하는 마음에 이완익의 꼬임에 넘어간 것뿐이오. 나으리께서 오야붕을 구명해주시오. 뭐든 협조하겠소."

간청하며 유죠가 고개를 숙였다.

낭인들과의 싸움으로 부상을 입은 탓에 유진은 희성과 함께 공사관 사무실로 돌아와야 했다. 유진은 구급함에서 붕대와 약들을 꺼내 능숙한 솜씨로 희성의 상처를 치료했다. 소독약이 닿자 희성이 아프다고 엄살을 부렸다. 희성의 엄살에 유진이 이마를 찌푸렸다. 유진의 이마에도 상처가 나 피가 맺혀 있었다.

"피는 멎었소. 그래도 병원엔 가야 할 거요. 그만 가보시오."

"오늘도 빈관에는 안 들어가는 거요? 김용주란 자를 찾아야 들어올 거요?"

"방금 뭐랬소."

김용주의 이름에 유진이 날카롭게 되물었다.

"내 명월관 여인들에게서 들었는데, 미 공사관에서 김용주란 자를 찾고 있다고. 혹, 그자가 글로리에 묵었소?"

"그자를 아시오?"

"짐작이 가는 자가 있긴 하오"

유진은 빠른 손길로 사진을 꺼냈다.

"짐작 가는 자가 이 중에 있소?"

희성은 사진 속에서 정확하게 용주의 얼굴을 짚어냈다. 애신의 집 근처를 살피는 용주가 수상해 희성이 쫓으려 한 적이 있었다. 그때 갑자기 나타난 노름판의 강씨 부인 때문에 용주를 놓쳤다.

"한데 가까이 가니 무슨 냄새가 나던데."

"아편 냄새일 거요. 어디서 놓쳤소."

"종각 근처에서. 아편 냄새는 나도 아는데, 그게 아니라 좀 더 흔한……. 향 냄새 같은 거였소. 혹 이자가 박수요?"

희성의 물음에 유진은 동매가 던졌던 단서들을 떠올렸다. 용주의 도주지가 잡힐 듯도 했다. 외진 곳, 여자 혼자 살고, 외부인이 드나들어도 눈에 띄지 않는 곳. 아편쟁이 몸에서 아편 냄새가 안 날 정도로 향 냄새가 배는 곳이라면 무당 집뿐이었다.

유진이 다녀간 뒤로 애신은 집에 발이 묶인 상태가 되어버렸다. 비록 미국인의 말이었으나, 사홍은 집 주변의 경계를 강화하고 식구들을 단속했다. 밤이면 장정들이 횃불을 들고 사홍의 집을 지켰다.

"제게 기별하신 연유가……."

사홍의 집을 찾은 승구가 부엌에서 애신과 마주했다.

"스승님께서 지금 저를 좀 빼내주셔야겠습니다."

"혹 그자에게 가시려는 겁니까."

"스승님께서는 인생에서 제일 멀리 어디까지 가보셨습니까?"

승구의 눈에 의아함이 어렸다.

"저는 바다에 갔었습니다. 동쪽으로 오래 달려서요. 그때 그런 생각을 했습니다. 다음엔 더 멀리 가보고 싶다고."

이대로 집 안에서 시간만 보내고 있을 수는 없었다. 결심을 굳힌 듯한 애신의 입매가 다부졌다. 승구는 가만히 애신을 보았다. 애신의 마음을, 걸음을 더는 막아서도 안 되며 막을 수도 없다는 것을 승구는 깨달았다. 아니, 처음부터 이미 알고 있었다. 애신은 발걸음 가벼운 이가 아니었다. 다만 그 길이 얼마나 험할지 알아 조금이라도 늦추고 싶었던 것뿐이었다.

"그게 지금입니다. 제겐 바다보다 먼 곳이 거기입니다. 염려도, 질타도 후에 달게 받겠습니다. 지금은 그에게 가야겠습니다."

바다보다 먼 그곳으로, 그자에게로 가겠다는 애신에 승구는 '예' 하고 답하고 말았다. 자신만이라도 이 험난한 길에 바위는 되지 않겠다는 마음이었다.

"서두르십시오. 곧 통금입니다."

승구의 도움을 받아 애신은 서둘러 변복을 한 후 지붕을 넘었다. 통금 종소리가 유진의 방 안으로 스며들었다. 애신은 어둑한 방 안에서 유진을 기다렸다. 열쇠 소리와 함께 문고리가 돌아가며 문이 열렸다. 문 뒤에 숨어 있던 애신의 목덜미를 유진이 잡아챘다. 얼굴을 확인한 유진이 놀라 손을 떨어뜨렸다.

"미안하오. 또 누가 숨어든 줄 알고. 여긴 어찌……."

목덜미를 붙잡혔던 애신이 기침을 하며 웃었다. 쌓여만 가던 걱정과 불안이 유진을 마주하자 일순 사라지는 듯했다.

"늦긴 했지만 귀하가 궁금해할 두 가지 물음에 답을 하러 왔소."

"하나는 알 것 같소. 요셉의 서신을 어디서 가져온 것인지."

"맞소. 이완익의 집에서 가지고 나왔소. 왜 그 집을 뒤졌는지는 묻지 마시오."

"또 하나는 뭐요."

"나도."

툭 던져진 애신의 말은 낮고 부드러웠다. 가볍게 흐르던 애신의 웃음이 잦아들었다.

"어성초 함에 들어 있던데. 그립다고. 나도 그리웠소."

'I miss you'에 대한 답이었다. 그리웠다는 애신의 고백이었다. 그 고백에 유진의 눈에 눈물이 핑 돌았다. 요셉의 죽음을 목도한 그 순간부터 지금까지, 슬퍼할 겨를도 없이 달려온 모든 순간들에 대한 보상 같았다. 촉촉해진 유진의 눈을 보며 애신이 어렵게 고백을 이었다.

"그날 귀하를 보았소. 보았는데 멈출 수는 없었소. 미안하오."

"괜찮소. 현명했소."

"위로는 내가 하려 했는데."

"이미 했소. 이보다 더 어떻게."

"이렇게."

애신이 손을 들어 유진의 머리카락을 가만히 쓸었다. 부드러운 손길이었다. 유진의 얼굴에 난 상처를 가만히 쓰다듬는 손길이 따뜻했다. 불시에 찾아온 밤손님은 밤보다 더 검은 눈으로 유진을 품고 있었다.

"고귀하고 위대한 자여. 나의 아들아. 네가 어디에 있든 널 위해 기도하마. 기도하지 않는 밤에도 늘 신이 너와 함께하길."

요셉의 편지가, 기도가 애신을 통해 유진의 가슴에 다시 한 번 새겨졌다. 이 밤만은 신이 자신과 함께하고 있음을 유진은 애신의 손끝을 통해 느낄 수 있었다. 끝내 눈물을 떨구며 유진이 애신의 손을 잡았다.

"탕!"

온기를 제대로 느끼기도 전에 방 안으로 총알이 날아들었다. 총소리와 거의 동시에 유진은 본능적으로 애신을 감싸 안고 바닥으로 엎드렸다. 또 한 발의 총성과 함께 총알이 두 사람의 머리 위를 지나 물병을 깨트렸다. 물병 깨지는 소리가 요란했다.

숨죽인 채 유진이 품 안에서 총을 꺼내들었다.

"건너편 건물이오. 옥상으로 가야겠소. 귀하는……."

"내 걱정은 마시오. 알아서 가겠소. 내가 정체를 들키면 소란으로 그치지 않을 거요."

"총성이 울렸으니 빈관 안이 혼란스러울 거요. 그 틈에 빠져나가시오."

유진이 일어나 문에 몸을 바짝 대며 애신에게 일렀다. 애신이 그리 하겠다 고개를 끄덕이기도 전에 노크 소리가 들려왔다.

"무슨 일 있으십니까? 총성이 들려서요."

히나였다. 문밖에는 히나가, 창밖에는 저격수가 있었다. 앞뒤가 다 막힌 상황에 유진이 찌푸리며 나서려 할 때였다. 애신이 더 빠르게 문을 열었다.

"무슨 일…… 인가 했더니, 친우분이 또 방문해주셨네요. 이번엔 들어오시는 걸 못 봤는데."

"나를 뒷문까지 배웅해주시오. 여기서 빠져나가야 하오."

"이리 멋진 신사분의 청이니. 그 복면은 쓰지 말고 막으시지요. 코피가 나서 막으신 겁니다. 제가 때렸을까요? 가시지요."

"고맙소."

히나와 애신의 목소리가 문 뒤의 유진에게 명확히 들려왔다. 아무리 변복을 했다지만 복면도 쓰지 않은 애신을 히나가 못 알아봤을 리는 없었다. 유진은 모자를 깊게 눌러쓴 채 복면으로 입을 가리고 문을 나서는 애신과 그 옆을 따르는 히나를 잠시 지켜보았다.

복도로 나온 애신은 총성에 우왕좌왕하는 투숙객들 사이에 섞여들었다. 히나가 홀 가운데로 나서 능숙하게 투숙객들을 진정시켰다.

"많이 놀라셨지요? 곧 정리될 겁니다. 다들 홀에서 따뜻한 가배 한잔씩들 하세요."

히나가 투숙객들의 시선을 모으는 사이에 애신은 뒷문으로 향했다. 애신이 가는 것을 눈으로 쫓던 히나의 이마 위로 갑작스럽게 총구가 들이밀어졌다. 동매를 제대로 잡지 못해 약이 잔뜩 오른 스즈키였다.

"호타루 그년 빼돌리느라 이리 소란인가? 그년 어디 감췄어? 내가 그년하고 단둘이 볼일이 좀 있는데. 안내해야겠지?"

"오세요. 이쪽입니다."

침착하게 답하며 히나는 자신의 방 쪽으로 향했다. 스즈키는 총구를 히나의 머리에서 떼지 않은 채 히나를 따랐다.

방에 들어서 스즈키가 호타루를 찾으려 눈을 굴리는 사이, 그 틈을 놓치지 않고 히나가 스즈키에게서 빠져나와 방에 놓여 있던 펜싱 칼을 빼들었다. 칼이 날렵한 호선을 그리며 스즈키의 손등을 그었다. 칼날에 손등을 베인 스즈키가 총을 놓쳤다. 히나가 빠르게 스즈키의 다리 사이로 총을 차 넣었다. 스즈키의 뒤에는 애신이 따라 붙었다. 미끄러진 총을 주워든 애신이 순식간에 총을 장전해 스즈키의 뒤통수에 겨눴다.

뒤통수에 느껴지는 서늘한 총구에 스즈키가 발악하듯 소리쳤다.

"야! 너 이년 이게 무슨 짓이야!"

"죽이진 마세요. 이자를 단단히 벼르는 이가 있어서."

스즈키를 본 체도 하지 않으며 히나는 애신에게 전했다. 애신은 왼손으로 장식장 위에 놓인 화병을 집어 들었다.

"싼 겁니다."

이 상황이 무척 즐거운 듯 빙긋거리는 히나의 말이 끝나기 무섭게 애신은 화병을 들어 스즈키의 머리를 가격했다. 스즈키가 그대로 쓰러졌다.

총알이 날아온 창밖의 지붕 위로 뛰어든 유진은 도망치고 있는 검은 인영의 다리를 저격했다. 한 번의 총성과 함께 저격수가 지붕 아래로 추락하며 바닥을 굴렀다. 유진은 재빨리 그에게로 다가갔다. 고통스러워하는 사내의 복면을 벗기자 어둠 속에서 얼굴이 드러났다. 유진이 사진 속에서 여러 번 본 얼굴이었다. 승재였다. 유진이 냉정한 얼굴로 그를 내려다보며 물었다.

"그동안 당신은 공사관을 들락거렸소. 그럼 나를 제거할 기회가 많았을 텐데 새삼 지금에서야 나를 공격하는 이유가 뭐요. 김용주와 한패라서? 아니면 이정문과 한패인가?"

"자네야말로 애신이와 무슨 사인가."

위기에 놓인 것은 승재였으나 그는 동요 없이 되물었다. 애신의 이름에 놀란 것은 오히려 유진이었다. 유진은 능숙하게 표정을 감췄다.

"애신이가 누구요."

"고사홍 어르신 댁 영애이자 내 친우의 딸. 자네 말대로 공사관을 들락거리며 자주 봤지. 여러 번 불러다 취조를 하던데."

유진의 눈빛이 흔들렸다.

"요점 흐리지 말고 질문에나 답하시오. 대체 날 왜 노린 거요."

"시간 낭비 말게, 미국인. 그냥 죽이게."

유진이 품에서 사진을 꺼내 보였다.

"함경도에서 온 전보에 의하면 송영은 상해에 있는 걸로 추정되고, 고상완은 유골로 돌아왔고, 김용주는 내가 아니, 당신이 전승재요?"

"이 사진이 왜 그 손에 있어!"

"날 죽이려 한 이유가 뭐요."

"자네의 수사가 진실에 가까워질수록 우리 조직에게 위협이 됐거든. 방금 나열한 이름들을 자넨 끝끝내 몰랐어야 했고. 그래서 우리는 자네를 제거하기로 결정했네."

상완과 희진의 유골함을 안고 조선으로 돌아온 승재는 그 이후로도 몸을 숨겨가며 계속해 의병 활동을 이어오고 있었다. 은산이 유진의 방을 뒤지던 때에도, 제물포 거사에서 애신이 총을 맞고 쓰러졌을 때에도 그곳에 승재가 있었다. 미 공사관을 들락거리며 미국과 유진의 동태를 살피는 일에도 쓰였다.

밀서의 진위도, 정체를 숨긴 의병들의 존재도 외부에 알려져서는 안 되는 것들이었다. 상해의 송영과 후일을 도모하기 위하여 모두 전력을 다해 준비하고 있었다. 유진이 송영에게 더 밀접해지기 전에 그 미국인을 죽이라는 것이 정문이 의병대장에게 전한 명이었다.

잠시 멍해 있던 유진이 이내 텅 빈 눈으로 승재를 보았다.

"그 우리라 함은…… 의병들이요?"

아무런 말도 돌아오지 않았지만, 이미 답은 정해져 있었다. 유진은 충격을 받은 채 굳어 있었다. 승재는 그런 유진을 노려보았다.

"도공 황은산이, 그 어르신이, 정말 나를 죽이려고 한 거요?"

유진이 믿을 수 없고, 인정하기 싫었던 것은 애신이 속한 의병 단체의 대장이 은산임을 알고 있어서였다. 흐릿한 유진의 질문에도 승재는 굳건했다.

"대의를 위함이야. 더는 애신이를 가까이 하지 말게. 그 때문에 그 아이도 위험해질 것이 뻔해. 어쩌면 이미 위험할지도 모르지. 자네 머리에 총구를 겨누는 이가 오늘은 나였으나 내일은 애신이일지도 모르고. 그땐 어쩔 작정인가."

"걱정 마시오. ……그 여인은 실패하지 않을 거요. 내가 피하지 않을 테니까."

또 한 번 상처받았으나 유진은 담담했다. 유진은 이미 은산에게 과거의 목숨을 빚졌고, 애신에게 앞으로의 생을 걸고 있었다. 그러니 은산이 죽이라 명하고 애신이 총을 쏜다면, 유진은 기꺼이 목숨을 내놓을 작정이었다.

"어쩐지 그게 오늘일 거 같네. 내가 지금 가마터로 갈 거거든."

유진이 쓸쓸하게 중얼거리며 돌아서자 승재가 다급하게 외쳤다.

"쓸데없는 짓 말고 자네 대의나 지키게. 김용주나 잡아."

그러나 유진에게는 이미 소용없는 말이었다.

내
쪽
으
로

걸
으
시
오

　빈관을 빠져나와 옷을 갈아입으려 약방에 들른 애신을 주
막 주인 홍파가 기다리고 있었다. 홍파는 애신에게 의병 대장
이 애신을 가마터에서 기다리고 있다고 전했다. 의병 대장이
하필 가마터에서 자신을 찾는다? 순간 애신은 그가 누구일지
확신할 수 있었다. 가마터로 향하는 애신의 입매가 비장했다.
정체를 숨기고 있던 대장이었다. 그런 이가 정체를 드러내는
일이라면, 애신에게도 큰일이 될 것이다.

　아침을 맞이하는 하늘이 푸르스름했다. 푸른 기운이 도는
가마터에 들어서며 애신은 뒷짐을 지고 선 은산과 마주했다.
흰 눈이 바람을 타고 쉴 새 없이 둘 사이로 내렸다. 가마터를
찾아오던 평소와 달리 애신은 변복 차림이었고, 은산은 술에
취해 흐리멍덩한 눈 대신 예리한 눈빛을 하고 있었다. 그리고

그의 손엔 도자기가 아닌 총이 들려 있었다.

"나를 부른 게, 자넨가."

은산은 착잡한 속내를 숨긴 채 애신을 보았다.

"애기씨께서 손을 보태실 일이 있습니다."

"……자넨 늘 내가 왜 사발을 사가는지 묻지 않았지. 스승님께서 사발 심부름을 시키셨을 때 동지가 아닐까 생각은 했었네. 한데 자네가 우리들의 대장인가?"

"상놈이 대장이라 놀라셨습니까."

날카로운 은산의 질문에 애신은 잠시 숨을 멈췄다. 그때 가마터의 기둥으로 화살이 날아와 꽂혔다. 화살 끝에 검은 천이 묶여 있었다. 나루터에서 홍파가 쏘아 올린 화살이었다. 은산은 화살의 검은 천을 확인했다.

"빈관으로 누굴 하나 보냈는데, 저격에 실패한 모양입니다."

빈관에서의 저격이라면 애신도 지켜본 일이었다. 총알은 유진을 향한 것이었다. 그 총알이 동지의 총알이었다는 사실에 애신은 입술을 깨물었다. 불안이 엄습했다.

"지금 강을 건너오고 있는 자가 있습니다. 그자가 누구든, 죽이십시오."

"혹……. 강을 건너고 있는 자가 그 미국인인가."

"그가 선의로 움직이는 것은 명확하나 그의 선의가 조선을 위험에 빠뜨립니다. 가마터 입구 다리를 건너는 자가 누구든, 애기씨의 노꾼을 했던 자이든 아니든, 죽이십시오."

은산이 어린 시절 은인이라고 하던 유진의 아련한 얼굴이 스쳤다. 최대한 비정한 얼굴을 하고 있는 은산을 뚫어져라 보며 애신이 물었다.

"이 일에 어째서 나인가. 스승님도 계신데."

"승구 그놈아는 늘상 사감이 앞서는지라 총구가 냉정하지 않습니다."

사감을 지우고 쏘라는 얘기였다. 은산이 애신과 유진의 관계를 대충 짐작하고 있다는 것 또한 알 수 있었다. 은산이 말을 이었다.

"그자가 소인을 해할 경우 오차 없이 저격할 수 있는 실력이 있는 자. 혹여 그자를 살려 내보낼 경우 미국인이 의병장의 거점에 총을 들고 왔었단 사실을 알아도 무방한 자. 그 두 조건에 맞는 자가 애기씨였습니다."

들고 있던 저격용 총을 은산이 내밀었다. 애신이 그 총을 받아들었다. 애신의 움직임에는 망설임이 없었고, 눈빛은 그 어느 때보다 단단했다.

"그가 여기로 오고 있다면 그건 도공 황은산을 해치러 오는 것이 아니라 지키러 오는 것임을 나는 믿네. 내가 아는 한, 그의 걸음은 늘 선의였고 또한 옳았거든. 그게 내가 지금 이 자리를 지키는 이유야."

그것은 믿음이었다. 언제나 옳은 길로 걸을 것이라는 믿음. 다른 누구도 아니고 유진이었기 때문에 가능한 믿음이었다.

애신은 총을 든 채 가마터로 오는 다리 부근에 몸을 숨겼다. 자세를 낮추고 한쪽 눈을 감은 채 총구를 가마터 입구에 겨누었다. 총구 안으로 검은 그림자가 서서히 들어섰다. 유진을 처음 만나던 밤에도 애신은 이렇게 총을 들고 있었다. 조선을 지키기 위한 스나이퍼였다. 그리고 지금, 유진이 걸어들어오는 다리 위에서 애신은 유진과 악수했었다. '러브'를 하자고. 그 모든 순간들이 운명이었다면 지금 이 순간 역시 숙명일지도 몰랐다. 정확히 애신의 총구 안에 들어선 유진이 걸음을 멈췄다.

은산이 맞은편에서 유진을 맞았다.

"널 찾아간 이는."

"그자의 안부만 궁금하셨습니까."

"죽였느냐."

"자신을 공격하는 자를 어찌했을 것 같습니까."

"하면 이해하겠구나, 이 상황을."

흔들리지 않으려, 떨고 있던 아이를 생각하지 않으려 은산은 서둘러 말했다.

"조선은 공격받고 있고 미국은 공명정대한 척하나 일본을 부추기고 있으니. 내 손엔 총이 없으나 너를 겨누고 있는 총구가 있다. 선택할 기회를 주마. 여기서 죽거나, 조선을 떠나 살거나. 조선인도 변절하는 마당에 미국인을 어찌 믿겠는가."

"나는, 조선의 주권이 어디에 있든 관심이 없소. 난 그런 대의에 관심이 없다고."

손에 쥔 기다란 장총을 그러쥐며 유진은 은산을 다시 보았다. 유진도 사람이니 서운하고 안타까운 마음이 들지 않는 것은 아니었다. 그러나 상대는 은산이었다. 얼굴에 닿는 눈송이가 차가웠다.

"그저 내가 바라는 건 단 두 가지였소. 어르신이 오래 사는 것. 고애신이 죽지 않는 것."

묵직한 한마디였다. 마주한 은산도, 총구를 겨누고 있던 애신도 가슴에 새길 수밖에 없는 한마디.

동시에 뒤편에서 무거운 걸음 소리가 들려왔다. 다리를 절뚝거리며 승재가 피 흘리는 용주를 어깨에 들쳐 메고 나타났다. 은산과 유진의 앞에 다다라 승재가 용주를 바닥에 내팽개쳤다. 흙바닥 위에 쓰러진 용주의 얼굴을 확인한 은산이 놀라 승재를 보았다.

"이자가 잡았고, 이리 넘겨주어 끌고 왔습니다."

승재가 눈짓으로 유진을 가리켰다.

유진은 용주의 거처를 추측하던 그 밤에 바로 용주를 잡아놓았다. 가쾌와 땅을 보러 다니던 희성이 무당 집 위치를 알고 있었고, 동매를 구명하는 일이기도 했으니 무신회가 유진을 도왔다.

은산은 더욱 착잡해졌다.

"왜 넘겨주는 것인가."

"당신들끼리 알아서 하라고. 조선인들끼리. 미국은 날 조선인이라 하고 조선은 날 미국인이라 하니, 앞으로 내가 어느 쪽으로 걸을지는 나도 모르겠소. 그러니 기회는 지금뿐이오."

유진은 쥐고 있던 장총을 툭, 은산에게 던지듯 건넸다. 총을 챙겨온 것은 다름이 아니었다.

"다시 또 조선을 달려 도망치지는 않을 겁니다. 그러니 쏘십시오. 크게 갚지 못한 은혜, 이렇게 갚겠습니다. 날 겨누는 총이 적어도 세 자루니."

뒤에 섰던 승재가 권총을 들어 유진의 관자놀이에 가져다 댔다. 그렇게 한 자루, 은산의 손에 들린 총이 한 자루. 나머지 한 자루는 애신의 것이었다. 유진은 건너편에서 애신이 자신을 겨누고 있을 것 또한 알고 있었다.

은산의 눈이 흔들렸다. 애신의 말대로 유진은 옳은 길로 걷고 있었다. 그저 총을 쥔 채 유진을 보고만 있는 은산에 승재는 조급해졌다.

"이리 보내시면 안 됩니다. 우리는 이미 뼈아픈 경험을 했소. 두 번은 없어야 하오. 용서하시오."

용주의 배신은 그야말로 뼈아팠다. 상완을, 희진을 그리 잃었다. 승재는 자신을 살려준 유진에게 용서를 구하며 총을 장전했다. 살에 닿은 총구가 차가웠고, 귓가를 울리는 장전 소리가 사나웠다. 그럼에도 유진은 미동도 하지 않았다. 방아쇠를 당기려는 승재의 손을 은산이 막았다.

"가거라."

나지막이 은산이 유진에게 말했다. 그렇게 유진을 또 한 번 쫓아내고 있었다. 은산은 마음을 굳힌 듯 한 번 더 유진에게 떠나라 말했다. 은산의 선택에 유진은 목이 메었다. 자신의 은인은 여전히 자신을 살리는 사람이었다. 그러나 동시에 은산에게 유진은 이방인일 뿐이었다.

"오래 사십시오. 다시는 못 볼 듯하니."

작별 인사를 하며 유진은 돌아섰다. 그 뒷모습을 지켜보는 은산의 백발이 그의 스산한 마음처럼 휘날렸다.

유진에 총구를 조준하고 있는 애신의 눈가가 뜨거웠다. 역시나 옳은 길로 가는 그여서 애신은 방아쇠를 당기지 않았다. 유진이 소중해서가 아니라 그 길이 조선을, 누구도 망하지 않게 하려는 길임을 알아서. 어느덧 유진은 총구 안에서 사라지고 있었다. 쏠 수도 없었고 쏘지도 않았으나, 결국 자신 또한 총구를 겨눈 이 중 하나였다. 미안했다. 유진의 선택을 알면서도, 또 한 번의 선택을 기다리며 총구를 겨눌 수밖에 없었던 그 순간이 사무쳤다. 그러나 그것 또한 애신이었다. 나라를 구하고자 맘먹은.

유진이 완전히 사라지고 난 후에야 총을 내린 애신은 멀리 떠오르는 해를 보았다. 시리도록 눈부신 해였다. 어느덧 눈발이 그친 뒤였다.

애신은 가마터로 돌아와 은산을 기다렸다.

"소인의 청은 끝이 났습니다만."

쓸쓸한 얼굴로 돌아온 은산이 총을 든 애신에게 모든 임무가 끝났다 전했다. 그러나 애신은 은산에게 물을 것이 남아 있었다. 조금 전 다리 위에서 유진의 뒤에 오던 두 사내가 애신의 머릿속을 더욱 혼란스럽게 만들었기 때문이다. 그들은 유진이 보여준 사진 속에서 자신의 아비와 함께 있던 자들이었다.

"그 두 사람을 어디서 봤나 곰곰이 생각해봤네. 가마터까지 끌고 온 걸 보면 묵은 연이 있는 듯하고……. 혹 붙잡혀 온 자가, 선교사를 죽인 자인가. 혹 붙잡혀 온 그자가, 내 부모님을 죽인 자인가."

여러 번 분노를 삼킨 애신의 목소리가 뜨거웠다. 날이 밝았으나 은산의 속은 여전히 캄캄했다.

"승구 그놈아가 제대로 안 가르쳤나 봅니다. 아무것도 물어선 안 된다고 안 배우셨습니까."

"아무것도 묻지 마라. 실패한 거사는 돌아보지 마라. 불명예조차 각오하는 일이다. 들키면 튄다. 잡히면 죽는다. 죽으면 묻는다. 해서 나는, 내 아버지 어머니의 죽음을 지금도 물을 수 없는 것인가."

"알면요. 그다음은요."

"그다음은 그다음에……!"

애신의 목소리가 높아졌다. 끓어오르던 분노가 넘치려 하고 있었다.

"그자가 맞습니다. 그자가 애기씨 부모님의 목숨을 앗은 자입니다. 이제 아셨으니 그자를 내어드릴까요. 내어드리면 애기씨 손으로 직접 죽이시겠습니까."

"그래도 되는 거였으면 미리 고했어야지."

그러나 애신의 분노는 넘치는 법 없이, 깊은 곳으로 가라앉아 있었다. 서늘한 눈으로 은산을 보며 애신은 총을 쥔 채 분을 삭였다.

은산은 애신을 늘상 애기씨로 보았고, 승구로부터 애기씨가 잘하고 계시다고 전해 듣기만 했었다. 직접 대한 애신은 누구에게도 뒤지지 않을 기백을 가지고 있었다. 생각보다 더 강인한 여인이었다.

애신은 한마디, 한마디 힘주어 제 뜻을 전했다.

"그자의 손에 한 미국인이 목숨을 잃었고, 또 다른 이는 목숨을 걸었고, 부모를 잃은 한 아이는 원수를 지척에 두고도 죽을힘을 다해 물러나니, 부디 이 분노보다 나은 선택을 하길 바라네."

겨우 뱉어낸 말들이었다. 용주의 손에 유진이 아비처럼 따르던 요셉이 죽었고, 때문에 유진이 목숨을 걸고 그자를 찾아냈다. 그리고 애신은 손에 쥐고 있던 총을 땅에 내려놓았다. 애신은 더는 뒤도 돌아보지 않고 가마터를 나섰다.

사람들이 오가는 거리에 새로운 방이 붙었다.

황제의 옥새를 위조한 이가 미국인이 아닌 부왜인附倭人(왜
국, 즉 일본에 붙어 나라를 해롭게 하는 사람)으로 밝혀져 잡히다
사형에 처했으며, 억울한 누명을 쓴 미국인 선교사의 오명을
벗기고 가난한 조선인들을 도운 뜻을 기려 외국인 묘지에 안
장한다는 방이었다. 선교사 살해범으로 몰렸던 동매도 풀려
나왔다.

부왜인이라 함은 용주였다. 요셉의 누명을 벗기고 그 죄를
용주에게 물으라 은산이 정문에게 청한 것이었다. 요셉은 이
미 죽었으니 죽은 요셉의 명예를 온전히 세우는 일만이, 용주
를 넘긴 유진에게 은산이 해줄 수 있는 유일한 위로였다.

정문은 배후를 밝히지 않는 용주에게 죄를 뒤집어씌워 사
형에 처하기로 하였다. 그러나 사형에 처해지기도 전에 용주
는 한때 동지였던 승재의 칼에 죽음을 당했다. 그것이 배신자
에게 내려진 벌이었다. 살아서는 승재에게, 죽어서는 상완에
게 그 죗값을 치러야만 할 것이다.

방을 보며 수군대는 사람들을 지나 유진은 거리를 걸었다.
다행이었지만 씁쓸했다. 처음 돌아왔을 때와 같이 혼자서 걷
는 조선의 거리는 유독 외로웠다.

그 순간, 맞은편에 빠른 속도로 달려오는 인력거에서 완익

을 보았다. 거리에 모인 이들을 보는 완익의 입가에 선명한 비웃음이 걸렸다. 뜻한 바대로 이루어졌다. 완익은 외부대신 자리에 올랐다. 완익의 웃음이 유진을 스쳐 지나갔다.

돈과 권력에 눈멀어 비열하기 그지없는 자였다. 동시에 애신의 부모를 죽인 원수였다.

'난 상완을 죽이지 않았다고. 내 일은 동지들을 밀고하는 것까지였다고. 상완과 그의 처를 죽인 자는 이완익이라고. 동지들을 죽이지 않겠다기에 한 밀고였어. 그 말을 믿다니 어리고 어리석었지. 밀고하지 않았다면 이완익의 총을 맞은 건 내 처와 자식들이었을 거야.'

무당 집에서 용주를 잡았을 때 유진은 사홍의 집 근처를 왜 기웃거렸냐 물었다. 용주는 진실을 알리고 싶었다고 답했다. 미련한 자기변명도 함께였다. 그러나 총을 쏴 애신의 부모를 죽인 것은 완익이었을지 몰라도 결국 밀고하여 완익에게 애신의 부모를 넘긴 것은 용주였다. 밀고했고, 유진의 아버지였던 요셉을 죽였다. 완익을 탓할 수도 없는 자였다.

완익은 다른 죄명을 가진 채 숨 쉬고 있었다. 유진은 멀어지는 인력거를 응시하며 공사관으로 발길을 돌렸다.

함경도에 갔던 일식이 유진을 찾아왔다. 일식으로부터 함경도에 남아 있던 요셉의 물건들을 전해 받은 유진은 공사관 마당 뒤편으로 나왔다. 요셉이 약통으로 쓰던 나무 상자는 상해에서 송영이 요셉에게 보낸 것이었다. 상자 위에 쓰인 주소지와 보낸 이를 확인한 유진은 함경도와 송영, 요셉과 의병들의 관계를 남김없이 꿰어 맞출 수 있었다.

마당의 작은 화로에 불이 피어올랐다. 유진은 용주에게서 뺏었던 사진을 다시 꺼내들었다. 애신이 짚었던 상완의 얼굴만을 멀거니 보다 사진을 뒤로 돌렸다.

'오얏꽃李花 피던 날에 송영宋領, 고상완高相完, 김용주金鎔朱, 전승재全承才 함께하다. 1874년 봄, 동경東京'

애신의 부모를 죽인 진짜 원수가 완익이라는 것을 밝히며 용주는 사진을 없애달라고 했다. 마지막 부탁이라 했다.

'난 그들의 이름을 다 숨겼어. 이완익에게 거짓으로 알려줬다고. 그러니 그 사진은 없애줘. 마지막 부탁이야.'

확실히 완익이 알게 되어서는 안 될 이름들이었다.

아버지 얼굴을 처음 본다던 애신이 아른거렸지만, 유진은 어쩔 수 없이 화롯불 속에 사진과 함께 나무 상자를 던져 넣었다. 얼굴도, 이름도 없이 살다가 죽겠다던 애신의 말을 유진은 이해했다. 불꽃이 일며 사진과 상자가 활활 타들어 갔다. 그 모든 것들이 뜨거운 불꽃 속에서 재가 되었다.

늦은 밤 사람들의 눈을 피해 약방에 온 애신은 떨리는 손으로 어성초 함을 열었다. 서신은 들어 있지 않았다. 당연한 일이었다. 유진의 다정함을 바라서는 안 된다고 생각하면서도 애신은 비어 있는 함 안을 물끄러미 보았다. 발이 떨어지지 않았다. 약방 주인의 부름에도 금방 나가겠다고 답만 할 뿐 시선은 여전히 어성초 함에 머물러 있었다.

"무슨 소식을 기다리고 있는 거요."

당연히 약방 주인일 거라 생각했던 인기척은 유진이었다.

"날 쏘려던 여인이니 고약한 소식을 기다렸을 것도 같고. 얼마나 밉던지."

유진의 농담에 애신의 눈에는 눈물이 돌았다.

"괜찮은 거요?"

"지금…… 내 걱정을 하는 거요?"

기대하지 않았던 다정함이었으나 유진은 언제나 애신의 생각 이상으로 다정하고, 선하고, 옳았다. 애신의 기가 찬 눈빛에 유진은 피식 웃으며 답했다.

"난 익숙해서. 조선에서도, 미국에서도, 늘 그랬소. 늘……. 당신들은 날 어느 쪽도 아니라고 하니까."

이방인의 삶이 그랬다. 어디에 발붙일 수도, 등을 기댈 수도 없이 길 위에 서서 사는 삶이었다. 살기 위해서 걸어야 했다. 고되고 힘들어 주저앉고 싶어도 유진은 나아갔다. 그래서 이곳에 다시 닿았고 애신을 만났다. 돌이켜 보니 서러운 삶이어서 유진의 눈가에도 눈물이 고였다. 유진이 비친 눈물에 애신의 가슴이 미어졌다. 애신이 유진 쪽으로 손을 내밀었다.

"이쪽이오. 내 쪽으로 걸으시오."

"날 쏘려고 했던 여인의 손을 잡으란 말이오?"

"그걸 알고도 내 총구 속으로 들어온 사내의 손을 내가 잡는 거요."

애신의 검은 눈 안에 유진이 서 있었다. 여인이 손을 내밀지 않았더라도, 여인이 자신의 낭만을 위해, 조국을 위해 유진에게 등 돌렸다고 하더라도 유진은 기꺼이 여인의 뒤에서 여인을 지켜보려 했다. 그쪽으로 걸으려고 했다. 그런데 여인의 손이 제 눈앞에 다가와 있었다.

유진이 애신의 손을 잡아당겼다. 유진의 품 안에 애신이 들어와 안겼다. 빈틈없이 두 사람이 마주 안았다. 마주한 심장 박동에, 숨소리에 둘은 비로소 안도했다. 유진은 울컥 눈물을 쏟아냈다. 오랫동안 참아온 눈물이었다. 유진에게 애신은 세상 유일한 안식이었다.

약방 문밖으로 투둑투둑 빗방울이 떨어지기 시작했다. 내내 무겁던 먹구름이 비를 토해내며 거리가 비로 젖어들었다.

진고개의 술집에 서로 마주 보고 있는 것이 어울리지 않는 세 사내가 또 어깨를 나란히 하고 술잔을 기울이고 있었다.

"뭘 하고자 하는 의지가 없어 의학부 1년, 법학부도 한 1년, 문학부도 1년 다니다 종국엔 다 안 다녔소. 한데 이런 내가 잘할 수 있는 게 뭘까 생각을 해봤소. 그러다 알게 됐소. 내가 모든 일에 호기심이 많고 남들 얘기도 잘 들어준다는 걸."

물론 신이 나 빙글대며 주절거리는 희성과 달리 유진과 동매의 표정은 영 개운하지 않았다. 유진이 희성에게 반박했다.

"지금 혼자 떠들고 있소, 저녁 내내."

"일본 유학을 제가 갔다 온 줄 알았습니다."

동매도 거들었으나 희성은 천연덕스럽게 대꾸했다.

"내 이렇게 말재주도 좋소."

세 사람이 모여 앉은 것은, 아무것도 하지 않고 아무것도 될 생각 없던 희성이 무언가를 시작한다고 하여서였다. 결국 이야기를 빨리 끝내고 싶었던 유진이 희성을 재촉했다.

"아, 내가 그 말을 안 했구려. 신문사를 차릴까 하오."

신문사라는 얘기에 동매가 비릿한 웃음을 지었다.

"부고訃告란이 꼭 있었으면 좋겠네."

"망하겠네. 이리 헤드라인을 못 뽑아서야."

헤드라인이 무엇인지 몰랐으나 동매는 시침을 뚝 떼며 못 뽑으시겠다고 유진의 말에 덧붙였다. 희성은 이번에도 태연하게 제 뜻을 밝혔다.

"헤드라인만 과하기보단 진실과 사실을 기록하는 것에 더 중점을 둬야지 않겠소. 보통은 국한문 혼용인데 난 국문으로

만 신문을 발행할 거요."

국문이라는 말에 심기가 불편해진 유진이 동매에게 요즘은 찾는 사내가 없냐고 물었다. 동매는 기다렸다는 듯이 기침하는 사내를 찾고 있다고 했다. 동매의 말이 끝나기 무섭게 희성이 기침을 시작했다. 다리 저는 사내를 찾던 동매에 다리를 절뚝거리던 희성이다. 변함없는 희성의 태도에 유진과 동매는 기가 찬 웃음을 흘렸다.

술집을 나온 세 사람이 달이 뜬 거리를 걸었다. 함께 걷는 것은 아니었다. 따로 또 같이. 그저 방향이 같을 뿐이었다. 말 없이 걷는 두 사내가 어색해 희성은 하늘에 뜬 달을 보며 실없이 달이 참 밝다 감탄했다. 그저 할 말이 없어 올려다본 하늘이었으나 실로 달이 근래 들어 가장 밝은 밤이었다.

때마침 하늘에서 나풀거리며 꽃잎이 떨어졌다. 희성이 손을 내밀자 보드라운 꽃잎이 손바닥 안에 내려앉았다.

"봄이 왔나 보오."

봄밤이었다. 확실히 눈과 비가 다녀간 후 날이 따뜻해졌다. 아마 겨울의 안녕을 알리는 마지막 눈이고, 봄을 알리는 비였던 듯싶다. 희성이 술과 봄에 취한 듯 중얼거렸다.

"오늘은 내가 좋아하는 것들이 여기 다 있구려. 난 이리 무용한 것들을 좋아하오. 봄, 꽃, 달."

희성의 말에 별다른 반응을 않던 유진과 동매조차 돌아보게 만들 만큼 달밤에 찾아온 봄의 정취가 깊었다. 꽃잎이 나리는 나무 아래 세 사람은 오얏꽃 피던 날 사진을 찍은 이들과 같이 나란했다. 각자의 길을 걷고 있음에도 그랬다. 방향이 같아서.

"혹 꽃잎을 정확히 반으로 가를 수 있소?"

"나으리를 반으로 가를 수는 있겠지요. 가로로 할까요, 세로로 할까요."

희성의 물음에 동매가 앞으로 저벅저벅 걸으며 눈도 깜박않고 물었다. 희성이 과장된 표정으로 고개를 저었다.

"어찌 그리 잔인한. 혹 꽃잎을 명중시킬 수 있소?"

"구동매가 반으로 가르기 전이요, 후요."

다음은 유진이었다. 희성이 희미하게 미소 지었다.

"참으로 멋진 은유요. 일본인과 미국인 사이에서 난 날마다 죽소. 오늘 나의 사인은 화사華奢요."

그렇게 황량했던 조선 땅에 겨울이 녹고 봄이 왔다. 얼었던 강도 녹아 강물이 다시 햇살을 받으며 일렁였다. 마당에 수선화들이 만발했다. 산골짜기엔 들꽃이 피기 시작했다. 유진의 부모와 숱한 이들이 묻힌 산이었다. 이제 유진의 산이기도 했다.

며칠 전 히나를 통해 정문이 유진을 찾아왔다. 의병들을 통해 미국인인 유진을 죽이려고 했던 정문이었으니 참 뻔뻔한 일이었다. 뻔뻔한 줄 알면서도 정문이 유진을 찾은 것은 결국 유진이 조선의 편에 설 수밖에 없을 걸 알아서였다. 이번 일로 정문은 유진이 은산과 의병들이 살기를 원한다는 것을 알았다. 그리고 그들이 조금이라도 더 오래 살 수 있다면, 정문의 청도 거절하지 않을 것임도 알았다.

완익이 외부대신 자리에 앉았으니 원수부부터 장악하려 들게 뻔했다. 그래서 정문은 다시금 유진에게 무관학교의 교관 자리를 맡아달라 청했다. 일전에 황제가 남몰래 글로리 빈관을 방문해 직접 청했으나 유진이 거절한 바 있었다. 이번엔 유진이 그 청을 받아들였다. 은산과 애신이 오래 살기를 원하기에. 대신 이 산을 받았다.

석양에 물든 들꽃들을 보며 유진은 어미를 떠올렸다. 다음에 태어나면 유진이 사는 집 마당의 들꽃으로 핀다던 어미였다.

"여기 이리 피어 계시니, 여기에 집을 지어야 할까요."

어미에 대한 그리움에 잠긴 유진에게 대답하듯 봄바람에 들꽃들이 살랑였다.

'봄을 핑계 삼아 안부를 묻소. 나는 잘 있소. 귀하는 잘 있소?'

'궁금한 것이 있소. 오얏꽃이란 꽃은 어떤 꽃이오? 오얏꽃

을 핑계로 보고 싶다 조르는 거요.'

봄이 익어갈수록 애신과 유진의 서신에 섞인 감정들도 진
해졌다. 오얏꽃 만개한 4월이었다. 하얀 눈처럼 내리는 꽃잎
을 맞으며 유진과 애신이 강가를 걸었다. 애신은 흰 꽃잎처럼
환한 얼굴이었다.

"오얏꽃은 대한제국 황실의 문장紋章이오. 옛 문헌으로부터
유구하게 등장하는 유서 깊은 꽃이고. 한데 오얏꽃은 왜 갑자
기 궁금해진 거요."

"……귀하의 아버지와 동지들이 무엇을 기념했나 궁금해서.
그때 귀하에게 보여줬던 부친과 친우들의 사진 뒤에 글귀가
적혀 있었소. 오얏꽃 피던 날에 누구누구와 함께하다."

머뭇거리며 유진이 사과했다.

"미안하지만 사진은 태웠소. 밝혀지면 안 되는 얼굴과 이름
들인 것 같아서."

"아……. 마음에 담았으니 괜찮소. 고맙소……."

유진이 물끄러미 고맙다 말하는 애신을 보았다. 유진이 더
미안해할까 애신은 얼른 엷은 미소를 입가에 띠우며 물었다.

"꽃구경은 했고, 이제 무엇을 하면 되오. 악수, 허그, 그리움,
꽃구경, 그다음 말이오."

"……낚시?"

갑작스러운 물음에 그저 생각나는 대로 유진이 답했다. 애
신을 만난다는 것 외에 아무것도 계획한 바 없었다. 생각지도

못한 답변에 황당해하던 애신이었으나 이내 정답게 웃었다. 무엇이든 유진과 나란히 하는 일이라면 즐거울 듯했다.

강 위에 나룻배를 띄운 채 두 사람은 낚싯대를 드리웠다. 따스한 봄바람이 두 사람의 마음을 한층 더 흩뜨려 놓았다. 유진이 살며시 애신의 손을 꼭 잡았다. 애신은 그런 유진을 보며 가장 소중한 무엇을 얻은 듯 그윽한 웃음을 피어올렸다. 싱그럽고 해맑았다. 마주한 시선도, 잡은 손도 다시 놓치고 싶지 않을 만큼 따뜻했다. 웃음소리가 끊이지 않고 강 위에 퍼졌다.

행복했다.

가을날 깨끗한 긴 호수는 푸른 옥이 흐르는 듯 흘러

秋淨長湖碧玉流

연꽃 수북한 곳에 작은 배를 매어두었지요

荷花深處繫蘭舟

그대 만나려고 물 너머로 연밥을 던졌다가

逢郎隔水投蓮子

멀리서 남에게 들켜 반나절이 부끄러웠답니다

遙被人知半日羞

난설헌의 시집에 담긴 채련곡采蓮曲(연밥 따기 노래)의 한 구절처럼, 애신은 행복했다.

나
쁜
마
음

유진은 빈관으로 돌아와 테이블 위에 제 손에 들린 노리개
를 내려놓았다. 미 공사관으로 호선이 찾아와 무릎 꿇으며 건
넨 노리개였다. 호선은 희성만큼은 모르게 해달라며 눈물을
흘렸다. 무릎 꿇고 눈물 흘리는 호선의 모습에 유진은 흔들렸
다. 호선 때문이 아니었다. 제 어미 때문이었다. 마당에 엎드
려 아이만은 살려달라 빌던 어미의 울음소리가 귓가에 다시
금 퍼지는 듯했다. 그런 어미를 모른 척했던 이들이다. 그런
데 호선도 결국에는 누군가의 어미였다.

노리개를 보는 유진의 생각이 깊어졌다. 문 두드리는 소리
에 겨우 생각에서 빠져나왔다. 문을 열자 희성이 붕대와 약을
들고 서 있었다.

"일전에 보니 솜씨가 퍽 좋아서. 부탁 좀 합시다. 글로리에

서 가장 다사다난한 304호에 드디어 들어와보는구려."

말릴 틈도 없이 들어와 방 안을 둘러보는 희성에 유진은 불편해졌다. 하필, 지금이었다.

"이 노리개가 왜 304호에 있소 이건 내 어머니의 것인데……."

노리개를 발견한 희성의 말끝이 점점 흐려졌다. 유진의 안색이 어두웠다. 어머니와 유진이 연관된 일이라면 무언가 사연이 있음이 틀림없었고, 좋은 일은 아닐 터였다.

"태어난 날이 언제요."

침묵을 깨고 유진이 물었다.

"그건 왜 묻소."

"내 부모가 죽던 날이 언젠지 궁금해서. 당신 조부가 보낸 추노꾼을 피해 도망치느라 날을 새다가 잊어버렸소."

부모가 죽은 날을 기억하기 위해 어린 유진은 달리고 또 달리면서도 기억하려 애썼다. 하루가 지났는지, 이틀이 지났는지. 그러나 날을 새는 것도 힘들 만큼 살기 급급한 날들이 이어졌고, 유진은 날짜를 놓쳐버렸다. 그게 살면서 한이 됐다.

충격에 빠져 아무 말도 하지 못하는 희성을 유진이 채근했다.

"언제요, 생일."

"……신미년 사월 열이레요. 더 궁금한 건…… 없소?"

"지금은 내가 더 많이 아는 것 같은데."

차갑게 답한 유진의 말이 사실이었다. 희성은 씁쓸하게 끄덕이며 문밖으로 나섰다.

　희성은 깊이 한숨을 내쉬었다. 이제 천둥같이 울리는 시계
초침 소리에 귀를 기울여야 할 때였다. 더는 시계를 숨기고
귀를 막아 그 소리로부터 멀어질 수 없었다. 결과가 어떻든
감당해야만 하는 팔 번 공과 같았다.

　희성은 빈관 뒷마당으로 자신의 집에서 일하던 장정을 불
렀다. 절부터 하려는 장정을 막아 세우며 희성이 장정에게 옛
일을 물었다. 자신이 태어나던 날, 그날 어린 노비에게 무슨
일이 있는지 알아야겠다는 희성에 장정의 표정이 흐릿해졌다.

　망설이던 장정이 어렵사리 입을 떼고는 담담히 이야기를
이어나갔다.

　"그 아이는……. 도련님 조부님 살아계실 적에 그 집서 일
하던 노비 부부의 아들입니다. 도련님의 조부이신 대감마님
께서 그 아이의 어미를 팔아넘기려고 그 아이의 아비를 때려
죽이고……. 아이도 매질을 당하니까 그 어미가 태중의 도련
님과 만삭이셨던 아씨 마님을 인질 잡아 애는 도망가게 하고
지는 우물에……. 애가 그 꼴을 다 봤고, 그 길로 도망쳤고,
그리 대국 사람이 돼서 돌아왔습니다."

　그것이 희성이 다 알지 못했던 유진의 생애였다. 짐작했으
나 짐작보다 더 잔인했다. 듣는 것만으로도 고됐다. 희성은
차마 제대로 앞을 보지 못했다. 언젠가 유진이 제게 타들어

가는 듯한 목소리로 말했다. 누구나 제 손톱 밑의 가시가 제일 아플 수 있으나, 심장이 뜯겨나가 본 사람 앞에서 아프단 말은 하지 말아야 한다고. 그건 부끄러움의 문제라고.

그래서 희성은 눈시울이 벌게진 채 울음을 참았다. 제게 울 자격은 없었으니까.

"이런……."

뒷문에 들어서다 희성과 장정의 대화를 듣게 된 동매가 혼잣말처럼 중얼거렸다.

"그자가, 노비라. 두 나으리께서 그런 비극적인 사연이 있으실 줄은 또 몰랐네."

동매의 입가에 스산한 미소가 번졌다. 그것은 동질감이었다. 백정이 노비에게 느끼는, 조선 땅에서 살아가는 것이 끔찍해 이방인이 된 사내에게 느끼는 동지애였다.

희성의 착잡한 마음과는 다르게 두 집안 사이에 혼인 이야기가 오갔다. 사홍이 애신의 혼인을 서두르고 있었다. 유진이 희성에게 해코지할 것 같지는 않다는 호선의 말에, 마다할 것 없던 안평은 신이 나 애신의 집에 납채서를 보내기로 했다. 그게 당장 오늘이었다.

소식을 들은 애신이 사홍의 방으로 달려가 무릎을 꿇었다.

"노여우실 줄 알지만 더는 미룰 수 없어 말씀드립니다. 저는 혼인하지 않겠습니다. 혼자 살겠습니다."

이제 어떠한 핑계도 통하지 않을 것 같아 애신도 다른 핑계는 대지 않기로 했다. 물러설 수 없었다. 애신을 마주한 사홍이 눈살을 찌푸렸다. 이리 나올 줄은 알았으나 애신의 태도가 더욱 단호했다.

"듣던 중 해괴한 소리구나."

"오래 한 생각입니다."

"네 생각 안 물었다."

"저를 장 포수에게 보내셨을 때 각오하셔야 했습니다. 수나 놓으며 붓글씨나 쓰며 그리 살진 못할 것 같습니다. 그러기엔 제가 멀리 왔습니다. 돌아갈 수도 없습니다."

제 한 몸 지키라 보냈으나 결국에는 애신도 제 아비와 같이 나라를 구하는 일에 앞장서 뛰어들었다. 그렇게 뛰어든 그곳이 꽃밭이 아니어서, 불구덩이여서 애신의 혼인을 더 서두를 수밖에 없는 사홍이었다. 애신을 지켜줄 이가 필요했다. 자신은 떠날 날이 멀지 않으니 애신을 오래도록 지켜줄 이가 필요했다.

"조선 천지 어느 반가의 아녀자가 혼인도 않고 혼자 산다더냐! 조선 땅에 그런 법도는 없다. 나더러 세상의 손가락질을 감내하란 말이냐."

"다 버려야 한다면 버리겠습니다. 이방인으로 살겠습니다."

"그건 죽겠단 말과 다르지 않다. 그게 할애비 앞에서 할 소리냐!"

사홍의 호통에 애신은 치맛자락을 세게 쥐었다. 그저 반가의 아녀자로 살 수 없어서만이 아니었다. 혼인을 할 수 없는 데에는 다른 이유가 있었다. 나룻배 위에서 잡았던 손의 온기가, 그날의 행복이 아직도 생생했다. 환히 웃던 유진에게 상처를 줄 수 없었다. 이쪽으로 와서 같이 걷자고 손을 내민 이는, 다름 아닌 저였다.

"마음에 품은 다른 이가 있습니다. 그저 나란히 걸으며, 혼자 살겠습니다."

"다른 이유 다 대도 그 이유는 대지 말았어야지. 다른 이유 다 갖다 붙여도 그 이유는 입 밖에 내지 말았어야지!"

사홍이 불같이 화를 냈다. 쩌렁쩌렁한 분노에도 애신은 죽어라 입술을 깨물며 버텼다. 아무 대답도 하지 못했다. 그뿐이었다. 유진과 나란히 걸으며 혼자 살겠다는 것. 그것만이 애신이 그리는 애신의 훗날이었다.

"네가 바깥출입이 잦더니 천지도 모르고 떠드는구나. 이것이 다 행랑아범과 함안댁이 너를 무르게 다뤘기 때문이다. 밖에 누구 없느냐! 행랑아범과 함안댁을 광에 가두거라!"

"할아버님!"

절박한 애신의 외침은 묵살당했다.

함안댁과 행랑아범이 광에 갇혔고, 어떠한 말에도 사홍은 요지부동이었다. 애신은 마당에 무릎 꿇고 앉아 용서를 구했다. 혼인은 절대 하지 않겠다는 뜻이기도 했다. 흙바닥에 앉은 애기씨에 종섭을 비롯한 식솔들이 모두 모여 안절부절못하고 애만 태웠다.

입술을 깨문 채 흙바닥 위에 앉은 애신의 곁으로 다가선 건 희성이었다. 털썩, 희성이 주저앉듯 애신의 옆에 함께 무릎 꿇고 앉았다.

"무슨 잘못을 했는지 모르지만 그 벌 같이 받읍시다."

애신이 놀라 희성을 물끄러미 보았다. 희성의 품 안에는 안평이 집사에게 들려 보낸 납채서가 있었다. 붉은색 납채서 봉투를 들고 가는 집사를 만난 희성이 납채서를 챙겨 직접 이리 걸음한 것이었다. 납채서가 도착하는 날, 하필 애신이 이리 무릎 꿇고 있는 것을 보면 상황은 묻지 않아도 알 만했다.

해가 저물고 있었다. 애신도, 애신의 옆에 앉은 희성도 흔들림 없는 자세였다. 조씨 부인은 사홍의 방에 들어 바깥의 상황을 알리며 한탄했다. 집사 편에 납채서를 보낸다더니 희성이 와서는 애신 옆에 함께였다. 개화한 자이니 집안끼리의 약조가 우스운 모양이라고, 혼을 내야 한다고 성화였다. 지난날 희성과의 대화가 떠올라 사홍의 시름이 깊어졌다.

시간이 더디게 흘렀다. 무릎에 감각이 없어진 지 오래였다. 애신은 옆에 앉은 희성에게 시선을 던졌다.

"그만 가시오. 나눠 받을 만한 죄가 아니오."

"무슨 죄를 지었기에."

"혼인하지 않겠다고 할아버님께 말씀드렸소, 마음에 품은 다른 이가 있다는 것도. 전에 내게 다른 정인이 있나 물었소. 맞소. 마음에 다른 이가 있소. 그리고 난 그에게 내 모든 걸 다 걸었소. 돌이킬 수 없고 후회하지 않소."

짐작하지 못한 것도 아니었으나, 괜한 걸 물었다고 희성은 후회했다. 애신이 마음에 둔 이가 누구인지까지는 묻지 않았다. 묻지 않아도 알 듯했다. 애신이 유진에게 미소 지었고, 유진이 애신에게 애틋했다.

"미안하오. 부디 나보다 더 좋은 여인을 만나시오. 파혼은 여인에게나 흉이지, 사내에게는 흉이 아니니."

"이런 때 이런 곳에서 이런 말이 어찌 들릴지 모르겠으나, 여인은 이미 원 없이 만났소."

"난 더한 말도 했는데."

애신의 말에 희성이 힘없이 웃었다.

"그대가 다른 이를 마음에 들인 건 내 진즉에 알고 있었소. 진즉 알았어도 무용했소."

그러나 이제 제 마음이 무용했다. 저와 혼인하지 않겠다 무릎까지 꿇은 애신이었다. 희성에게로 오지는 않을 것이다. 품 안의 납채서가 초라했다. 희성이 납채서를 꺼냈다.

"우리가 혼인한다는 납채서요. 그리고 방금 난 아주 나쁜 마음을 먹었소."

"나쁜 마음이란 게 무엇이오."

놀라 군은 애신에 희성은 애달파졌다. 혼인을 약조한 사이로 만났으니 인연이 되는 것은 당연한 수순이었다. 어쩌다 이리 애달파졌나, 희성은 천천히 눈을 감았다가 떴다. 그래도 눈앞의 여인은 아름다웠고, 깨끗했고, 순수했다. 마음에 품은 것들도 모두 그러했다. 그에 비해 희성은 죄가 많았다. 나약했고, 주저했고, 방관했고, 도망쳤다. 더는 그리해서는 안 됐다.

"꽃을 보는 방법은 두 가지요. 꺾어서 화병에 꽂거나, 꽃을 만나러 길을 나서거나. 나는 길을 나서보려 하오. 이건, 내게 아주 나쁜 마음이오. 내가 나선 길에 꽃은 피어 있지 않을 테니……. 나를 믿지 그랬소. 나를 믿지 못하겠거든 우리가 유예하자 했던 그 약조라도 믿었어야지."

"납채서는 오고 있고, 어떻게든 막아야 했소."

"이리 무모하게. 이건 집안과 집안의 약조요. 시간을 들여서 깨야 하는 문제요."

"그 나쁜 마음이, 혼인이 아니란 얘기요?"

"파혼해주겠소. 늦게 걸음을 한 벌을 이리 받나 보오."

애신의 입이 다물어졌다. 처음에는 희성이 마음에 들지 않았다. 양장을 입고 유약해 보이는 흰 손을 내미는 사내에 눈살이 찌푸려졌다. 이제는 희성에게 진심으로 미안했다. 잘못된 판단도, 이리 파혼을 선언하게 만드는 상황도, 마음도.

"그대 걱정만 하시오. 파혼하면 그대에게 흠이 될 거요."

"난 그걸 원하오."

"내게 시간을 좀 주시오. 준비하는 일이 있어서. 그것만 정리되면 당신이 원하는 흠 있는 여인으로 만들어줄 테니. 나를 믿어주겠소?"

천천히 애신의 고개가 끄덕여졌다. 희성의 얼굴에 씁쓸함이 짙어졌다.

"그대의 첫 긍정을 이런 식으로 받는구려."

그때 희성의 집 집사가 놀란 눈으로 달려왔다. 납채서를 들고 간 희성이 함흥차사니 기다리다 지쳐 되돌아온 것이다. 도대체 무슨 일이냐 묻는 집사에 희성은 착잡해졌다.

"상황은 내 추후에 직접 말씀드릴 것이고, 어른들껜 가보니 내가 빈관으로 돌아갔더라 전해주게. 지금 것은 비밀에 부쳐주고. 알아들었는가."

평소와 달리 무거운 분위기의 희성에 집사가 끄덕이며 뒤로 물러났다. 애신이 미안해하며 희성에게 얼른 돌아가라 했으나, 그냥 돌아가려고 함께 무릎까지 꿇은 것이 아니었다.

"일단 그대의 벌부터 끝냅시다. 식솔들도 구해내고. 어른들은 늘 핑계가 필요하시니. 그대는 나를 좀 받치시오."

그렇게 말한 희성이 풀썩, 옆으로 쓰러졌다. 순식간에 벌어진 일이었다. 옆을 지키던 식솔들이 화들짝 놀라며 웅성거렸다. 얼떨결에 애신이 희성을 받았다. 희성은 애신의 무릎 위에 죽은 듯이 누워 있었다. 아마도 처음이자 마지막으로 애신의 곁에 누워보는 것이리라. 눈을 감은 희성의 마음이 가라앉았다.

"마님, 안방마님! 도련님이 쓰러지셨습니다!"

종섭이 마당이 떠나가라 소리쳤다. 그 소리에 조씨 부인이 문을 박차고 나왔다. 마당의 풍경이 가관이었다. 땅이 꺼져라 조씨 부인이 한숨을 내쉬었다.

"몸이 저리 약해서야. 돌쇠는 가서 광 문 열어주거라. 함안댁은 약방에 좀 다녀오라 하고, 아범은 업고 가라 일러라."

일을 정리하고 조씨 부인이 방 안으로 들어갔다. 희성이 안긴 채 실눈을 뜨고 애신을 보았다. 애신이 '고맙소' 하고 인사했다. 희성은 미소 지으며 다시 눈을 감았다.

애신이 며칠이나 학당에 결석하고 있다는 사실을 우연찮게 접한 유진은 걱정이 깊어졌다. 유진은 빈관의 수미에게 줄 약재를 핑계로 약방에 갔다. 그러나 어성초 함은 비어 있었다. 애신이 약방에도 다녀가지 않은 것이다. 어두운 얼굴로 빈관 프런트에서 열쇠를 줄 이를 기다리던 유진의 뒤로 희성이 들어섰다. 유진은 약재를, 희성은 붉은 납채서를 손에 쥔 채였다.

"약방에서 마주칠 뻔했구려. 나도 오늘 약방에 갈 뻔했는데."

"어디가 안 좋은 모양이오."

"온통 다 안 좋소. 방금 더 안 좋아졌고. 내게 나쁜 소식이 304호에겐 좋은 소식일 수도 있겠다 싶어서."

알 수 없는 말에 유진이 미간을 좁혔다. 희성은 그런 유진을 잠시 보다 말을 이었다.

"첫 번째는, 나도 이제 304호만큼 알게 됐다는 거요. 내 집안의 잘못과 304호의 비극에 대해. 사과는 하지 않을 거요, 아직은."

"기대 안 했소."

"왜. 피는 못 속이니까?"

"굳이 지금이 아니어도 언젠간 할 사람이니까."

혼인을 약조했던 여인을 잃었으니 유진이 싫어야 마땅할 텐데도 희성은 유진을 싫어할 수 없었다. 자신의 집안이 지은 죄가 커서만은 아니었다. 애신이 마음을 빼앗긴 이유를 이해할 수 있을 만큼 유진은 진중하고도 현명한 이였다.

"첫 번째가 있으면 두 번째도 있소?"

되묻는 유진에 희성은 아랫입술을 물었다.

"두 번째는, 그 여인에 대한 소식을 나는 항상 그대들보다 늦게 알았는데, 이번만은 내가 제일 빨랐단 거요. 하나, 말해 주지 않을 거요. 이 소식만큼은 304호가 가장 늦길 바라서."

그렇게라도 마지막으로 애신의 정혼자 행세를 해보며 희성은 절뚝거리며 계단을 올랐다. 그런 희성의 뒷모습을 유진은 멍한 채 보았다.

히나가 프런트로 와 유진에게 304호 열쇠를 건넸다. 유진은 약봉지를 건네며 수미에게 전해달라 부탁했다.

"제 것은요?"

예상치 못한 질문에 유진이 당황하며 눈을 깜박였다. 반씩쓰라는 답이 유진에게서 돌아왔다. 제 농담에 당황한 유진을 보며 히나가 밉지 않게 웃었다. 히나의 웃음을 보다 유진은 문득 변복한 애신에도 놀라지 않던 히나를 떠올렸다. 어느 쪽이든 물어볼 기회가 없었다. 유진의 생각을 읽은 듯 히나가 말했다.

"지난번 방문하셨던 친우분과는 공생입니다. 서로 쥐고 있는 것이 확실해서. 궁금하실 것 같아."

"궁금했소. 서로 놀라지 않으니 내가 놀라서."

"그 친우분이 곧 혼인을 하실 모양입니다?"

덤덤하던 유진의 표정이 단번에 굳어졌다. 히나는 그런 유진의 얼굴을 묘하게 바라보았다.

"조금 전에 희성 상 손에 들린 것. 혼인할 때 신랑 댁에서 보내는 납채서입니다."

"……내 친우에게 정혼자가 있다는 걸 자주 잊소."

얼얼했다. 멍하니 유진은 중얼거렸다. 알고 있던 사실임에도 다가올 때마다 가슴이 아렸다.

방에 들어온 유진은 겉옷도 벗지 않은 채 침대에 걸터앉았다. 조선에 남는다고 하여도 애신의 무엇이 될 생각은 아니었다. 그저 옆을 지키고자 했고, 애신이 제 옆으로 걸으라 하여 나란히 걷는 이 정도는 될 수 있겠다 싶었다.

열어놓은 창문에서 밤바람이 불었다. 바람 소리인지 파도 소리인지 분간이 되지 않았다. 유진의 생각이 애신과 함께 한 바다에 가닿았다. 떠오르는 태양을 보며, 철썩이는 파도 소리에 기대 애신과 유진은 끝이 정해진 연인의 대화를 나누었다.

"일전에 귀하가 내게 물었소. 혼인을 하는 거냐고. 막연히 짐작만 하던 일들을 그때부터 생각해봤소. 혼인을 깬다면 어찌 될까. 어쩌면 쫓겨날지도 모르겠다. 그리되면 나는 상해로 가야지. 그곳에서도 조선을 지키는 방법이 있겠지. 아버님들의 동지들을 만날 수도 있겠지……."

"나는."

제 어미도, 애신도 먼 훗날에 유진은 끼워주지 않아서 유진은 서러운 마음을 숨기며 물어야 했다. 그러면 나는 어떻게 하냐고.

"귀하는……. 미국으로 돌아가지 않았겠소, 그때쯤이면. 상상할 땐 귀하가 내 곁에 없었는데 오늘은 있소. 그거면 됐소."

그거면 됐다던, 애신의 목소리와 그날의 파도 소리가 유진의 귓가에 울리는 듯했다.

　파도가 휩쓸고 간 듯 적막한 방 안에서 애신 또한 홀로 유진을 떠올리고 있었다. 유진에게서 받은 서신들 중 하나를 꺼내 읽는 애신의 눈에서 눈물이 흘렀다. 눈물을 참으려 창밖으로 시선을 돌리니 열린 문틈으로는 꽃잎이 흩날리고 있었다. 흩날리는 꽃잎도 애신을 위로하지는 못했다. 유진이 보고 싶었다. 통성명, 악수, 포옹, 그다음은 그리움인 모양이라는 유진의 말처럼 유진이 그리웠다.

굿
바
이

　행랑아범이 사홍의 방 앞에서 대감마님을 불렀다. 사람들
이 또 한 번 뒷마당에 모여 눈치를 봤다. 요즘 들어 하루도
바람 잘 날이 없는 사홍의 집이었다. 헛기침을 하며 마당으로
나온 사홍의 눈살이 대번에 구겨졌다.

　"미군이 내 집에는 무슨 일인가."

　경계하며 묻는 사홍에 마당 한가운데 선 유진이 고개 숙여
인사했다.

　"저를 찾으신다 하여 왔습니다."

　"내가 무슨 연유로 미군을……!"

　영문을 몰라 찌푸리던 사홍이 그 뜻을 깨닫고는 말을 멈
췄다.

　함안댁과 행랑아범이 기별도 없이 공사관 사무실에 유진을

찾아왔다. 애기씨께서 본인 마음에 다른 정인이 있다 했다고. 그래서 혼인 못 한다 했다고.

그 말에 유진은 놀라 가슴이 다 덜컹거렸다. 그간 애신이 학당에 못 나왔던 것도, 약방에 다녀가지 못했던 것도 다 이해가 되었다. 그리고 희성이 말했던, 자신이 가장 늦게 알길 바란다는 소식이 무엇인지도. 애신은 그런 여인이었다. 내 쪽으로 와 걷자고 하였을 때는, 정말로 같이 걸을 생각이었던 거다. 같은 길로 걷는 일만을 겨우 할 수 있어도……

애신의 소식을 전하는 함안댁조차 얼굴이 상해 있었다. 애신의 집안과 사홍의 성정을 유진도 모르는 바가 아니었으니 애신이 얼마나 아파하고 있을지, 애신의 몸과 마음이 상하지는 않았을지 걱정됐다.

애기씨는 잠시 지나는 바람이었다고, 그러니 걱정 마시라고, 곧 떠날 거라고 대감마님께 한마디만 해달라고 함안댁과 행랑아범이 부탁했다. 그래서 유진은 두 번 고민하지 않고 사홍을 찾았다.

사홍으로서는 차마 생각하고 싶지도 않은 황당무계한 경우였다. 사홍이 떨어지지 않는 입을 뗐다. 주변에 모여든 이들을 물리고 애신을 불러오게 했다. 사홍의 눈에 노기가 서렸다.

"자네인가. 애신이가 말한 그자가, 자네란 말인가!"

사홍의 호통에도 유진은 흔들리지 않았다. 행랑아범과 함안댁의 말대로 사홍의 화를 누그러뜨리려 이곳을 찾은 것이

아니었다. 애신이 그리 결심했다면, 이제 유진이 그 결심에
답할 차례였다.

"예. 접니다."

사홍의 방으로 들어와 유진은 꿇어앉았다. 그 뒤로 애신도
불려왔다. 연분홍빛 치맛자락이 유진의 손끝에 닿을락 말락
했다. 당장에라도 고개를 돌려 애신의 얼굴을 확인하고 싶었
으나 그럴 수는 없었다.

"지금부터 내 물음에 사과도 변명도 말고 즉답만 하게. 애
신이가 자네를 마음에 뒀다는데 사실인가. 또한 같은 마음
인가."

"사실입니다. 같은 마음입니다."

사홍은 하늘이 무너진 듯 한스럽게 유진과 애신을 노려보
았다. 애신은 그런 둘의 모습에 사홍에게도, 유진에게도 죄스
러워 고개를 들고 있기가 힘들었다. 애신이 사랑하는 두 사람
이었다. 사홍도, 유진도 애신에게는 소중했으나 자신의 선택
이 두 사람 모두를 괴롭히고 있었다.

"나는 도저히 이해할 수 없다. 이자는 대체 무엇이란 말이
냐. 피를 갈아 새 피를 넣은 것도 아니고 조선인이 어찌 양인
이 될 수 있단 말이냐. 나라라도 판 것이냐!"

"살기 위해 조선을 떠났고, 미국인이 되기 위해 미군이 되
었습니다. 살아남아야 했고, 살아남아 조선 발령을 명받아 조

선에 왔습니다."

"미군은 조선의 침략군이다."

기막혀 하며 따끔히 이른 사홍이 애신을 나무랐다.

"어떻게 네가 내 앞에 이런 자를 데려다 놓을 수 있단 말이냐. 미국을 조국이라 하는 자를. 조선의 이권을 앗아가는 침략군의 앞에 선 자를! 너는 대체 이런 자와 뭘 하겠다는 것이냐. 같이 죽자는 것이냐!"

"같이…… 살자는 것입니다. 살려는 것입니다."

애신의 답 또한 사홍으로서는 어불성설이었다. 유진이 말을 이었다.

"미군은, 침략군이 맞습니다. 하나 저는 조선이 안전하길 바랍니다."

"진심일 리 없다. 미국 군복을 입은 자가 어찌 조선을 걱정한단 말이냐."

"……아주 오래전에, 어르신을 뵌 적이 있는 듯합니다. '종놈 눈길이 멀면 명이 짧은 법이다.' 제가 조선을 떠나기 전 어르신께서 해주신 말씀입니다. 이리 다시 뵙습니다."

모든 것을 다 내려놓을 작정이었다. 사홍이 어떤 이인 줄 알아서, 또 애신에게 사홍이 얼마나 애틋할지 알아서 유진은 거짓 없이 모든 것을 고했다. 유진의 말에 사홍은 아주 오래전 만났던 소년을 기억해냈다. 그 아이가 유진이었다는 사실에 또 한 번 충격을 받았다. 운명과 같이 스친 우연이 놀라운

게 아니었다. 그 아이는, 노비였다.

"너, 너는 알고 있었느냐, 이자의 출신을. 그걸 알고도……."

기함하며 부들부들 떠는 사홍이 어떤 말로 유진을 상처줄
지 알아 애신이 다급하게 사홍을 막아섰다.

"제 신분 또한 그에게 상처였습니다. 이미 상처투성이였을
마음에 전 또 다른 상처를 보탰습니다. 그의 출신은 그의 잘
못이 아닙니다. 제게 오는 한 걸음, 한 걸음이 멀었을 겁니다.
저 역시 그에게 달려가 보며 알았습니다. 그러니 더는……."

유진을 보호하려 애쓰는 애신에 사홍은 말문이 막혔다. 애
신이 조선을 지키겠다고 나섰을 때는 그나마 이해할 수 있
었다.

애신이 유진에게 얼른 가달라 부탁했다. 애신의 마음을 알
아 유진은 모자를 들고 자리에서 일어났다. 제 쪽으로는 시선
도 주지 않는 사홍에게 유진은 꼿꼿이 예를 갖춰 인사하고
문을 나섰다. 문 닫히는 소리에도 애신은 가슴이 따끔거렸다.
사홍의 주름진 눈이 애신을 보았다. 노여움이 물러간 자리에
는 슬픔이 남아 있었다.

"……네가 어찌 내게 이런 모욕을 주느냐. 반가의 여식이
마음에 사내를 품은 것도 기함할 노릇인데, 어찌 저런…….
내 손녀의 입에서 이런 말이 나올 줄 알았으면 칼을 물고 엎
어졌을 것을!"

사홍의 한탄에 애신은 숨도 제대로 쉬지 못했다. 제 조부를

이리 슬프게 할 생각은 없었다. 치맛자락만 꼭 쥔 채 애신은 눈물을 참았다.

"넌 정혼을 깨더라도 저자에게는 못 간다. 내 눈에 흙이 들어가도, 너는 저자에게 못 간다. 이 할애비에게 그 꼴까지 보이면 안 된다. 평생 홀로 늙거라. 앞으로의 네 생은 절간 같을 것이다. 그것이 네 선택의 결과다."

"……그리 하겠습니다."

이미 각오하였다. 다른 것은 꿈도 꾸지 않았다. 담담한 애신의 답에 사홍은 한 번 더 하늘이 무너지는 듯했다.

사홍의 방에서 나온 애신은 망연자실하여 텅 빈 마당을 보았다. 닫힌 대문과 지켜선 이들을 보며 애신은 무언가 생각할 겨를도 없이 뒷마당을 향해 뛰기 시작했다. 몸이 먼저였다. 높은 담장 아래에 장독들이 옹기종기 모여 있었다. 그 장독을 밟고 애신은 담장 너머로 뛰어올랐다. 이어진 숲길에 수선화가, 들꽃들이 피어 있었다. 그 꽃들을 따라 애신은 달렸다. 달리다 보면 유진의 뒷모습, 그 끝자락이라도 볼까 하여, 그리운 이의 휘날리는 옷자락이라도 볼까 하여 내달렸다.

급하게 쫓아오는 발소리에 유진이 뒤를 돌아보았다. 애신이었다. 애신이 제게 달려오고 있었다. 바람결에 나부끼는 꽃잎처럼 애신이 유진에게 달려왔다. 유진은 급히 말에서 내리며 애신에게로 향했다.

달려와 서로의 앞에 닿은 유진과 애신의 호흡이 가빴다. 마주 서는 것조차 이리 힘겨웠다. 가쁜 숨을 몰아쉬는 애신에 유진이 불평했다.

"아깐 가라더니."

"이리…… 빨리 갔을 줄 몰라서."

"그래야 되는 줄 알고."

"잘 가라는……. 인사를 못 해서……."

유진이 슬프게 미소 지었다.

"그것 때문에 이리 뛰어온 거요. 담을 넘어서."

"언제 또 볼지 몰라서……."

애신의 답이 서글펐다. 유진은 주먹을 꽉 쥐었다. 애신을 살피던 유진의 눈이 크게 떠졌다. 애신은 신이 벗겨진 것도 모르고 버선발로 유진 앞에 서 있었다. 언젠가 양장점에서 부끄러워하던 애신이 떠올랐다. 그런 이가 당혜가 벗겨진 것도 모르고 제게 달려왔다. 유진이 애신을 지나쳐 애신이 달려왔던 길로 향했다. 흙바닥에 떨어져 있던 애신의 당혜 한 짝을 주워 다시 돌아왔다. 애신은 그제야 제가 한쪽 당혜를 흘린 채 달렸음을 깨달았다.

한쪽 무릎을 굽히고 앉은 유진이 애신의 발에 묻은 흙을 조심스럽게 털어주고는 당혜를 그 앞에 가만히 놓았다. 행동 하나하나가 조심스럽고 다정했다. 애신이 눈물을 참으며 당혜 안에 발을 넣었다.

"······할아버님을 이해해주시오."

무릎을 펴고 애신과 마주한 유진이 피식 웃었다.

"외려 감사하오. 이렇게라도 얼굴 보게 해주셔서. 닮았던데. 귀하가 누굴 닮아 이리 멋진가 했더니. 들어가시오······. 또 봅시다."

또 보자는 말이 어려웠다. 애신이 끄덕이며 뒤돌아섰다. 다시 집을 향해 달려가는 애신의 얼굴에서 그제야 눈물이 쏟아졌다.

흙투성이가 된 발로 방 안에 돌아온 애신은 무너지듯 웅크리고 앉아 눈물을 쏟아냈다. 손등으로 막아도 울음이 터져 나와 바다가 되었다. 이제 유진에게 갈 수 없을 것이다. 사홍과의 약조가 그러했다.

숱한 상상들은 상상으로 남을 것이다. 유진과 자유롭게 나란히 걷는 상상들. 유진이 떠나왔던 뉴욕의 거리를 행복하게 노니는 상상들.

애신은 양장에 양혜를 신고 있고, 유진은 양복에 근사한 구두를 신었다. 남녀가 나란히 걸어도 아무도 쳐다보지 않는 곳. 그곳에서 애신은 세계가 얼마나 큰지, 지구는 정말 둥근지, 별은 어디로 떠서 어떻게 지는지를 공부한다. 공부가 끝나면 애신은 유진에게로 간다. 유진은 분수대에 앉아 애신을 보고 웃으며 손을 흔든다. 애신은 잠깐 수줍고, 오랫동안 행복하다. 어느 날은 함께 뮤직 박스 가게에 가 두 사람이 좋아하는 선율을 듣고 한참을 그 앞에 서 있는다.

"그리고 또 무엇을 하오."

"……해가 지고, 우린 헤어지오. 서양의 연인들은 헤어질 때 볼에 키스를 하며 인사를 한다던데. 굿바이."

"굿바이 말고, 씨유라고 합시다."

"씨유. 씨유 어게인."

유진은 빈관의 방 안으로 돌아와 바닷가에서 애신이 들려 주었던 그녀의 상상들을 떠올렸다. 상상에서조차 헤어져야 했다. 그러나 유진은 애신을 놓을 수가 없었다. 돌아보았을 때 애신은 신발이 벗겨진 가여운 발로 기어이 유진에게 달려 오고 있었으니까. 애신은 모를 것이다. 그 순간에 유진이 무 엇을 걸었는지.

'요셉, 전 마침내 다 온 것 같습니다. 제가 서 있을 곳을 찾 았거든요.'

유진은 가만히 제 군복 위에 새겨진 이름을 손가락으로 더 듬었다.

🍂

근심이 사홍의 어깨를 무겁게 했다. 사홍은 마루에 홀로 서 밤하늘을 보았다. 그때 흑색의 기모노를 입은 동매가 뒷담을 넘어 홀연히 나타났다. 갑작스러운 동매의 등장에 행랑아범이 달려와 사홍의 옆을 지키고 섰다. 뒷마당에서 일을 보던 함안댁과 종섬도 놀라며 소란이 일었다. 소란에 애신이 방 안에서 나왔을 때는 앞마당으로 가노들이 우르르 몰려가는 중이었다. 몇몇은 횃불을 들었고, 몽둥이를 든 이도 있었다. 그중 동매에게 사홍의 집 소식을 알리던 돌쇠는 더욱 굳어 동매를 지켜보았다.

행랑아범이 동매를 손가락질하며 사홍의 앞을 가렸다.

"일본 앞잡이로 입에 풀칠하는 아주 흉악한 놈입니다."

사홍은 노기 어린 시선으로 동매를 훑었다.

"그런 자가 내 집 담은 왜 넘은 것이냐."

"제가 누군지는 중요치 않습니다. 아실 필요도 없고요. 그저 전할 것이 있어 왔습니다."

동매가 품 안에서 서신을 꺼내 내밀었다. 경계하며 그것을 받은 행랑아범이 서신을 보고는 황급히 사홍에게 전했다. 사홍이 선비들에게 보낸 서신이었다. 그 서신을 왜 이자가 가지고 있는 것인지, 사홍이 경악하며 동매를 노려보았다.

"보내신 서신들이 안 간 모양입니다. 나머진 태워졌고 하나 남은 걸 제가 얻었습니다. 누군가 이 댁을 노리고 있단 뜻일 겁니다. 제가 말씀드릴 수 있는 건 여기까집니다."

동매는 자신을 고문했던 경무사와 우체사 총판을 불러다 무릎을 꿇렸다. 그들을 협박하여 자기 입에서 고사홍의 이름이 나오길 원한 이유를 확인했고, 우체사 총판이 만약을 위해 남겨둔 사홍의 서신을 빼앗아왔다. 그리고 담을 넘었다.

"왜놈 의복을 입고 담을 넘은 자의 말을 나더러 믿으란 말이냐."

환영받지 못할 걸 알면서도 온 것은 모두 애신 때문이었다. 애신에게 받은 오십 환짜리 동전이 동매의 손바닥 안에 있었다.

"제가 받은 돈이 있어서 당분간 조선인입니다, 어르신."

그리 고하고 동매는 왔던 것과 같이 훌쩍 담장을 넘어 사라졌다. 사홍은 놀란 가슴을 진정시키며 서신을 쥔 채 우두커니 서 있었다. 서신을 부쳤던 행랑아범도 놀라긴 매한가지였다. 동시에 걱정스러웠다. 이번 일은 너무 위험했다. 동매의 말을 다 믿을 수는 없어도 위험한 일인 것만은 사실이었다.

행랑아범의 걱정에 사홍이 낮은 목소리로 답했다.

"나의 수는 이미 읽혔다. 행하지 않아도 나는 이미 위험하다. 그자가 서신을 갖다 주지 않았다면 나는 선비들이 화답하지 않은 것에 절망했을 것이다. 하나 아직 서신이 닿지 않았으니 희망이 있지 않은가. 아범. 은밀히 장 포수를 들라 해라."

사홍의 명에 행랑아범은 고개를 숙였다.

갑작스럽게 담을 넘어 들어와 사홍을 만나고 간 동매에 애신의 머릿속은 의문투성이었다. 이러한 의문을 해결해줄 이가 주변에 많지 않았다. 결국 생각난 것은 히나였다. 애신은 곧장 아파를 불러 히나에게 서신을 전했다.

'구동매가 내 조부께 서신을 전하고 갔소. 나는 조부님이 걱정되고, 그대는 구동매와 연이 있는 듯하여 도움을 구하오. 무슨 연유인지 알아봐주시오. 편은 아니어도 부탁하오.'

방 안에 앉아 전해 받은 애신의 서신을 읽은 히나는 우스워 미소를 지었다.

"나한테 맡겨놓은 대답이라도 있으신가."

때마침 히나의 방문을 두드리고는 동매가 들어왔다.

"바빠?"

문틈으로 물어오는 동매에 히나가 서신을 접고는 들어오라 답했다. 동매가 빙글거리며 히나에게 나가자 청했다.

"그대 닮은 봄옷이나 한 벌 해줄까 하고. 호타루 돌봐준 답례야."

"그런 이유면 고마울 이가 나만은 아닌데."

동매는 알지 못했으나 호타루를 잡으려던 스즈키를 처리하는 데에는 애신의 공이 지대했다. 히나는 피식 웃었다.

"옷 말고 다른 거 줘. 나 옷 많아. 고사홍 어르신 댁 담은 왜 넘었어?"

"모르는 게 없네."

"서신을 전했다던데. 뭐야, 그거?"

놀라운 정보력이었다. 이 정보는 또 어디에다 파는 거냐 동매가 물었다.

"고애신."

순간, 동매의 표정이 굳어졌다. 애신의 이름만 나오면 동매는 표정부터 달라졌다. 그런 동매가 히나는 우습기도, 가엽기도 했다. 그런 동매의 변화를 전부 알아차리는 자신도 어느 순간부터는 우스워졌다.

"걱정되겠지. 조부가 구동매를 맞닥뜨렸는데. 어디까지 얘기해줄 수 있어?"

"직접 오라 그래. 그럼 얘기해준다고."

"그 꼴은 보기가 싫으네. 나한테 얘기해. 전할지 말지는 내가 정할 테니까."

"혼인은 정말 깨진 건가?"

"그러길 바라?"

동매를 살피는 히나의 표정이 묘했다. 동매의 아스라한 표정에 묘하게 신경이 거슬렸다.

"아니. 더 멀리 가버리는 거 같아서."

"깨진 거 같던데. 외출하는 희성 상 낯빛이 아주 어두웠거든. 지금 누구처럼."

심술처럼 전한 소식에 동매의 낯빛이 어두워졌다. 히나는 동매의 감정을 목도하고도 모른 체했다. 그러지 않으면 기분이 퍽 상할 것 같아서. 생각에 빠진 동매는 허공을 응시하고 있었다. 서로에게서 눈을 돌린 채 다른 생각을 하는 두 사람 사이로 정적이 감돌았다.

넓은 정전 안, 용상을 쥔 황제의 손이 떨리고 있었다. 요셉이 살해당하고 완익이 외부대신 자리에 앉은 이후 황제의 심신은 나날이 미약해졌다. 일본이 코앞까지 총칼을 들이밀고 있는 듯했다. 밤잠을 설친 지 오래였고, 헛것이 보이기까지 했다. 그런 황제를 지켜보는 정문의 속은 타들어 갔다.

정문은 황제의 불안을 가라앉히려 최선을 다했다. 때마침 내관이 미 공사관에서 사람이 들었다고 고했다. 육군 무관학교의 교관 내정자인 유진이 황제의 명을 받기 위해 궁에 오기로 한 날이었다. 숨통이 트이는 듯 황제의 표정이 밝아졌다. 황제에게는 새로이 기댈 수 있는, 완익의 손에 놀아나지 않을 유일한 인물이었다.

정복 차림으로 유진이 예를 갖춰 황제 앞에 섰다. 근엄한 분위기 속에서 황제가 임명 교지를 펼쳐 읽었다.

"대한제국 황제인 짐은 미 해병대 대위 유진 초이를 대한제국 육군 무관학교 외국인 교관으로 임명하는 바이다."

교지를 읽은 황제가 내관을 통해 유진에게 태극기가 든 함을 전했다.

"황제 폐하께서 교관을 격려코자 친히 대한제국의 국기를 하사하시니, 교관은 받들도록 하라."

"성은이 망극하옵니다."

정문의 가르침대로 유진이 황제에게 감사를 올렸다. 함의 태극기가 유진의 손에 전해졌다. 유진은 가만히 태극기를 보았다. 곱게 접힌 태극기는 노비로 태어나 조선에서 도망쳤던 미국인에게는 생경했다. 그러나 제가 귀애하고 은애하는 이들이 지키고자 하는 조국의 상징이었다. 묘한 감정이 유진을 휘감았다.

"교관은 대한제국 무관 양성에 있어 학도생들을 강병으로 길러내는 데 힘쓰라. 귀관 같은 이가 자리만 지켜주어도 이 나라에 큰 위안이 된다."

황제는 진심으로 안도하고 있었다. 유진은 태극기에서 눈을 떼어 지난번 보았을 때와 달리 유약해진 황제를 바라보았다. 정문이 옆에 서 또 한 번 작은 목소리로 인사를 가르쳤다.

"망극하옵니다, 폐하."

유진은 깊이 허리를 숙였다. 어색하였어도, 이곳이 제가 있을 곳이었다.

정전을 나와 궁을 나서던 유진은 오얏나무 아래에 멈춰 섰다. 흰 꽃잎이 유진의 어깨로 내려앉았다. 애신과 보았던 꽃들이 생각나 유진은 멍하니 꽃잎들을 바라보았다. 엄비의 궁으로 윤 상궁을 따라가던 애신이 그런 유진을 발견하고는 놀

라 멈칫했다. 두 사람 다 만나리라 생각지 못한 장소였다. 엄
비는 신학문과 학당에 대한 조언을 구하고자 히나를 통해 애
신을 불러들였다. 집에 발이 묶여 있던 애신은 궁에서의 부름
에 겨우 외출을 할 수 있었다. 그리고 이렇게 유진을 보게 되
었다.

둘 사이에 애련한 눈빛이 오갔다. 그러나 윤 상궁이 앞서나
가고 있어 애신은 그저 유진을 지나칠 수밖에 없었다.

"나는 미 해병대 대위 유진 초이요."

뚜벅뚜벅 윤 상궁과 애신의 앞으로 다가온 유진이 자신을
소개했다. 갑작스러운 소개에 윤 상궁과 그 무리가 멈춰 섰다.

"황제 폐하의 명으로 금일부로 대한제국 무관학교의 교관
을 맡기로 했소."

"아, 뉘신가 했더니 그리 중한 일을……."

윤 상궁이 고개 숙이며 얼결에 답했다. 윤 상궁에게 말하고
있었으나, 유진의 시선은 그 너머의 애신에게 닿아 있었다.
곱게 차려입은 애신은 오늘따라 유독 어여뻤다. 애신은 제게
하는 말인 줄 알아 유진의 말에 가만히 귀를 기울였다.

"열심히 가르쳐보려 하오. 누군가의 동지들을 키워내는 일
이 될지 몰라서. 부디 이 진심이 가닿길 바라오."

"인품이 훌륭하십니다."

윤 상궁이 진심으로 답했다. 애신은 뭉클해져 눈가가 다 뜨
끈했다. 먹먹한 가슴으로 애신은 당장에라도 '고맙다'고 인사

하고 싶었다. '보고 싶었다'도 해야 했고, '그립다'도 해야 해서 할 말이 무척이나 많았다.

"궁에서 이리 우연히 만나니 매우 아름다워 깜짝 놀랐소. 이건 오얏꽃이구려. 대한제국 황실의 문장 아니오. 사계절 내내 볼 수 있으면 참 좋겠다 실없는 생각도 했소"

"아쉬워라……. 봄철에만 피는 꽃이라……."

"이리 보아, 많이 반가웠소."

윤 상궁의 볼이 발그레해졌다. 윤 상궁을 사이에 두고 유진과 애신이 대화하고 있었다. 달이 움직이며 해를 반쯤 가렸다. 어두워진 가운데 하얀 꽃잎만이 희게 빛나며 휘날렸다.

달이 해를 가리는 낮이었다.

　제빵소 테이블에 애신과 히나가 다시금 마주 앉았다. 엄비에게 애신을 소개한 것이 히나라고 하더니 히나는 엄비를 통해 애신을 만나고 싶다 기별하였다. 히나를 앞에 둔 애신은 새침했다.

　"엄비 마마를 통할 줄은 몰랐소."

　"무엄하게도 말이지요?"

　"무엄하기도 했고 난 그대가 내게 힘을 과시했단 생각이 들어서."

　"전 그저 답을 빨리 드리고 싶어서. 구동매에게 직접 들은 내막이라."

　히나가 빙긋 웃었다. 동매의 속내가 무엇인지 알아봐달라 부탁한 것은 자신이어서 애신은 못내 진 기분이 되었다.

"애기씨 조부께서 전국 각처에 글을 보내셨는데 그 서신이 당도하기도 전에 몽땅 불태워진 모양입니다. 그중 하나 남은 것을 구동매가 손에 넣어 돌려드리려고 담을 넘은 것이고, 서신의 내용은 알지 못하며 불태워진 내막도 모릅니다. 다만 하나 짐작해보면 구동매가 직접 담을 넘었다는 건, 애기씨의 조부를 구하기 위함이었겠지요."

애신의 검은 눈이 떨렸다. 조부의 행보도, 동매의 선택도 애신을 놀라게 했다. 어느 날부터인가 동매는 애신이 생각하는 동매가 아니었다. 제 치맛자락에 피를 묻히고, 저를 할퀴고 간 동매가 저를 지키고 있었다. 그것이 달갑지 않았으나 저뿐만 아니라 제 조부까지 지켜주려 하고 있었다. 애신은 아연한 채 히나의 말을 들었다. 말을 전하면서도 동매의 모든 선택이 애신을 위한 것이라 히나는 또 한 번 묘하게 기분이 상했다.

"답이 되셨습니까?"

"고맙소."

"하면 제게도 답을 좀 주시겠습니까? 희성 상 손에 납채서가 들렸던데. 애기씨 손엔 헛된 희망이 쥐어진 걸까요?"

"떠보지 마시오. 이유는 잘 알 거고."

애신의 답이 퍽 단호했다. 유진의 방 안에서 히나와 마주쳤다. 히나는 그 정도면 모든 것을 다 알고도 남을 여인이었다.

"그날, 내가 처음 온 게 아니란 것도 알고 있는 듯하던데."

"한 번은 들어오는 걸 보았고, 그땐 나오는 걸 보았지요. 들고 나는 날은 달랐으나, 애기씨는 그 방에 계속 있는 사람 같았습니다."

뜻밖이었다. 타인의 입으로 전해 듣는 애달픈 정은 애신의 마음을 흔들었다.

"고맙단 말은 않으셔도 됩니다. 저도 도움을 받았으니."

"오늘은 고마웠소. 나를 이리 담 밖으로 빼준 것 말이오. 이만 가봐야겠소, 내 벌을 받는 중이라. 이 떡값은 내가 치르리다."

"잘 먹겠습니다. 궁은 어떠셨습니까?"

히나가 자리에서 일어나는 애신에게 지나가듯 물었다. 궁출입은 처음이었고, 학당을 세우고자 하는 엄비를 만나는 중한 자리였다. 그러나 애신의 기억 속에 궁은 오얏꽃 휘날리는 나무 아래에서 유진과 마주친 곳이었다.

"……울 뻔하였는데, 다행히 웃었소."

어느덧 애신의 시선이 멀리 유진에게로 가 있었다.

황제의 임명 교지를 받은 다음 날. 유진은 군복 차림으로 무관학교의 마당에 들어섰다. 어깨를 편 채 곧게 선 유진에게서는 위엄이 넘쳤다. 무관학교에 모인 학도들은 모두 양반 신분이었다. 태어나기를 양반으로 태어났으니 걸음이 느렸고, 짐을 든 하인 무리를 거느리고 있었다. 그 광경을 지켜보는 유진은 속이 답답했다. 유진이 조교들의 앞으로 나와 학도들을 향했다.

"나는 오늘부터 학도들을 가르칠 미 해병대 대위 유진 초이다. 이름이 유진, 성이 초이다. 학도들이 부를 일은 없겠지만."

유진의 소개에 학도들이 술렁였다. 미국인이라는 것도, 이름이 '유진', '초이'인 것도 모두 그들로서는 놀랄 일이었다. 유진은 표정 하나 변하지 않고 말을 이었다.

"앞으로 내가 가르칠 건 죽지 않는 방법이다. 내 수업은 길지 않으나 힘들 거고, 자주 하지 않으나 힘들 거다. 잘해보자."

스무 명 남짓한 학도 중 과연 제대로 훈련을 소화할 수 있는 이가 얼마나 될지 가늠하기 힘들었다. 유진은 보이지 않게 한숨을 내쉬었다. 그럼에도 나라를 위해 싸우려 나선 이들이었다. 어떻게든 싸울 수 있게 해야 했다.

학도들을 살펴보던 유진의 눈에 한 청년이 들어왔다. '해드리오'에서 스쳤던 준영이었다. 준영은 본래 양반집 도련님이었으나 그 부모가 완익을 처단하려다 도리어 동학도로 몰려 죽임을 당했다. 때문에 준영을 포함한 삼남매는 양반 신분을 잃고 힘들게 살아가고 있었다.

이제는 장성한 준영이 무관학교에 들어가려 하는데, 무관학교에 들어가기 위해서는 양반 신분과 보증인이 필요하다는 게 일식과 춘식의 설명이었다. 무관학교에 들어갈 준영의 위조 서류에 보증인으로 서명을 하라고, 일식이 함경도에 다녀온 일을 빌미로 유진을 떠밀었다. 무관학교 쪽에 들킬 일은 일절 없다 장담했다. 유진이 무관학교 교관인 것을 전혀 모르니 하는 말들이었다.

유진은 지그시 자신의 서명으로 무관학교에 들어온 준영을 바라보았다.

학도들이 어설픈 모습으로 훈련을 받고 있는 무관학교 마당을, 완익이 군부대신과 함께 절뚝거리며 가로질러 왔다. 대열을 갖추고 있던 학도들이 인기척에 흐트러졌다. 기별도 없이 온 완익에 조교가 안절부절못하며 그를 맞았다. 준영을 비롯한 학도 몇이 말없이 완익을 노려보았다.

학도들 사이로 완익을 발견한 유진이 총을 들어 장전했다. 자세를 알려주는 듯 보였으나 그저 시범이 아니었다. 장전한 총에서 빠르게 총알이 날아갔다. 날아간 총알은 완익을 비껴 과녁으로 날아들었다. 총소리에 학도들은 물론이고 군부대신도 놀라 뒷걸음질 쳤다.

과녁은 완익과 군부대신의 바로 뒤편이었다. 별안간 총알을 맞을 뻔한 완익이 유진을 쏘아보았다. 애초에 유진이 노린 것이 과녁이었는지 완익이었는지 의심스러웠다.

유진은 아랑곳하지 않고 개머리판을 어깨에 대며 외쳤다.

"이게 그렇게 어려워? 이 자세가? 뭐가 어려워. 개머리판을
이렇게 어깨에 딱 고정시키고."

조준경 안에 완익이 있었다. 조준경을 바라보는 유진의 눈
빛이 순식간에 서늘해졌다. 애신의 원수, 곧 유진의 원수이기
도 했다. 유진은 분을 참아내며 방아쇠를 당겼다. 또 한 번 완
익의 뒤로, 과녁을 한참 빗나간 자리에 총알이 박혔다. 급작
스러운 상황에 입이 벌어진 학도들에게 유진은 아무 일 없었
다는 듯이 훈련의 끝을 알렸다.

흩어지는 학도들을 뚫고 완익과 군부대신이 유진의 곁으로
왔다. 완익이 불편한 심기를 고스란히 드러냈다.

"무스기 환영을 이리 거칠게 하네? 국방비가 어케 쓰이는
가 했더니 총알을 그리 막 써 갈겨대서 되겠네? 내래 그 돈으
로 냉면 한 사발 사 묵는 게 나았갔어."

"미 해병 보급품이니 신경 안 쓰셔도 됩니다."

안 그래도 외부대신이 된 차에 원수부부터 축소하려던 완
익의 계획이 유진으로 인해 어그러져 있었다. 무관학교는 황
제 직속의 원수부 소속이라 완익도 뒤늦게 소식을 알았다. 눈
엣가시도 이런 눈엣가시가 없었다. 완익은 유진을 치울 궁리
를 했다.

"미국물이 좋긴 좋나 보구나야. 확실히 조선 놈 간댕이는
아이다. 내래 단도직입적으로 묻갔어. 이정문이랑은 어케 아
네. 이정문이가 뭔 생각으로 이 판에 너를 앉혔냐 이 말이야.

이세훈이 가마 넘은 것도 그렇고, 너 혹시 이정문이 밀정이네? 알렌이 알면 가만있겠는가 말이?"

이 정도 겁박에 물러날 이였다면, 유진은 이 자리에 서지도 않았을 것이다. 유진은 여태까지 완익이 상대한 자와는 달랐다. 자신은 잃을 게 없었고, 더는 아무것도 잃지 않기를 바라는 이가 있었다. 유진은 모든 것을 내던질 준비를 마쳤고 그래서 강했다.

"그리 몰고 갈 생각이신가본데 한번 몰아보시던가. 몰라나."

완익과 유진 사이에 살기등등한 시선이 오갔다.

"탕! 탕!"

그 사이에 입으로 내는 총소리가 울려 퍼졌다. 유진과 완익이 소리에 돌아보자, 준영이 총 연습 시늉을 하고 있었다. 완익이 성질을 냈다.

"중요한 얘기 하는데 누가 이리 탕탕거리나?"

"거기 학도생. 총기 반납 후 하교한다, 실시."

조교에 의해 끌려가면서도 준영은 완익을 주시했다. 완익은 그런 준영 쪽에는 신경도 쓰지 않고 유진에게 경고했다.

"계속 그렇게 깐족대보라. 미국 이름 가진 조선인 아새끼 하나 죽이는 거이 일도 아니니."

"전쟁터에선 사태가 불분명할 땐 그냥 공격하라고 가르칩니다. 나도 뭐 일본 이름 가진 조선인 하나 죽이는 게 일은 아닐 겁니다, 작금의 조선에선. 하니 조심하십시오. 일전에 보니 외부대신 자리에만 앉으면 다 죽어나가던데."

오히려 경고를 당한 건 완익이었다.

무관학교의 교무실에 유진과 준영이 마주 보았다. 열중쉬어
자세로 왜 부른 거냐 묻는 준영의 표정에는 불만이 가득했다.
유진이 책상 위에 있던 준영의 입학 서류를 들며 물었다.

"미 공사관 영사대리랑은 어떻게 알아?"

유진의 질문에 준영이 굳었다.

"입학 서류 보다 보니까 너 보증인란에 그 사람 서명이 있
기에. 친해?"

위조한 서류가 들킬지도 몰랐다. 준영은 일부러 더 세게 나
가기로 했다. 괜히 주눅 들어서야 의심만 살 것이었다.

"교관님은 친하십니까?"

"글쎄. 친하다고 해야 하나. 잘 알기는 하는데."

준영은 속이 탔다. 괜히 유진이 준영의 얘기라도 하게 되면
모든 것이 탄로날 터였다.

"……혹시 가서서 제 얘기 하실 겁니까?"

"안 할 거지만 이미 다 알걸? 네가 서류를 위조했다는 거?"

"그분은 아무 잘못이 없습니다!"

준영이 놀라 소리쳤다. 낭패였다. 유진은 놀란 준영을 보며

여유를 부렸다.

"아닐걸? 이 서류에 그 영사대리가 직접 서명을 했거든. 이 서류가 위조인 걸 알면서도. 그런 걸 보통 공범이라고 하지."

"그걸 교관님이 어떻게 다 아십니까?"

"이 위조 서류에 직접 서명한 그 영사대리가 바로, 나니까."

이보다 더 놀랄 수 없었다. 준영은 낭패감에 사로잡힌 채 잠시 고개를 숙였다. '해드리오'에서 걱정 없을 거라 했고, 무사히 입학을 한 터라 일이 이렇게 틀어질 줄 몰랐다. 준영이 땅이 꺼질 듯 한숨을 쉬었다.

"그럼 전 어떻게 되는 겁니까? 저 퇴교되는 겁니까?"

"글쎄. 지금 네가 할 수 있는 선택은 두 가지야. 나를 죽여 입을 막거나, 나를 믿어 입을 막거나."

"어찌 결론이 같습니까?"

"넌 나를 죽일 실력이 안 되고 난 어리고 어리석은 학도의 진짜 보증인이 되어볼까 해서."

뜻밖의 얘기에 놀랐으나 준영은 경계심을 풀지 않았다. 아무도 믿을 수 없었다. 부모가 그리 되고 그렇게 자랐다. 갑자기 부모를 잃은 준영과 남매들을 돕는 이는 없었고, 살아남기 위해 마음에 품은 건 독기뿐이었다.

"……그러니까 왜 그러시는 거냔 말입니다."

"할 수 있으니까."

한때는 유진도 준영처럼 살아남는 일 외에는 복수를 위해

할 수 있는 게 없을 때가 있었다. 그러나 지금의 유진은 할 수 있는 게 꽤 많았다. 이것 또한 그중 하나였다. 그리고 또 하나 할 수 있는 일이 있을 듯했다.

준영을 돌려보낸 후 유진은 희성의 집으로 향했다.

"이노무시끼가! 납채서 가로챈 지가 언젠데 이제야 기어와서 이놈이!"

납채서를 빼돌린 다음 날 대낮에야 집을 찾아온 희성에 안평이 큰소리를 내며 뒷목을 잡았다. 호선도 속이 말이 아니었다. 대책 없는 제 아들이 어쩌자고 납채서를 중간에 가로챘는지 모를 일이었다. 납채서 문제로 야단인 두 내외를 마주하고 희성은 꿇어앉았다.

"그 이야긴 잠시 후에 드리겠습니다. 먼저, 제가 신문사를 차릴까 합니다."

"뭐? 뭘 차려? 신문사? 네가 돈이 어디 있다고 그런 걸 차려. 내가 주질 않았는데!"

"할아버님의 치부책에 적힌 이들에게 자본금을 뜯어내고 있습니다."

허무맹랑한 소리에 안평은 말문이 막혔다. 안평이나 호선이나 치부책의 존재를 모르기는 마찬가지였다.

"제 몫으로 주신 것이라 잘 쓰고 있습니다. 다음은 납채서 문제입니다. 저, 파혼하겠습니다. 정혼은 사내 집에서 깨야 하니 두 분께서 이 정혼을 깨주셔야겠습니다."

신문사를 차리겠다는 말도, 파혼을 하겠다는 말도 별것 아닌 일인 양 희성의 표정은 담담했다. 호선은 눈앞이 어지러웠다. 놀기 좋아하던 아들이 결국에는 미친 모양이었다. 호선이 어지러운 머리를 감쌌고 안평은 손가락질을 하며 호통을 쳤다.

"나이 서른에 뭘 어쩌고 저째?! 대를 이어야지, 집안 대를! 네 조부께서 살아생전 제일 잘하신 일이 그 혼처야. 그걸 왜 깨, 왜!"

"예. 맞습니다. 할아버님께서 제게 주신 것들은 하나같이 남들은 평생 구경도 못할 만큼 귀하고 좋은 것들이었습니다. 주신 것들 중 가장 원했던 게…… 바로 이 정혼이고요."

무릎 위에 올려놓은 희성의 주먹에 힘이 들어갔다. 다른 것들 다 물려받지 않아도 좋았다. 치부책이 없어도 되었고, 시계도, 한성에 있는 땅도 다 필요 없었다. 자신의 정혼처였던 애신의 집안과 애신은 그런 헛된 것들과는 어울리지도, 격이 맞지도 않을 만큼 훌륭했다. 그래서 희성도 애신의 옆자리를 간절히 원했다. 달라진 아들의 분위기에 호선이 침착히 물었다.

"근데."

"⋯⋯그래서, 이건 제가 누려선 안 되는 것입니다. 파혼하겠습니다."

"아니, 흐름이 이상하지 않느냐. 가장 원한 걸 대체 왜 깨겠다는 거야."

"제가 다 알아버렸습니다. 그 조선인 외양의 미국인과 우리 집안에 얽힌 이야기들을요. 전부 다요."

놀란 안평이 눈을 크게 떴다. 호선은 습관적으로 자신의 목에 있는 상처를 더듬었다. 희성은 멈추지 않았다.

"두 분께서 제게 숨기려 하신 모든 것을요."

그래서 안 됐다. 탐내서는 안 됐다. 할아버지가 누군가의 피와 눈물로 쌓아준 다른 것들은 다 받아 죄를 갚는 데 쓰더라도, 애신은 안 됐다. 희성의 눈가에 눈물이 어렸다.

"부탁드립니다, 어머니. 저를 한 번만 더 구해주십시오."

더는 제 집안으로 인해 누군가의 마음에 대못이 박히길 원하지 않았다. 이어지는 죄 속에서 구해달라는, 눈물 어린 호소였다. 목의 상처가 다시 아파와 호선은 희성을 더는 보지 못하고 고개를 돌렸다. 호선의 눈에서 눈물이 떨어졌다.

호선은 시름에 잠겼다. 한 번만 더 구해달라는 아들의 청을 떠올리면 가슴이 미어졌다. 그런 호선의 앞으로 유진이 찾아왔다. 집사를 물린 호선이 마당에 선 유진에게 원망의 말부터 건넸다.

"희성이만 모르게 해달라 그리 애원했거늘. 어찌 그리 홀랑. 이리 복수하니 이제 아주 속이 시원하겠구나."

"당신 아들은 이미 알고 있었소. 내게 더 물을 줄 알았더니 스스로에게 묻고 있는 모양이고. 그게 오늘 내가 여기 온 이유요."

"네, 네가 얘기한 게…… 아니라고?"

"당신 말처럼 그 노리개는 내 어미의 목숨 값이니 내가 갖겠소. 그렇다고 당신들을 용서할 생각은 없소. 당신들의 죄는 방관이오. 평생, 용서받지 못한 채 사시오. 하나 김희성에게 죄를 묻지는 않겠소. 부모의 죄는 그저 부모의 죄요. 당신 아들은 부모의 죄를 감당하고자 애쓰고 있소. 해서, 김희성과 나는 복수에 멈춰 서지 않고 지나쳐 나아가겠소."

유진은 그렇게 결정했다. 뒤돌아 칼로 하는 복수에 그치지 않고 나아가기로. 용서하지 않는 방관으로도 복수는 충분했다. 게다가 유진이 칼날을 들이밀지 않아도 희성은 자신을 찔러오는 따끔한 바늘들에 괴로워하며 살아가고 있었으므로.

"나는 먼 길을 떠나도 봤고 돌아와도 봤소. 뭐 하나 쉬운 길은 없었소. 당신 아들 또한 그럴 것이오. 응원해주시오."

유진의 말이 호선의 심장에 박혔다. 호선은 가슴께를 부여잡았다. 유진은 굳어 있는 호선을 뒤로한 채 돌아섰다. 희성을 응원해주라는 말은 진심이었다. 원수의 아들이었으나, 희성이 가는 길을 유진 또한 응원했다.

공사관 사무실로 돌아와 유진은 책상 위에 어미의 나무 비녀와 노리개를 올려두었다. 그저 보고 있는 것만으로도 옛 기억들을 생생하게 만드는 물건들이었다. 깊은 밤, 창문 밖에서 새가 우는 소리가 구슬프게 들려왔다. 한참을 내려다보던 유진이 준비한 무명천을 꺼내 비녀와 노리개를 함께 포개어 감쌌다. 유진에게 남아 있던 어미의 흔적들이, 한이, 천에 싸매어졌다. 유진은 그렇게 과거를, 복수를 닫았다.

사홍의 집 대문 앞에 꽃가마가 놓였다. 빈관의 여급으로 일하는 수미가 가마꾼과 함께 찾아와 희성 도련님이 찾으신다 애신에게 고했다. 애신은 꽃가마에 올라 빈관에 도착했다. 희성은 애신을 기다리며 당구대 앞에 서 있었다.

"오는 길은 편안하였소?"

애신을 발견한 희성이 물었다. 웃고 있으나 그 웃음이 애달팠다. 오랜만에 본 희성의 얼굴은 무언가 씻겨 내려간 듯 맑았다.

"덕분에. 잘 지냈소?"

"노력 중이오. 내가 당구 가르쳐줄 때 보니 꽤 소질이 있던데. 오늘은 나와 내기 한판 합시다. 이긴 사람 소원 들어주기."

대답도 듣기 전에 희성은 큐대부터 집어 들었다.

"내가 먼저 하겠소. 이건 반드시 이겨야 하는 내기라."

먼저 큐대를 잡은 희성은 흰 공을 쳐 사방으로 공을 흩었
다. 그 뒤로 애신은 큐대를 잡을 일조차 생기지 않았다. 희성
은 거침없이 제 쪽의 공을 차례로 넣었다. 연속해서 공들이
그물 속으로 들어갔다. 백발백중이었다. 어느덧 당구대에는
애신의 공들과 검은색 팔 번 공만이 남았다. 희성은 집중하며
큐대를 움직였다. 마지막 팔 번 공이었다.

마지막 공까지 완벽했다. 혼자 내기를 끝낸 희성이 애신을
가만히 보았다. 애신은 희성의 속내를 알 수 없어 긴장한 채
희성을 마주했다.

"내가 이겼소. 내기를 했으니, 소원을 들어주시오."

"……소원이 무엇이오."

시간이 느리게 흘러가길 바랐다. 눈을 깜박이는 시간조차
아쉬워졌다. 희성은 담담하려 애쓰며 애신을 향해 분명하게
말했다.

"이제 그만 우리, 분분히 헤어집시다. 이제 그대는 나의, 나
는 그대의 정혼자가 아니오. 이것이 내 소원이오."

애신의 믿음에 대한 희성의 답이었다.

어렵게 말을 잇는 희성을 애신은 그저 보았다. 미안하고 고
마운 마음이 뒤섞여 애신의 눈가가 젖어들었다. 희성이 그런
애신에게 당부했다.

"저 문을 나서면 온갖 수군거림이 그대에게 쏟아질 거요.

부디, 잘 버텨주시오."

"귀하 역시. 내내 고마웠소. 오늘까지도. 진심이오."

"믿소. 그대가 한때 내 진심이었으니까."

희성다운 이별이었다. 희성이 제가 좋아하는 꽃처럼, 달처럼 아름다운 미소로 애신에게 화답했다.

애신이 떠나고, 희성은 빈관 뒷마당으로 나왔다. 화로에 피워둔 불 앞에서 타오르는 불꽃들에 제 마음을 태울 시간이었다. 마음은 타오를 뿐 쉬이 재가 되지 않아 희성은 어쩔 수 없이 품에서 납채서를 꺼내 들었다. 손에서 놓기 힘들었다. 그러나 형식적인 종이일 뿐이었다. 이 납채서는 애신의 마음이 아니었다. 희성은 납채서를 불 속에 던져 넣었다.

희성은 이내 길을 나섰다. 나쁜 마음을 먹고, 꽃을 보기 위해.

도착한 곳은 '해드리오' 앞이었다. 일식과 춘식에게 월세도 내고, 자리를 비울 때는 점원 노릇도 해주겠다고 부탁해 가게 안 한 평의 땅을 얻어 사무실을 차렸다. 이곳이 희성이 만들어나갈 신문사였다. 작은 책상 위에 펜과 잉크병, 원고지를 올려놓고 정리하며 희성은 뿌듯했다. '편집장 김희성'이라는 나무 명패도 올려놓았다. 희성이 사랑하는, 아름답고 무용한 꽃도 빠지지 않았다. 화병 하나에 갓 사온 꽃을 꽂았다.

그리고 그중 한 송이를 빼들어 아무것도 적히지 않은 간판 위에 달았다.

"아직 이름을 못 정했으니……."

빈 간판에 달린 꽃 한 송이는 희성이 나선 길 위에 핀 또 다른 꽃이었다.

✦

지물포가 보이는 창가 자리에 찻잔을 두고 동매는 찻집에 앉았다. 가만히 찻잔을 들어 홀짝이던 동매의 귀로 거리를 지나는 이들의 목소리가 들렸다.

"파혼? 애기씨가? 이게 뭔 일이여."

"신랑 될 이가 십 년을 안 돌아온 이유가 있었네."

"양놈들한테 빠져서 학당에 다니다 소박맞은 게 아니고?"

"뭐든 간에, 양반이고 상놈이고 부모 없이 자란 티가 나는 거 아니었어?"

"대단한 집안 여식도 소박을 맞네. 시집가긴 글렀지 뭐."

애신의 정혼이 결국 깨진 것이다. 찻잔을 든 동매의 손에 힘이 들어갔다.

"기어이……. 한 뼘 더 멀어지시네……."

입안의 살을 물고, 동매는 세게 찻잔을 내려놓고 일어섰다. 아직 채 식지 않은 차가 출렁거리며 찻잔 밖으로 쏟아졌다.

동매는 비워놓은 유도장 안을 서성였다. 앞으로 나아가 보기도 하고, 뒤로 물러나 보기도 하고, 원을 그리며 맴돌아도 들러붙은 애신에 대한 생각은 떨쳐지지 않았다. 떨쳐내려던 것도 아니었다. 애신을 기다리고 있었으니까.

드르륵, 문이 열리며 유도장 안으로 애신이 들어섰다.

"오늘이 보름이라."

정말로 애신이 왔다. 약속은 지키는 여인이었다. 다가서는 애신에게 눈을 떼지 못한 채 동매는 가만히 서 있었다.

"저자에 온통 애기씨 얘기입니다. 이런 흠, 저런 흉, 다들 한 마디씩 보태던데."

"그런가. 이달 치일세."

마치 남의 이야기를 듣듯 애신은 별다른 기색 없이 오십 환을 꺼내 동매에게 건넸다. 동매가 천천히 손을 뻗어 동전을 받았다. 동매의 손이 애신의 손끝을 스쳤다. 애신은 당황도 않고 손을 내려 장옷 속에 손을 넣었다.

"고작 이 약속을 지키시려 예까지."

"고민은 됐으나 약조는 약조이고, 전할 말도 있고 해서."

애신은 그 밤 담장을 넘던 동매를 떠올렸다.

"많이 고마웠네. 이유는 알 거고. 그럼 다음 보름에 보세."

제 할 말을 마친 애신이 돌아섰다. 그러나 동매는 애신의 그 짧은 인사에 이미 심장이 다 내려앉은 후였다. 동매는 애신이 건넨 오십 환 동전을 소중하게 꼭 쥐었다. 애신이 사라지는 모습을 계속해서 보았다. 벅찼고, 벅차서 슬펐다. 그러나 또 그렇게 애신으로 인해 하루를 살아낼 수 있을 터였다.

오늘 집 밖으로 나올 때 호타루가 봐주었던 점괘는 '죽음' 이었다. 용하게 들어맞는 그 점괘가 틀리는 날도 있겠지 했는데 그날이 오늘인 모양이었다.

"점괘가 틀렸네. 계속 이리 살리시네, 나를⋯⋯."

쓸쓸히 중얼거리며 동매는 유도장을 나섰다.

한 손에는 애신에게서 받은 오십 환짜리 동전을 쥔 채 동매는 제빵소 매대 앞에 멈춰 섰다. 손안에서 동전을 굴리며 사탕을 골랐다. 눈깔사탕을 먹으며 아이처럼 웃던 애신의 미소가 색색의 사탕에 배어 있었다. 동매의 입가에 희미한 미소가 떠올랐다. 제빵소 주인이 동매에게 아는 체를 하며 사탕담을 봉투를 집어 들 때였다.

단발의 총성이 진고개 거리에 울려 퍼졌다.

거리의 사람들이 비명을 지르며 흩어졌다. 사탕을 담던 제빵소 주인 또한 놀라 자빠졌다. 색색의 사탕들이 흙바닥을 굴렀다. 동매가 풀썩 무릎을 꿇고 쓰러졌다. 동매의 가슴 위로 피가 흘러내렸다. 그 순간 한 번 더 총성이 울렸다. 쓰러지면서도 동매는 총성이 난 곳을 매섭게 노려보았다. 동매의 시선이 닿은 곳에서 검은 인영이 빠르게 몸을 숨기며 사라지고 있었다. 어지러움을 이겨내려 동매가 시선을 모았다.

"이, 이보시오! 누구 없소! 오, 오야붕이 총을 맞았소!"

제빵소 주인이 놀라 소리쳤다. 길을 지나던 희성이 달려와 맨손으로 동매의 총상 부근을 짚었다. 가슴에서 흘러나온 뜨끈하고 붉은 피가 금세 희성의 손을 적셨다.

"이게 무슨 일이오. 이보시오! 정신 차리시오! 내가 보이시오?"

반쯤 눈을 감은 동매를 희성이 세차게 흔들었다. 동매의 눈이 느릿하게 떠졌다. 동매의 상체가 흔들리며 울컥 피를 토해 냈다. 동매가 느른하게 중얼거렸다.

"다행이지 뭡니까……. 난 또……. 그 여인인가 해서……."

"무슨 소리요! 나 보시오, 절대 정신 놓지 마시오!"

다친 동매보다 오히려 희성이 더 놀랐다. 야단을 떠는 희성이 동매는 우스웠다. 동매는 골목 뒤로 숨은 인영의 정체를 알고 있었다. 제가 살려주었던 지게꾼 상목이었다. 살려주었더니 저를 죽이러 왔다고 화가 나지는 않았다. 그저 자신을 쏜 이가 애신이 아니어서, 그게 다행이었다. 오십 환짜리 동전을 건네며 고맙다고 했던 애신의 인사가 동매의 가슴에 굳게 박혀서, 총알 같은 건 아프게 박힐 자리가 없었다.

"……그 인사가 진심인 걸…… 이리 확인합니다."

가물가물해지는 동매의 시야에 바닥을 나뒹구는 색색의 사탕들이 보였다. 피식 웃으며 동매는 눈을 감았다. 희성이 사람들에게 인력거를 부르라, 낭인들을 부르라 애타게 소리치는 소리가 동매의 귓가에서 점점 멀어지고 있었다.

짙은
발
자
국

며칠 전 사홍의 집으로 선비들의 행렬이 이어졌다. 흰 도포에 검은 갓을 쓴 선비들이 저마다 기차를 타고, 말을 몰고, 봇짐을 메고 모여들었다. 사홍의 방이 가득 차도록 선비들이 줄지어 앉았다. 상석에 앉은 사홍이 찬찬히 선비들을 훑었다.

"이리 어려운 걸음으로 모여주어 고맙네."

모두 굳은 각오를 하고 이 자리에 모였기에 무거운 분위기가 방 안에 감돌았다. 심각한 얼굴로 선비들은 사홍을 마주했다.

"서신에 언급한 대로, 내 임금께 지부상소持斧上疏(받아들이지 않으려면 머리를 쳐달라는 뜻으로 도끼를 지니고 올리는 상소)를 올리려 함이야. 그대들 중 이름을 보탤 자가 있는가. 뜻은 더하나 이름은 보태지 않더라도 이해할 것이고."

"고초를 겪으실 겝니다. 저희 젊은 선비들이 앞장서겠습니다. 어르신께선 그저 계셔만 주십시오."

"청송의 말이 옳습니다. 작금의 조선엔 임금이 없사옵니다. 그저 일본의 입김에 흔들리는 나약한 황제가 있을 뿐입니다. 황제의 그릇으로 보아 이번 일은 추포를 각오하고 도모해야 할 일입니다."

선비들이 나서 사홍을 염려했다. 그러나 사홍의 뜻은 이미 확고했다.

"그러니 내가 해야지. 내가 더 얼마나 살겠는가."

"어르신!"

"백성들은 무엇이 잘못된 것인지 알지 못하여 당하는 것일세. 그러니, 내가 잡혀가는 것은 의미가 있네."

선비들이 크게 웅성거렸다. 조선 땅에서 사홍을 존경하지 않는 자가 없었다. 그러니 사홍이 잡혀간다면 이 일은 백성들에게도 큰 충격으로 다가올 것이고, 작금의 사태에 대해 뜻을 모으는 이도 많아질 터였다. 선비 중 하나가 앞으로 걸어나와 사홍 앞에 꿇어앉았다. 사홍이 마련해둔 붓에 먹을 찍어 상소에 이름을 적어 내려갔다. 그 뒤로 젊은 선비들과 초로의 선비들이 한마음 한뜻으로 상소에 빼곡하게 이름을 채웠다.

그 지부상소가 오늘 황제의 손에 들렸다. 상소를 읽어 내려가던 황제의 눈빛이 초점을 잃은 채 흔들렸다. 궁으로 이어지는 길가에는 백의白衣의 선비들이 머리를 풀고 꿇어앉았다.

그 맨 앞에 사홍이 백발을 풀어헤치고, 옆에는 도끼를 놓고 격하게 상소를 읊어갔다. 그 애끓는 음성에 백성들은 걸음을 떼지 못한 채 사홍을 지켜보았다.

집으로 돌아온 애신은 청천벽력과도 같은 소식에 방 안을 서성였다. 애신이 거리로 나서면 더 시끄러워질 상황이었다. 애신을 대신해 함안댁이 궁 앞의 상황을 살피고 돌아왔다.

"애기씨!"

"할아버님은. 어찌하고 계시던가."

"말도 마이소. 지금 궁 앞에서 대감마님, 그 선비님들 싹 다 머리 풀고 옷도 백의로 딱 맞춰 입으시고 임금 나오라꼬 난리도 아입니다!"

애신은 머리가 어지러웠다. 제 조부의 성정을 잘 알았으나, 걱정이 이만저만이 아니었다. 당장 조부의 기운이 쇠할까 걱정이었다. 아무리 강건하시다 하나 백발의 노인이었다. 젊은 이도 땡볕에 식음을 전폐하고 앉아 있으면 버티기 힘든 법이었다. 거기에 내용으로 보아 일본 쪽에서도 가만히 있지 않을 게 분명했다.

종섬이 급히 문을 열고 와 애신에게 고했다.

"애기씨. 지금 문중 어르신들께서 오셨습니다."

종친들과 종친들이 데리고 온 하인들로 마당이 북적였다. 조씨 부인이 갑자기 들이닥친 어른들을 고개 숙여 모시느라 바빴다. 호통을 받아내는 것도 부인의 몫이었다.

"너는 이 집안 큰며느리가 돼서 어찌 이리 생각이 없느냐! 네 시아비가 그러고 나가시거든 바짓가랑이라도 잡고 말렸어 야지!"

"집안 중대사는 그렇게 차일피일 미루시더니 나랏일은 아주 선두에 서셨네, 선두에! 기어이 집안을 말아먹으시려고!"

"이리 큰일을 하실 거면 양손부터 들이셨어야지."

이런 날까지도 양손 타령이었다. 문중 어른들 누구 하나 사홍을 진심으로 걱정하는 이는 없고, 그저 욕심으로 가득 차 있었다. 저들 중 누가 사홍을 도울까 싶었다. 아랫입술을 물며 절망스럽게 어른들을 보고 있을 때 또 한 번 대문 쪽에서 소란이 일었다. 쾅, 쾅, 대문 두드리는 소리가 거셌다.

대문이 열리기 무섭게 군홧발이 솟을대문을 넘어섰다. 발 맞춰 진군해오는 이들은 일본 군인들이었다. 일본 통역관인 형기가 어쩔 줄 몰라 하며 뒤를 따랐다. 문중 어른들이며 조 씨 부인, 온 집안의 일꾼들이 그 광경에 기함했다. 일군들이 이리 함부로 들어설 곳이 아니었다. 행랑아범과 가노들이 잡히는 대로 무기가 될 만한 것을 주워 들고 조씨 부인과 애신 앞을 막아섰다.

일렬로 들어선 일군들이 차렷 자세로 멈춰 섰다. 그 앞으로 유유히 말을 타고 모리 타카시 대좌가 들어섰다. 말 위에서 마당을 내려다보던 타카시는 당황한 이들 중 꼿꼿하게 서 있는 애신을 발견하고는 묘하게 눈을 빛냈다. 타카시와 눈이 마주친 애신은 그 시선을 피하지 않은 채 그를 노려보았다.

"이 댁 영애께서 다니시는 학당의 선생이 밀정 혐의로 체포되었다. 따라서 학생들을 전수조사 중이다."

언행이 오만불손한 자였다. 타카시의 일어를 형기가 통변했다. 학당이라는 말에 이 집안에 대체 누가 학당을 다니느냐 종친들이 또 한 번 웅성이기 시작했다. 애신이 그 말을 듣고 놀라 앞으로 나섰다.

"작은할아버님……! 바로 잡겠습니다. 제가 다 바로 잡겠습니다."

"애신이 네, 네가 학당에 다녔단 말이냐? 하, 이런 경천동지할 일이 있나!"

"반가의 여식이 학당이라니!"

애신이 치맛자락을 꼭 쥐며 분노한 어조로 형기에게 일렀다.

"통변하게. 일본인들은 협조를 이런 식으로 청하는가. 어찌 남의 나라에 와 이리 법도도 없이 굴 수 있단 말인가. 내 죄가 있다면 조사를 받을 것이나 일군이 아니라 조선 경무청에서 받겠다 전하게. 그러니 당장 이 집에서 나가라 전해!"

타카시와 일군들을 노려보며 호령하는 애신에 타카시가 피식 웃음을 흘렸다. 가히 모욕적인 웃음이었다.

"웃어?"

"뒈져."

타카시가 뒤편의 일군들에게 명했다. 명령이 떨어지기 무섭게 군인들이 흩어지며 사홍의 집을 뒤지기 시작했다. 유서 깊은 고씨 가문의 저택이 일군들의 군홧발에 짓밟히고 있었다. 현실이라 생각하기 어려웠다. 행랑아범이 군인들을 향해 달려들자 일군들이 무섭게 총을 들어 겨누었다. 조씨 부인이 노여움에 떨면서도 식솔들을 진정시켰다.

"다들 나서지 말게. 총 든 군인들 아닌가. 통변하는 이가 있으니 말도 삼가는 게 좋겠네."

형기의 고개가 숙여졌다.

집을 뒤지기 시작한 군인들은 서랍과 장들을 마구잡이로 열어젖히며 죄다 엎어뜨렸다. 사홍의 서랍에서 쏟아진 한 무더기의 종이 뭉치 가운데에는 사홍이 댄 군자금 영수증들이 있었고, 상완과 희진의 결혼사진이 있었다. 그 위에 짙은 발자국이 남았다. 애신의 방 또한 난리였다. 옷장과 이불장, 서책들이 찢기고 널브러졌다. 이불을 통째로 빼내자 그 사이로 유진의 오르골이 드러났다. 아비규환의 상황에 모두 부들부들 떨며 분을 삭였다. 애신 역시 타카시와 시선이 얽힌 채 분을 삼켰다. 감당하기 어려운 모욕과 수모였다. 애신만이 아닌 애신의 집안 전체를, 사홍을, 고씨 가문을 욕보인 것이었다.

애신이 시선을 돌린 곳에 일본 군인이 든 총이 있었다. 애신이 한 발짝 나서려 하기 무섭게 함안댁이 애신의 손을 꽉 잡았다. 잠시 보이지 않았던 함안댁이 어느새 애신 옆에 서 있었다.

안 된다고, 참으라고 함안댁이 눈빛으로 말하고 있었다. 참아야 한다는 걸 알면서도, 참아야 한다는 사실 자체가 분해 애신의 눈가에서 눈물이 툭 떨어졌다. 타카시는 그런 애신을 재미있어 하며 쳐다보았다. 비릿한 웃음이 타카시의 입가에 걸렸다. 대문 앞을 지키던 일군이 타카시에게 달려온 건 그때였다.

"대좌님! 지금 밖에, 미군이 왔습니다!"

장교 복장의 유진이 말을 탄 채 미군들을 이끌고 대문을 넘어 들어왔다. 애신과 유진의 시선이 마주쳤다. 애신이 총칼에 겨눠진 채, 눈물을 흘리고 있었다. 고삐를 쥔 유진의 손에 힘이 들어갔다. 유진을 따라 들어온 미군 병사들이 일군 병사들과 대치하듯 맞은편에 줄지어 섰다. 평화롭던 사홍의 집 마당은 전쟁터가 되어 있었다.

"이게 누구야. 오랜만이야. 유진."

"높은 사람이 됐네? 여전히 영어는 안 늘었고."

타카시가 영어로 인사하자, 유진이 일본어로 답했다.

유진이 미국에 있던 당시 옆방에 묵던 일본인. 그가 타카시였다. 그저 일본인인 것만 알고 있었을 뿐, 그에 대해서 유진이 아는 것은 아무것도 없었다. 이렇게 만나게 될 줄도. 타카시를 보는 유진의 눈이 서늘했다. 타카시가 오만한 표정으로

149

어깨를 으쓱했다.

"내 조국에선 원래 높았어. 너랑은 달리."

타카시의 입에서 흘러나온 건 유창한 조선말이었다. 유진이 놀라 물었다.

"조선말을 하네?"

"내가 왜 영어가 안 늘었는지 알아? 난 그때 영어 대신 조선말을 배웠거든. 내 식민지 조선에 올 날을 고대하며. 반가워, 유진."

두 사람의 대화를 지켜보던 애신의 두 눈이 커졌다. 유진은 미국에서 조선으로 떠나오던 날 타카시의 작별 인사를 떠올렸다. 자신을 한성에서 만나게 되면 반갑지 않을 거라던. 유진은 눈을 찌푸렸다. 그때부터 타카시는 이 날을 기다리고 있었던 것이다. 조선은 예정된 자신의 식민지였다. 조선인은 제 발밑에 둘 노예들이었다. 때문에 타카시는 '조선 출신이나 미국인'인 유진이 성가셨다. 늘 마음을 찝찝하게 하는 자였다. 타카시가 번들거리는 눈으로 물었다.

"상상도 못한 해후에 놀란 건가, 화가 난 건가?"

도발하는 타카시에도 유진은 냉담했다.

"회포는 나중에 풀자. 미군은 해 지기 전까지 보고서 써야 해."

유진이 고개를 돌려 애신에게 말했다.

"공사관까지 함께 가주셔야겠소. 학당에 함께 출입했던 아

150

랫사람도 동행하시오. 가마를 타도 좋소."

"연유를 설명하시오."

애신이 엄한 목소리로 물었다. 유진의 의도는 짐작이 갔으나 친분이 있다는 것을 들켜서도 안 됐다.

"귀하가 다니던 학당의 미국인 여선생이 일본 측에 억류되었소. 미 공사관은 엄중히 이유를 묻기 위해 관련자들을 조사 중이오."

유진이 애신과 함안댁을 데리고 공사관으로 향하라 병사들에게 명령했다. 미군 두 명이 명령에 따라 움직이자 애신이 그들을 향해 또박또박 영어로 말했다.

"멈춰라. 내 발로 직접 가겠으니 손대지 마라."

애신의 영어에 유진은 물론 타카시도 놀라 애신을 보았다. 애신은 분을 삭이며 가마에 올랐다.

미 공사관 사무실에 도착한 유진은 애신과 함안댁에게 손수 차를 내왔다. 두 사람 모두 놀란 가슴을 겨우 진정시키고 있었다. 가라앉은 채 가만히 찻잔을 보고 앉은 애신이 유진은 안쓰러웠다. 결국 애신의 혼약이 깨졌다. 애신이 원한 것이라지만 그 과정에서 얼마나 마음을 다쳤을지 모르지 않았다. 사홍은 지부상소를 올리려 거리로 나섰고, 일군은 애신의 집을 아수라장으로 만들었다. 애신의 삶이 흔들리고 있었다. 애신이 유진에게로 고개를 돌렸다.

"스텔라 그이가 진짜로 잡혀갔소?"

"겁먹지 마시오. 진짜 조사하려는 건 아니오."

유진의 답에 애신은 힘없이 웃었다. 유진의 곁이었다. 유진이 뭘 하려는 건지 애신은 알고 있었다. 보호였다. 언제나 그렇듯 유진은 애신을 보호하는 중일 것이다. 벌써 몇 번째, 유진이 애신을 보호하고 있었다. 조선인으로서는 할 수 없는 일이 많아, 미국인이 나서야 할 때가 많다는 뜻이었다. 씁쓸한 일이었다. 유진과 애신 사이에 잠시 안타까운 시선이 오갔다.

"혹 상소 중이신 귀하의 조부를 회유하는 데 귀하를 인질로 삼을지도 몰라서. 여기가 가장 안전할 것 같다 판단했소."

"……그런 내막이면 스텔라 그이가 나 때문에 고초를 겪겠구려."

"스텔라는 미국인이오. 그 어떤 나라도 미국인을 함부로 대하지는 못하오."

강대국들 사이에서 조선은 하루가 다르게 그 힘을 잃어가고 있었다. 애신은 침통함에 숨을 삼켰다. 유진은 조심스럽게 애신을 위로했다.

"걱정 말라는 소리였는데."

"그자와는 아는 사이였소? 아까 그 일본군."

"뉴욕에 있을 때 이웃이었소. 근데 이름 말고는…… 아는 게 없었던 것 같소."

유진은 대좌 자리에 올라 거만한 표정을 짓고 있던 타카시를 떠올렸다. 거침없이 식민 지배를 떠들어대던 타카시였다. 조선에 온 이유는 명확해 보였다. 조선을 집어 삼키러 온 것이다. 조선의 앞날이 어둠 속으로 한 뼘 더 흘러들어가고 있었다.

칼을 두른 유죠와 낭인들이 병원 문을 거칠게 열고 들어서 위협적으로 길을 헤쳤다. 의식이 희미한 동매가 낭인들과 희성의 부축을 받으며 뒤따라 들어섰다. 병원에 있던 이들이 피투성이의 동매와 그 피를 함께 묻힌 희성에 기겁을 하며 뒷걸음질 쳤다. 유죠가 수술실을 찾으며 당장 의사를 불러 오라 소리쳤다. 겁에 질린 간호사가 급히 복도 안쪽 수술실로 뛰어갔다.

낭인들이 동매를 부축해 수술실 침대 위에 앉혔다. 동매는 쓰러질 듯 몸을 희성에게 의지한 채 눈을 느릿하게 껌벅였다. 얼마 지나지 않아 간호사가 불러온 의사가 수술실 문을 열고 들어섰다. 마츠야마였다. 동매를 알아본 마츠야마가 멈칫했다.

'오늘 그 선교사의 사인이 나온다는데 너한테 유리할 리 없거든. 그 검안의가 이완익의 사람이라.'

히나가 경고했던 그 검안의였다. 동매가 흐릿해지는 의식을 겨우 붙잡았다.

"총을 맞았소. 지혈을 한다고는 했는데, 한 식경은 지났으니 피를 제법 흘렸을 거요. 의식도 겨우 차리고 있고."

희성이 침착하게 동매의 상태를 설명했다. 마츠야마가 태연을 가장하며 당장 수술에 들어갈 테니 모두 나가달라 청했다. 동매가 고통에 숨을 몰아쉬면서도 이를 악물었다.

"마취 필요 없어. 이 새끼 주사 못 들게 해. 마취하면 영 못 깨어날 수도 있어."

희성이 놀라 동매를 쳐다보았다.

"너희들은 여기 지켜. 혹 내가 잘못되면 이 새끼부터 죽여."

마츠야마의 시선이 이리저리 흔들렸다.

곧 유죠와 낭인들이 칼을 빼들고 지켜보는 가운데 수술이 진행됐다. 마츠야마는 떨리는 손으로 가슴에 박힌 총알을 뽑아냈다. 동매는 마취도 하지 않은 채 칼이 제 살을 파헤치는 고통을 고스란히 견뎌야 했다. 천 조각 하나만이 동매에게 의지가 되어주었다. 천 조각을 문 동매의 온몸에 핏대가 섰다. 맨정신으로 견딜 수 없는 고통에 눈이 붉게 충혈됐다. 지켜보는 것마저 힘든 광경이었다. 수술실 내부의 공기가 긴장감으로 질식할 듯했다.

핀셋으로 총알을 꺼내 그릇 위에 올려둔 마츠야마가 손등으로 이마에 맺힌 땀을 겨우 닦았다.

"총알은 꺼냈습니다."

마츠야마의 말이 끝나기 무섭게 동매가 의식을 잃고 옆으로 쓰러졌다.

"오야붕!"

"이보시오, 구동매!"

유죠와 희성이 재빠르게 쓰러지는 동매의 몸을 받았다.

히나는 걸음을 재촉했다. 한성병원 안으로 들어서 동매의 병실 쪽으로 가는 발걸음이 떨렸다. 늘 여유롭던 히나의 얼굴에 핏기가 가셨다. 병실 앞에는 희성과 낭인들이 있었다. 자리에 앉아 있던 희성이 히나를 반겼다.

"소식 들었구려. 너무 걱정 마시오. 구동매는 아직 의식이 없긴 한데……."

그러나 히나는 동매의 병실이 목적지가 아니었다는 듯 희성과 낭인들을 지나쳤다. 힐끗 들여다본 병실 안 침대에 누운 동매의 얼굴이 보일락 말락 했다. 그 침대맡에 호타루가 엎어져 동매의 손을 쥐고 울고 있었다.

히나는 곧장 마츠야마의 진료실로 향했다.

"리노이에 상에게 전하는 급전急傳이야. 은밀해야 해."

마츠야마가 간호사에게 봉투를 내밀고 있었다. 대담하고 돌아서던 간호사가 히나를 마주하고는 한 발씩 뒷걸음질 쳤다. 히나는 간호사를 밀며 진료실 안으로 들어왔다. 생각지 못한 히나의 등장에 마츠야마가 긴장한 채 히나를 바라보았다.

"오랜만입니다, 마츠야마 상. 구동매의 수술을 집도하셨던데."

"수술은 잘 됐소. 일시적인 쇼크니 곧 깨어날 거요."

"아. 그래서 곤란하신가 봅니다. 급히 보내는 저 서신은 리노이에 상에게 닿는 걸까요? 혹 '죽일까요'라고 물었을까요?"

마츠야마의 눈썹이 올라갔다. 제가 히나에게 협박을 하면 했지, 받을 때는 아니었다.

"그렇다 한들, 이리 따질 입장이 아닐 텐데."

"왜요. 사체검안서 때문에? 그게 여직 리노이에 손에 있을까요?"

여유롭게 웃어 보이며 히나가 가방에서 무언가를 꺼내 내밀었다. 마츠야마가 급히 서류를 받아 보았다. 자신의 서명이 적힌 히나 남편의 사체검안서였다.

"이걸 어떻게! ……이게 여기 있다고 달라지는 건 없어! 그리고 지금 내 손에 있잖아!"

히나의 웃음이 짙어졌다. '해드리오'에서 위조한 사체검안서는 본인이 보아도 모를 만큼 감쪽같은 모양이었다. 히나의 웃음에 마츠야마가 혼란스러워하며 검안서를 마구 훑어보았지만, 다른 점은 알기 힘들었다. 히나가 얼굴에 웃음기를 지운 채 낮은 목소리로 경고했다.

"보고를 하든 말든 상관없는데, 하루라도 더 살고 싶으면 구동매는 반드시 살려 내보내야 할 거야. 그럼 난 환영식이 있어서."

　돌아서 나가는 히나의 선명한 구두 소리가 마츠야마를 어
지럽혔다.

아
무
것
도
잃
지
않
아
야

애신과 함안댁을 공사관에서 쉬게 한 후, 유진은 무거운 발
걸음으로 빈관에 다다랐다. 마침 희성이 맞은편에서 걸어오
고 있었다. 불빛 아래에 선 희성을 본 유진이 놀라 희성에게
다가섰다.

"무슨 일이오. 다쳤소?"

"아. 내가 아니라 구동매요. 진고개에서 구동매가 총을 맞았
소. 수술은 잘됐다 하는데 아직 의식은 없소."

목숨을 내놓고 사는 줄은 진작 알았지만, 그럼에도 유진
은 이루 말할 수 없이 놀랐다. 총을 맞았다고 하니 걱정이 앞
서는 것이 사실이었다. 희성이 힘없이 웃으며 유진을 안심시
켰다.

"모처럼 몸을 누이고 쉬는 중일 거요. 강한 사내니 곧 깨어

날 거고."

"쉬시오. 난 옷만 갈아입고 바로 나가봐야 해서."

"바쁜 모양이오. 그 바쁜 와중에 또 내 본가에 다녀갔던데."

집안에 관한 이야기는 오히려 희성이 피하고 싶은 주제였다. 그럼에도 이야기를 꺼내는 희성의 얼굴이 쓸쓸했다.

"내 어머니께 괜한 역정을 들었겠소."

"그랬소."

"지금인가. 늦었지만, 내가 사과를 해야 할 때 말이오."

유진이 희성의 눈을 마주했다. 아름다운 것을 좋아하는 이의 눈은 언제나 조금 슬픈 구석이 있었다. 자신의 잘못이 아니라 제 부모의 잘못일지언정 진심 어린 사과를 할 줄 아는 사내여서, 그래서 슬플 것이다. 그 집안에서 태어난 이답지 않게 희성의 영혼이 순수한 것을 유진은 알았다.

"내 조부와 내 부모님을 대신해, 진심으로 미안하오. 우리 집안과 얽힌 모든 일들. 내 어머니께 역정을 들은 것까지 전부."

"……파혼했단 이야기 들었소. 미안하단 말은 안 할 거요, 나는."

"304호가 미안할 일이 뭐가 있소. 우리의 파혼에 당신은 어떤 것도 일조하지 않았소. 그 여인이 선택한 건 그 여인의 삶이지 304호가 아니니."

"나도 그러길 바라오……. 믿지 않겠지만."

애신을 아끼는 이들 사이에 끈끈한 공감이 오갔다. 희성은 함께 무릎 꿇었던 그날의 애신을 떠올렸다. 자신을 버리고 다른 이에게 가겠다 무릎 꿇었음에도 희성은 애신을 미워할 수 없었다. 그 곧음이 애신이라서. 그에게 자신의 모든 걸 걸었다고, 돌이킬 수도 없고, 후회하지도 않는다고 말하는 애신이라서.

"하나만 물어도 되겠소?"

희성의 물음에 유진이 고개를 끄덕였다.

"304호는 그 여인을 위해 어디까지 할 수 있소. 자신이 가진 걸 다 걸 수 있소?"

"안 그럴 거요. 난 아무것도 잃지 않아야 하오."

생각지 못한 답이었다. 유진도 모든 것을 걸 것이라 답할 줄 알았다. 희성의 앞이어서 더욱더. 희성의 가늘어지는 눈빛에 유진이 말을 이었다.

"더 철저히 미국인이어야 하고 미군이어야 하오. 그래야 고애신을 지킬 수 있소."

자신이 미국인이어서 애신을 지킬 수 있는 순간들이 때때로 찾아왔다. 유진의 눈이 깊어졌다. 그래서, 그것이 슬픈 이방인의 선택이었다. 그 선택의 무게를 알아 희성은 끄덕였다.

"천황 폐하 만세! 대일본제국 만세!"

왁자지껄하게 울려 퍼지는 소리에 두 사람의 고개가 저절로 빈관 쪽을 향했다. 불이 환하게 켜진 빈관 안에서는 환영식이 한창이었다.

술에 취한 일본 군인들이 풀린 눈으로 황군 만세를 외치며 비틀거렸다. 히나는 수미를 비롯한 여급들을 모두 홀 밖으로 보내고, 웨이터들에게 홀을 맡겼다. 술이 나오지 않는다고 성화인 테이블에는 히나가 직접 술병을 가져다 두었다.

"기다리시게 해서 죄송합니다."

"죄송하면 성의를 더 보여야지. 앉아서 술이라도 따르든가."

제 허벅지를 툭툭 치며, 일군 소좌가 히나를 희롱했다.

"술이 약하신 모양입니다. 객실을 안내해드릴까요?"

자연스럽게 그 자리를 벗어나려던 히나의 허리를 그가 가로챘다. 억지로 히나를 제 허벅지에 앉히며 객실은 같이 가는 것이냐 느물댔다.

"전 못난 사내와는 술을 마시지 않습니다. 여인이나 괴롭힐 줄 알지 칼은 어떻게 뽑는지도 모르실 듯한데."

히나가 여유롭게 비웃었다. 히나의 말에 여기저기서 웃음이 터져 나왔다. 창피함에 일군 소좌가 히나를 확 밀치고 일어서 욕지기를 날렸다. 죽고 싶어 환장한 것 아니냐며 제 허리에서 칼을 뽑으려던 때였다. 히나의 손이 더 빠르게 소좌의 칼을 뽑았다.

"칼은 이렇게 뽑는 겁니다. 소좌님도 증명해보세요. 저랑 싸워서 이기면 객실로 같이 올라가죠."

그를 향해 칼을 겨누며 히나가 도발했다. 히나의 도발에 주위를 에워싼 일군들이 재미있겠다며 분위기를 돋우었다. 열이 뻗친 그가 불시에 히나를 향해 공격했다. 히나가 잽싸게 칼을 피하며 자세를 취했다. 칼이 오가는 장면에 취한 일군들이 환호했다. 타카시도 의자에 기대 앉아 흥미롭게 그 광경을 지켜보았다.

막 빈관으로 들어온 유진과 희성이 대결을 벌이고 있는 히나를 굳은 채 바라보았다. 히나는 마구잡이로 휘두르는 그의 칼에 침착하게 대응했다. 한 치의 밀림도 없이, 오히려 히나가 우세한 상황이었다. 결국 히나가 내지르는 칼에 뒷걸음질 치던 일군 소좌가 의자에 발이 걸려 넘어졌다. 히나의 칼날이 당장이라도 얼굴을 그어 내릴 듯 아슬아슬하게 소좌의 얼굴에 닿았다. 어느덧 흥미 가득한 환호는 사라지고, 빈관 안은 쥐죽은 듯 조용해졌다. 타카시의 표정에도 웃음기가 가셨다.

궁지에 내몰린 소좌에 당황한 일군들 중 몇이 칼을 뽑아들고 히나를 위협했다. 히나가 그들을 비웃었다.

"이번엔 떼로 덤비시는 겁니까?"

더는 참지 못하고 타카시가 나섰다.

"칼 거둬. 소좌, 일어서."

바닥에 손을 짚고 있던 소좌가 타카시의 차가운 명령에 자리에서 일어났다. 타카시의 눈매가 사나웠다.

"대일본제국 황군이 여인 하나를 상대로 칼을 빼들다니. 부끄러운 줄 알아. 부하들의 무례를 용서하십시오. 내가 대신 사과하죠."

"즐거운 대결이었습니다. 제가 이기기도 했고."

"조선어 억양이 섞인 일본어군."

타카시의 입에 비릿한 미소가 걸렸다. 타카시는 곧장 조선어로 말하며 악수를 청했다.

"모리 타카시 대좌요. 칼끝이 가차 없던데."

"쿠도 히나입니다. 대좌님의 조선어에 겸허해지네요."

차분히 답하는 히나를 힐끔 보고는 타카시가 잔을 들었다. 잔을 든 타카시의 눈에 유진이 들어왔다.

"황군의 패배는 곧 대일본제국의 패배다. 그러니, 어떤 순간에도 절대 지지 마라."

타카시의 눈이 오만과 탐욕으로 젖어 있었다. 다른 일군들의 눈 또한 타카시와 다르지 않았다. 타카시의 말에 답하는 일군들의 목소리는 광기에 가까웠다.

"천황 폐하 만세, 대일본제국 만세, 황군 만세!"

한성 땅 한가운데 일본을 찬양하는 외침이 울려 퍼졌다. 가만히 선 유진과 희성의 눈에 근심이 어렸다. 기나긴 하루가 겨우 지나고 있었다.

"천릿길을 달려와 망국의 역사 앞에 머리를 풀고 조아리니 부디 깊이 살피시고, 신들의 말이 틀렸다 하시려거든 여기 이

도끼로 신들의 목을 치시옵소서!"

"목을 치시옵소서!"

사홍을 필두로 선비들이 입을 모아 외쳤다. 피를 토하는 심정이었다. 선비들의 입술이 버석하게 말라 있었다. 안색은 어두웠다. 사홍이나 초로의 선비들 모두 견디기 힘든 시간에 닿아 있었다. 그럼에도 그 눈빛만은 살아 있었다.

사홍과 선비들의 앞으로 군인들이 달려와 총을 겨누었다.

"황명이다. 죄인들을 포박하라!"

소대장의 명령에 시위대가 빠르게 사홍과 선비들의 손을 묶기 시작했다. 지켜보던 백성들이 기겁하며 안 된다 외쳤으나 총과 황제의 명 앞에 쉬이 나설 수 있는 자는 없었다. 살아 있는 소나무와 같아, 백성들이 조선 땅의 자랑이자 큰 어른이라 여기던 사홍이 포박당한 채 힘없이 잡혀가고 있었다. 백성들의 눈에 분한 눈물이 들어찼다.

사홍은 백성들만이 아니라 황제도 진심으로 존경하는 스승이었다. 사홍을 잡아 가두는 것은 황제가 원하는 게 아니었다. 그러나 예상대로 일본 쪽에서 가만히 있지 않았다. 하야시 공사가 입궁해 일본에 이대로 보고를 해도 되겠냐며 황제를 압박했다. 군부대신, 학부대신, 법부대신이 그 편을 드니 황제도 물러서지 않을 수 없었다.

사홍을 가두라 명한 데에는 다른 이유도 있었다. 타카시를 비롯한 일군이 자국 상인의 보호를 명목으로 조선 땅에 들어온 상태였다. 그리고 그 첫 행보가 황제의 스승인 사홍의 집이었다. 그것은 황제를 향한 경고이기도 했다. 궁 앞 길가에 사홍이 저리 있는 건 너무나 위험했다. 차라리 가두는 것이 사홍을 지키는 일이 될 터였다.

또한 황제는 백성에게 도움을 구하고자 했다. 제자가 스승을 잡아들였으니 백성들의 분노는 들불처럼 일어날 것이다. 자신의 분노는 힘이 없으나, 백성의 분노에는 힘이 있다 황제는 믿었다. 스스로 갇히기를 택한 사홍을 위해 백성들이 움직일 것이라 믿었다.

선비들이 줄줄이 투옥되어 들어갔다. 한 서린 통곡이 거리에 넘쳤다. 아비규환이었다. 희성은 사홍이 투옥되는 것을 지켜보다 주먹을 쥐며 돌아섰다.

"들으셨소? 고사홍 대감마님께서 글쎄……."

화난 걸음으로 희성이 '해드리오' 가게 안으로 들어서기 무섭게, 착잡한 얼굴의 일식이 사홍의 소식을 전했다. 희성은 곧장 자신의 책상 앞으로 가 종이와 펜을 꺼냈다.

"안 그래도 그 일로 급히 출근했소. 내 간판도 없이, 신문 발행에도 앞서, 전무후무하게 호외부터 발행해보려 하오."

말을 마친 희성은 무섭게 펜을 놀리기 시작했다. 종이 위에 호외 내용이 거침없이 적혔다.

'호외. 금일, 제일은행권 통용 금지를 청하며 지부상소 중이

던 송백 고사홍 외 수인의 선비들이 황제 폐하의 명으로 투옥되었다.'

희성이 쓴 호외가 심부름꾼 소년들을 통해 거리에 뿌려졌다. 소식을 접한 이들마다 크게 분노했다. 아무것도 모르던 이들 또한 조선의 이권을 침탈당하고 있음을, 자신의 나라가 찢어지고 있음을 알게 되었다. 거리가 크게 술렁였다.

경위원 감옥서에 경위원 총순과 총관이 찾아왔다. 총순이 감옥서 입구를 지키던 간수장에게 문을 열라 명했다.

"새로 부임하신 경위원 총관이시다. 예를 갖추고 문을 열어라."

간수장이 총순의 말에 총관을 향해 인사하며 문을 열었다. 총관 복장에 짧은 머리를 한 이는 승구였다. 승구는 얼마 전 경위원 총관 자리에 올랐다.

경위원 총관 자리는 황제를 바로 옆에서 지키는 요직이었다. 실력도 실력이거니와 믿을 수 있는 자가 아니면 맡길 수 없는 자리였다. 조정에 매국하는 이가 허다했다. 최우선이 되어야 할 황제의 안위를 위해 정문은 승구를 선택했다. 은산에게 승구를 총관 자리에 앉히겠다고 했을 때 은산은 그 자리에 승구가 맞지 않는다고 여겼다. 완익이 승구의 원수이듯, 포로들을 저버린 조선의 황제 또한 승구의 원수였다. 그러나, 그래서 은산은 승구를 황제의 곁으로 보냈다. 원수에게 한번 가보아라 길을 터준 셈이었다.

허름한 포수의 차림새였던 승구는 몰라볼 만큼 깔끔한 외양으로 반듯한 정복을 입고 있었다. 승구는 찬 바닥에 엎드려 사홍 앞에 절했다. 늘 뒤에서 저와 의병 조직을 돌보아주던 사홍이었다. 그런 사홍이 옥에 갇혔으니 승구의 마음도 거리의 백성들처럼 한스러웠다. 옥 안의 사홍이 뒤늦게 승구를 알아보았다.

"자네, 복색이……. 어찌 된 것인가."

"그리 되었습니다. 옷이 날개라더니 지붕만 넘다가 안 열리는 문이 없으니 어색합니다."

"나를 이리 가둔 임금을 지키는 것인가."

"오늘 첫 입궁입니다. 지킬지 해할지는 아직 못 정했습니다. 대감마님 이러고 계시니 안 지켜야 하나 싶기도 합니다"

"여기 역도가 둘이나 있구면."

황제의 본심을 알고 있는 사홍과 승구였다. 두 사람 사이의 분위기가 무거워졌다.

사홍의 투옥으로 민심이 크게 동요했다. 백성들은 너도나도 제일은행권 거부 운동을 행사했다. 온갖 상점마다 '일본은행권 사절'이 나붙었다. 일본 차림새를 한 이가 상점 안으로 들어서려 하면 아예 문부터 걸어 잠가버리는 상인들, 길가에 지나는 일본인에게 소금을 뿌리는 이들까지 생겼다.

상황이 이렇게 되자 일본 공사관 앞은 항의를 하러 온 일본인들로 북적였다. 돈을 벌러 조선으로 넘어왔는데 돈을 쓸 수조차 없으니 항의가 거셀 만도 했다. 공사관 직원들은 쩔쩔매며 항의하는 일본인들을 달랬다.

이러한 광경을 지켜보는 타카시의 눈이 매서웠다. 쓸 수가 없는데 무슨 소용이냐며 일본인들이 내던진 제일은행권이 바닥을 뒹굴었다.

✦

늦은 밤, 유진은 애신에게 소식들을 전하기 위해 공사관 사무실로 향했다.

"궁에 알아보니 조부께선 잘 계신 듯하오. 황제로선 투옥하여 보호하는 것이 최선이었던 것 같소."

다행스러운 소식이었으나 애신은 착잡했다.

"할아버님도, 나도 보호받기 위해서 체포돼야 하는 입장이구려."

"……하루 종일 갇혀서 답답했겠소."

"아니오. 이 방에 신기한 물건이 많아 들여다보는 재미가 있었소."

안타까워 묻는 유진에 애신이 의연하게 답했다. 유진의 사무실 안에는 애신이 이전에 보지 못했던 물건들이 많았다. 호기심 많은 애신이라 만년필도, 지도가 새겨진 둥근 물건도 신기하고 재미있었다. 애신이 가리킨 둥근 물건은 지구본이었다. 유진이 지구본을 빙그르르 돌렸다.

"지구본이란 거요. 조선은 여기에 있소."

"봤소. 미국은 여기에 있소."

애신이 손을 대어 지구본 속에서 조선과 미국의 거리를 쟀다. 애신의 손으로 두 뼘 반이었다. 이렇게 손으로 짚어서는 상상되지 않을 만큼, 한 번 가면 돌아오기 힘들 만큼 먼 거리였다. 유진도 애신처럼 지구본 위에서 손으로 거리를 가늠했다. 애신의 손 위에 유진의 손이 덧대어졌다.

"내 손으로 재면 한 뼘 반이오. 내가 더 빨리 올 수 있소."

다정한 위로에 애신이 쓸쓸히 웃었다. 애신에게 전해야 할 소식은 하나 더 있었다. 스텔라가 풀려났고, 애신도 집으로 돌아갈 수 있게 되었다.

"석방이오. 당장 내보내고 싶은데…… 내일은 돌아가도 좋소. 데려다주진 못할 거요. 무관학교 출근하는 날이라."

애신이 빙그레, 쓸쓸하지 않은 척 웃어 보였다. 화제를 돌리듯 애신은 마트료시카를 집어 들었다. 금이 간 것이 안타깝다 하니, 유진이 인형을 돌려 그 안에서 작은 인형을 꺼내 보였다. 애신은 이내 마트료시카에 빠진 듯 뚫어져라 바라보았다. 하나를 열면 더 작은 하나가 있는 것이 신기했다. 인형은 계속해서 작아지고, 끝없이 나왔다.

"요셉의 유품이오. 요셉에겐 내가 아직 아이였던 모양이오."

"나와 생각이 같구려."

유진은 가만히 인형을 열어보고 있는 애신을 보았다. 집중한 얼굴이 사랑스러웠다. 끝내 마지막 인형까지 연 애신이 환하게 웃으며 유진 쪽을 돌아보았다. 유진이 사랑스러운 여인을 한없이 바라보고 서 있었다. 애신은 자신을 보는 유진을 또 한참 바라보았다. 애신의 손이 천천히 다가가 고단해 보이는 유진의 뺨에 얹혔다. 자신의 뺨에 얹어진 애신의 손을 유진이 조심스럽게 쓰다듬었다. 눈에, 마음에 서로를 담아내는 시선이 애틋했다.

얼룩진 백의

유진의 걱정이 깊어졌다. 일본의 군대가 조선에 본격적으로 들어서고 있었다. 전쟁이 일어날 확률이 높아졌다. 게다가 식민 지배를 위해 조선말을 배웠다는 타카시의 첫 목적지가 애신의 집이었다. 애신과 애신의 집안을 이대로 놔두지 않을 것이 분명했다.

유진은 '해드리오'에 차려진 희성의 신문사를 찾았다.
"빈관에서 봤던 그 일본군 대좌 말이오. 민간인이었던 자가 대좌 계급인 것도 그렇고, 유학 중에 들었거나 노름판 소문도 좋고 혹 아는 정보가 있을까 해서 왔소."
"임진왜란에 참전했던 쇼군 가문 중에 모리라는 성의 귀족 집안이 있소. 그자가 그 모리 가문 출신이면 일본에선 일왕

다음으로 영향력 있는 집안이오."

답을 이어가는 희성의 표정이 점차 심각해졌다. 셔츠를 접어 입은 희성에게서는 어느덧 신문사 편집장의 분위기가 났다.

"모리 가문은 일본 보수 세력들이 주장하는 정한론을 따르는 가문인데, 정한론은 조선을 정벌함으로써 일본 내부의 혼란을 잠재우자는 위험한 주장이오."

"타카시의 첫 행보를 보니 그 집안 사람이 맞는 것 같소. 그가 조선에 들어왔다는 건 결국, 전쟁이 일어날 수도 있다는 얘기고."

유진의 추측은 추측이 아닌 사실이었다. 제물포항에서는 하야시가 타카시에게 조선을 부탁하며 일본으로 돌아가는 배에 몸을 싣는 중이었다. 다시 조선으로 돌아오는 하야시의 손에는 서류 한 장이 들려 있을 것이다. '한일의정서'였다.

하루가 다르게 조선을 둘러싼 정세가 급변하고 있었다. 조선으로서는 불행한 일이었다. 두 사람의 표정이 어두워졌다.

화월루의 방 안에는 호화로운 한상이 차려졌다. 완익이 타카시를 위해 마련한 자리였다. 타카시는 심드렁한 태도로 젓가락질을 하고, 완익은 그런 타카시의 눈치를 보다 음식은 입에 맞는지 물었다. 그러나 타카시는 완익의 말을 들은 체도 하지 않았다. 거만하게 구는 타카시에 완익이 조선말로 욕지 기를 날렸다. 그러고도 일본어로는 타카시의 비위를 맞추기 급급했다.

"하야시 공사와는 내래 손발이 좀 어긋났소. 같은 실수 말고 우리 둘은 손발을 잘 맞춰봐야 하지 않겠소? 내래 조선인들을 기가 막히게 다루거든. 조선인들은 다루기 쉬운 종자요. 배만 안 곯리믄 알아서 꿇고, 사탕이라도 하나 물리믄 알아서 기고, 나머진 매가 약이디."

그제야 타카시가 완익을 보며 한쪽 입꼬리를 올렸다.

"나라를 팔겠다는 자가 이리 성의가 없어서야."

"⋯⋯조선말을!"

사색이 된 완익을 비웃으며 타카시가 말을 이었다.

"됐고, 조선은 왜란, 호란을 겪으면서도 여태껏 살아남았어요. 그 이유가 뭔지 알아요? 그때마다 나라를 구하겠다고 목숨을 내놓죠. 누가? 민초들이. 그들은 스스로를 의병이라고 부르죠. 임진년에 의병이었던 자의 자식들은 을미년에 의병이 되죠. 을미년에 의병이었던 자의 자식들은 지금 뭘 하고 있을까?"

"오합지졸 역도 아새끼들이 무슨. 의병 간나새끼들이 그리 대단할 거 같았음 내래 지금껏 살아 있갔나?"

완익이 당황하며 반박했다. 타카시에게는 완익 또한 우스운 조선인일 뿐이었다. 타카시가 눈을 크게 뜨며 흰자위를 번득였다.

"그러니 문제잖아. 매국노 하나 처단해서 화를 풀기보다, 그에 미칠 결과를 생각한단 뜻이니까."

타카시의 악랄하기 그지없는 본색이 드러났다.

"난 임진년 내 선조들이 조선에게 당했던 수치를 반복할 생각이 없어. 의병은 반드시 화가 돼. 조선인들 민족성이 그래. 하야시 공사가 본국에서 돌아올 때 '일한의정서'를 들고 올거야. 장담하는데 조선인들은 목숨 내놓고 달려들어. 그럼 지금부터 뭘 해야 할까?"

어안이 벙벙한 완익을 두고, 타카시가 식탁을 내리쳤다.

"정신. 조선의 정신을 훼손해야지. 민족성을 말살해야 한다고. 난 그런 일을 할 거야. 그러니까 앞으로 당신이 해선 안되는 두 가지만 명심해. 방해, 반말. 그러니까 말 놓지 마, 조선인. 난 예의 없는 거 아주 싫어하거든. 특히 출신이 천한 조선인이."

타카시에게 제대로 기습을 당한 완익이었다. 인력거를 탄완익은 한 방 얻어맞은 듯 얼얼한 얼굴을 하고 있었다. 타카시의 악랄한 음성이 귓가에 웅웅댔다.

'정신. 조선의 정신을 훼손해야지.'

'민족성을 말살해야 한다고.'

길을 내달리는 인력거가 덜컹였다. 완익은 정신이 번쩍 들었다.

"고사홍이다, 고사홍이야! 기케서 거기부터 간 거이야!"

완익은 인력거를 돌려 급히 입궁했다.

빈관 테이블에 앉아 타카시는 국한문 혼용의 조선 신문을 읽었다. 히나가 준비한 가배당을 타카시 앞에 놓았다. 히나는 힐끔 타카시가 읽고 있는 신문을 보았다. '일군 한성 주둔, 자국민 보호 핑계 내세워 제국주의 침략 발판'이라 쓰인 헤드라인이 눈에 들어왔다. 일본에 부정적인 기사였다. 타카시가 찻숟가락으로 가배당을 저었다.

"조선에 신문사가 몇 군데 정도 있을까요?"

"신문을 발행 중인 신문사는 보고 계시는 황성신문과 제국신문, 두 곳입니다. 간판도 없이 호외만 발행하는 엉뚱한 곳도 한 곳 있고요."

"김희성이란 자가 대표죠?"

가배당을 한 모금 마시며 타카시가 태연히 물었다. 아직 조선인들도 잘 모르는 사실이었다. 예상보다 더한 정보력에 히나가 타카시를 다시 보았다.

"놀랍네요. 이 커피 맛도 호텔 규모도. 젊은 미망인이 혼자

꾸려가기엔 버겁겠어요."

"힘도 들고, 품도 들고. 남편이 많이 그립답니다."

"남편이 그리운 여인치곤 옷이 화려한데."

히나의 목걸이가 반짝였다. 히나는 애써 당황스러운 감정을 숨겼다. 열이 뻗친 히나는 머릿속으로 당장 타카시를 죽일 방법을 궁리하고 있었다. 아무리 노력해도 도저히 좋게 볼 수 없는 이였다. 애써 미소 짓는 히나를 보며 타카시가 코웃음을 쳤다.

"비난한 건 아니고요. 모를까봐."

"제 뒷조사를 하셨나 봅니다."

"조선엔 당신 호적이 남아 있지 않더군요. 뒤를 봐주는 든든한 이가 있나? 일본인 전남편 덕에 이런 호사를 누리면서 조선인 후원자 덕에 조선인 신분을 지운다라. 좀 염치가 없죠?"

"뒷조사가 거기서 막혔나 봅니다. 모리 대좌의 능력이 거기까지인 걸까요. 아님 제 능력이 대단한 걸까요?"

히나가 미소 지으며 유유히 돌아섰다. 보통 건방진 게 아니었다. 타카시가 분한 눈으로 히나의 뒷모습을 노려보았다.

타카시는 곧바로 염두에 두었던 신문사의 사장인 희성을 명월관으로 불렀다. 희성은 흥미로운 눈으로 차려진 상을 둘러보았다. 희성이 능글맞게 웃으며 타카시에게 먼저 말을 건넸다.

"만나자는 기별을 받고 깜짝 놀랐소. 기대가 됐달까."

"그럼 말이 잘 통하리라 나도 기대해도 될까요? 알아보니 대일본제국 유학생 출신이던데."

"말이 통하길 기대하면 조선말로 하면 어떻소. 아. 나도 좀 알아보니 그대가 조선말을 좀 한다기에."

거들먹거리는 타카시를 희성이 여유롭게 되받아쳤다. 타카시가 알기로 희성의 집안은 돈이 된다 하면 매관이건 매국이건 서슴지 않는 집안이었다. 희성은 그 집안에서도 천하의 한량이 아닐 수 없었다. 그러나 막상 마주한 희성은 예상과는 다른 분위기였다.

"그러죠. 본론부터 하자면 일본에 우호적인 기사를 실을 신문사를 찾고 있는 중이에요. 달세로 자리를 빌렸다면서요. 아직 간판도 없고. 신문사도 결국 자금에 흥하고 망하는 사업 아닐까요?"

"이런. 조사가 미흡했구려. 내겐 한성에서 제일 고운 간판이 있소. 다시 와서 보시오. 하나 더. 난 조선에서 황제 다음으로 돈이 많소. 달세는 나의 허영이요."

"귀족 작위도 줄 수 있는데."

"하. 그걸 받아 뭐에 쓰면 좋을까."

타카시의 얼굴이 점점 구겨졌다. 희성의 의중을 도무지 파악하기 힘들었다. 열이 오른 타카시가 테이블에 총을 올려놓으며 경고하듯 말했다.

"살려줄 수도 있고."

기어이 희성이 웃음을 터뜨렸다.

"진짜 더 알아보아야겠소. 조선에선 날 죽여서 얻을 것이 없소. 한데 아까부터 궁금한 것이 있는데, 여인들은 대체 언제 부를 거요. 이 집에 아름다움을 흘리고 다니는 여인들이 참 많소."

타카시가 노려보았으나 희성은 사람 좋은 얼굴로 능글거릴 뿐이었다. 여인들을 찾듯 두리번거리는 희성은 상대할 가치도 없는 한량으로 보였다.

"내 기대가 됐다지 않았소. 명월관에서 보자기에 잔뜩 기대했는데. 쑥스러워서 그러는 거면 내 직접 불러드리리다."

자신 있게 나선 희성이 '김희성이오' 하고 큰 소리로 자신의 이름을 외쳤다. 희성은 황당해하는 타카시를 전혀 신경 쓰지 않았다. 희성의 이름이 명월관에 울려 퍼지기 무섭게 기생들이 달려오는 소리가 들렸다.

"그만 고사홍을 석방하시디요. 늙어 버석한 몸이 감옥서 찬 바닥을 얼마나 더 견디갔습네까."

황제를 알현한 완익은 곧바로 사홍을 석방하라 청했다. 완익답지 않은 말이었으나, 스승이 걱정되는 황제로서는 그 말에 기댈 수밖에 없었다. 황제는 곧장 사홍을 석방하라 승구에게 명했다. 완익은 기분 좋게 웃었다. 사홍이 궁에서 죽어서는 안 된다. 궁 밖에서, 자신의 손에서 죽어야 했다. 조선인들이 벌벌 떨 대상은 일본이 아니라 자신이어야 했다. 타카시가 그것을 깨닫게 해주었다. 진짜로 조선인들을 두렵게 하려면 어찌해야 하는지.

사홍이 없어 텅 빈 것 같던 집에 드디어 사홍이 들었다. 승구의 부축을 받으며 오는 사홍은 고초에 얼굴이 심히 상해 있었다. 백의는 다 얼룩져 깨끗함을 잃은 지 오래였다. 그런 사홍을 보는 식솔들의 눈에서 안타까운 눈물이 터져 나왔다. 애신도 비명과 같은 울음이 터져 나올 듯해 손등으로 입을 막아야 했다. 조씨 부인이 사홍의 수발을 들러 나섰다.

"……곤하다. 아무도 귀찮게 말아라."

사홍은 그렇게 말하고는 방 안으로 들어갔다. 사홍의 뒷모습이 이리 작아 보였던 날이 없었다. 애신은 입을 틀어막은 채 굵은 눈물만 뚝뚝 흘렸다. 들어가는 사홍 뒤로 경위원 관복 차림의 승구가 허리를 굽혀 인사했다.

애신은 승구와 뒷마당에서 마주 섰다. 오랜만에 보는 애신의 스승은 많이 달라져 있었다.

"머리가 짧아지셨습니다. 좋은 옷도 입으셨고요. 궁에 계시게 된 겁니까?"

"황제를 지킬 이가 없으니 저한테까지 순서가 오는 모양입니다."

이해가 가지 않는 바도 아니었다. 조선 땅에 총 솜씨로 승구만 한 자도 없을 것이다. 의병 활동을 하던 이가 조선의 황제를 지키게 되었으니 잘된 일일 텐데도 애신은 어쩐지 섭섭해졌다. 무거운 자리에 앉게 되었으니 이전처럼 움직임이 자유롭지도 않을 테고, 무엇보다 애신과도 자주 만나지 못할 터였다.

"하면 이제 움막엔 자주 못 오시겠습니다."

"당분간은 비워둬야 할 것 같습니다. 입궁 전에 대강 애기씨 흔적은 치웠습니다. 두고 간 물건이 있으시거든 찾아가십시오."

"제가 틈틈이 갈 것인데요."

"오지 마십시오. 더는 소인이 가르칠 것이 없습니다."

갑작스러운 말에 애신이 놀라 승구를 보았다. 아무런 마음의 준비도 되어 있지 않았다. 아니, 마음의 준비를 할 생각조차 없었다. 승구가 자신을 떠나보내리라는 생각을 한 적이 없었기 때문이었다. 내내 승구의 제자로, 의병으로 살아가고자 한 애신이었다.

"더는 소인의 명령을 따르지 마시고 더는 소인이 막아선다고 멈추지 마십시오. 그간 투박한 스승을 따라오느라 애쓰셨습니다. 그만 하산하십시오."

"스승님!"

웃어 보이는 승구에 애신이 고개를 저었다. 그러나 승구의 마음은 이미 정해진 후였다.

"소인, 다른 길이 생긴 듯합니다. 웃으며 가라 해주십시오."

애신이 또 한 번 눈물을 쏟아냈다. 여전히 조선을, 조선의 백성들을 지키고자 하는 마음에는 변함이 없었다. 그러나 두 사람이 걸을 길이 달라졌음을 인정해야만 했다.

"조심히…… 가십시오. 정말…… 감사했습니다. 스승님."

애신이 승구에게 반절을 올렸다. 승구 역시 애신에게 반절을 했다.

"감사했습니다, 애기씨."

오래된 스승과 제자의 작별이었다.

스승이 궁으로 떠난 후, 애신은 마지막으로 움막을 찾았다. 다른 건 다 태워 없애고, 총포만 챙겨갈 생각이었다. 함안댁이 애신의 옆에서 함께 걸었다. 움막으로 향하는 길이 평소보다 짧게 느껴졌다. 이곳을 오르내리며 수많은 땀을 흘렸다. 승구도 함께였다. 이제 사제지간은 아니었으나, 애신과 승구는 각자의 방법으로 이 땅을 지킬 것이다.

비어 있어야 할 움막에 생각지 못한 이들이 와 있었다. 움막을 지키고 선 순검이 애신을 알아보고는 의아해했다. 순검들은 외부대신인 완익을 모시고 움막에 온 것이었다. 움막 안에서 완익과 덕문이 나오며 애신과 마주쳤다.

"처제?"

덕문이 애신을 보고 놀라 불렀다. 함안댁이 꾸벅 인사했다.

"그간 별고 없으셨어요, 형부. 언니는 가끔 뵈어서."

덕문에게 인사하는 애신을 위아래로 훑으며 완익이 안경을 쓸었다.

"이덕문이 처제믄, 고사홍 대감 손녀 되네? 대가댁 애기씨가 어째 있을 곳이 못 되는 곳에 와 있는 거이네."

"처제, 외부대신 이완익 대감이시네. 인사하게."

완익의 말에 애신은 고개를 돌리며 시선도 주지 않았다. 보다 못한 덕문이 나섰으나 애신은 내외하듯 완익을 피하며 함안댁에게 말을 전했다.

"고초를 겪으신 조부님께서 멧고기가 자시고 싶다 하여 구하러 왔다 전하게."

"처제!"

애신의 태도에 덕문이 놀라 다급히 애신을 불렀으나 애신은 흔들림이 없었다. 자존심을 제대로 구긴 완익이 애신을 노려보며 지껄였다.

"내외를 하는 거이네, 아님 내래 중인 출신이라고 하대하는 거이네. 내래 요 앞에 있습네다."

"황제께서 불러 쓰시는 인물이면 출신과 상관없이 필요하여 쓰실 것이고 적소에 쓰실 것인데, 하대는 당치 않으며 법도가 이러하니 이해하시라 전하게. 다 전하면 근처에 장 포수 있는지 좀 찾아보고."

"그 피 어디 아이 가는구나. 그만 내려가자. 헛걸음은 아니니 됐다."

완익이 헛웃음을 쳤다. 사홍부터 애신까지. 그 꼿꼿함이 완익에게는 우스울 뿐이었다. 언젠가 부러질 꼿꼿함이었다. 덕문은 몸 둘 바를 몰라 하며 애신을 향해 험악하게 인상을 구겼다. 애신과 함안댁은 완익과 일행들이 내려가는 길을 경계하며 지키고 서 있었다. 어째서 승구의 움막을 완익이 찾은 것인지, 애신은 불길함에 입술을 깨물었다.

산길을 절뚝거리며 내려가던 완익은 잠시 생각에 잠겼다.

'임진년에 의병이었던 자의 자식들은 을미년에 의병이 되죠. 을미년에 의병이었던 자의 자식들은 지금 뭘 하고 있을까?'

타카시의 말을 떠올린 완익의 눈빛이 사나워졌다. 애신의 태도에 완익이 마음 상하진 않았을까, 그 불똥이 제게 튀지는 않을까 안절부절못하며 뒤쫓던 덕문을 완익이 불렀다.

"네 처제 나이가 어찌 되니."

"을해년 생이니……. 올해 스물여덟, 아홉 정도 됩니다."

완익이 지팡이로 땅을 매섭게 짚었다. 날 때부터 고아에,

일본에서 태어나 조선으로 건너와 출신이 불분명하다고 했었다. 을해년에 자신이 죽인 의병이 있었다. 그 의병에게 자식이 있다면, 딱 애신의 나이였다. 완익의 신경이 곤두섰다. 그러나 용주가 전했던 의병들의 이름에는 애신과 관련된 자는 없었다. 완익의 머리가 빠르게 돌아갔다. 기가 막히게도, 용주가 제 동지들의 이름을 다 거짓으로 댔을 가능성도 배제할 수 없었다.

산을 내려온 완익은 경무사부터 찾았다. 일본 경시청에 연통을 넣어 을해년에 동경 유라쿠초에 살던 모든 조선인들 명단을 전보로 받아오라 경무사에게 명했다. 애신에게 무언가가 있었다. 평범한 양반가 '애기씨'가 아니었다. 승구의 움막에서 애신을 본 순간 완익은 확신했다.

신음을 참아가며 동매는 병실 안을 천천히 걸었다. 이제 겨우 몸을 움직일 수 있게 된 동매였다. 동매가 문밖을 지키고 서 있던 유죠를 찾았다.

"지게꾼은."

"지금도 한성을 이 잡듯이 뒤지고 있고, 그자가 있던 덕장에도 몇 보냈습니다. 조만간 꼭 찾아 죽이겠습니다."

"그전에 내가 죽겠다, 속 터져서. 저자에 구동매가 살아났다고 소문이나 좀 내. 그럼 다시 나타날 거야. 그리고 쟤 데리고 가서 밥 좀 먹이고."

동매가 힐끗 문가에 서 들어오지도 않은 채 서성이는 호타루를 보았다. 유죠가 고개 숙여 인사하며 호타루를 데리고 나섰다. 동매는 가만히 문밖을 바라보았다.

동매가 깨어났다는 소식이 알려지기 무섭게 경무사와 우체사 총판이 제 발로 동매를 찾아왔다. 병원으로 찾아온 이들이 내민 것은 전보였다. 수신처는 '대한제국 한성 경무청'이었고, 발신처는 '일본 동경 경시청'이었다. 아래로 조선인들의 이름이 주르륵 나열되어 있었다.

"이 명단을 이완익 대감께서 찾으신다……."

여기저기 진한 상처가 남아 있었다. 아직 병실을 벗어나지 못한 환자임에도 동매의 기운이 위협적이어서 경무사는 얼른 떨리는 고개를 끄덕였다.

"그렇네. 이리 올까 이완익 대감께 갈까 하다 이리 왔네. 막 뛰어왔네."

총판도 경무사를 거들었다. 동매는 매서운 눈으로 꼼꼼히 조선인들의 이름을 훑었다. '고상완', '김희진'이라는 글자에 동매의 시선이 멎었다. 어디선가 보았던 이름이었다. 동매가 미간을 찌푸리자 동매를 바라보고 있던 총판과 경무사도 덩달아 굳었다. 어디서 보았더라, 기억을 되짚던 동매는 이내 제물포 절에서 보았던 위패에 적힌 이름들을 기억했다. 애신의 부모가 모셔진 위패였다. 전보를 쥔 동매의 손이 부들거렸다.

완익의 화살이 애신을 향해 있었다.

붉은
댕
기

역관 형기가 집으로 애신을 찾아왔다. 지난번 집을 뒤질 때 애신의 방에서 일군이 오르골을 훔쳤는데 그것이 애신의 것이냐 물었다. 마침 이불을 뒤적이며 오르골을 찾고 있던 애신이었다.

"무엇을 말하는 겐가. 난 잃어버린 것이 없는데."

애신은 잃은 것이 없다고 답했다. 타카시가 오르골의 주인이 유진이라는 것을 안다면, 애신과 유진의 사이는 오해받을 것이 분명했다. 미국인인 유진이 조선인인 애신과 엮여 좋을 것이 없었다. 더군다나 타카시는 애신의 집안을 주시하고 있었다.

"설령 일군이 훔쳐간 것이 있어, 내가 무언가를 잃은 것이 맞다면, 훔쳐간 자가 직접 들고 와 돌려주어야지 어찌 나를 오라 가라 하는가. 가서 그리 전하게."

형기가 고개를 숙이고 돌아갔다. 애신은 유진에게 이 사실을 알려야겠다고 생각했다.

약방으로 향하는 애신의 가마가 제빵소 앞을 지났다. 일군들이 군홧발로 집 안을 헤집어놓은 것도 하늘이 노래질 만큼 분하였는데, 하필이면 유진의 물건이 타카시의 손에 들어가 있었다. 애신은 가마 안에서 화를 참으려 손을 꼭 쥐었다. 그때 애신의 가마가 덜컥거리며 멈췄다. 함안댁이 놀라 소리치는 것이 들렸다.

애신이 급히 가마의 창을 열었다. 동매와 낭인들이 길을 막고 서 있었다. 창 사이로 애신과 동매의 눈이 마주쳤다. 동매의 분위기가 험악했다. 애신과 눈을 마주한 동매가 저벅저벅 걸어왔다. 애신이 가마꾼들에게 가마를 내리라 명했다.

가마가 내려지자, 낭인들이 함안댁과 가마꾼들을 강제로 붙잡아 한쪽으로 물렸다. 동매가 무릎을 굽히고 가마에서 내리는 애신에게 손을 내밀었다. 애신의 눈이 동매의 손을 스쳐 지나갔다. 동매의 손을 외면한 채, 애신이 가마에서 내렸다.

"무슨 짓인가."

천천히 일어서며 애신을 보는 동매의 눈이 검었다.

"어디로 가시는 길이십니까."

"그게 자네와 무슨 상관이야."

"마지막 기회를 드리는 겁니다."

살벌하게 구는 동매에 애신은 목소리를 높였다.

"마지막 기회라니. 알아듣게 말해."

애신이 어디로 가는지 동매가 묻는 이유는 애신을 지키고 싶어서였다. 애신이 가는 길을 지키고 싶어서가 아니었다. 동매가 지키고 싶은 것은 오로지 애신이었다.

"애기씨는 왜 자꾸 그런 선택들을 하십니까. 정혼을 깨고, 흠이 잡히고, 총을 들어 기어이 표적이 되는, 그런 위험한 선택들 말입니다."

애신은 스스로 뛰어들었다. 불길로, 위험으로, 죽음으로. 기어이 완익이 애신의 존재를 의심하는 상황까지 왔다. 제 손을 잡을 게 아니라면, 제가 내내 옆에서 애신을 지킬 수 있는 것도 아니라면, 차라리 애신이 가마 속에 있기를 동매는 바랐다.

"하니, 아무것도 하지 마십시오. 학당에도 가지 마십시오. 서양 말 같은 거 배우지 마십시오. 날아오르지 마십시오. 세상에 어떤 질문도 하지 마십시오."

"이런 주제넘은 자를 봤나. 난 내 선택 그 어떤 것도 후회하지 않아. 자네를 살린 것까지. 자네의 총에 맞은 것까지. 어쩔 텐가. 내 비밀 한 자락 쥐고 있다고 뭐라도 된 듯싶어?"

"아니요. 아직은요. 지금부터 애기씨의 무언가가 되어볼까 합니다. 이러면 안 되는데, 세상 모두가 적이어도 상관없겠다 싫어졌거든요. 그게 애기씨여도 말입니다."

제 선택 중 무엇 하나 후회하지 않는다는 애신이었다. 그런 애신의 뜻을 바꿀 길만 있다면, 설령 그것이 애신에게 미움받고, 원망받는 길이라 할지라도 동매는 갈 것이다. 원치 않아도 애신이 저를 살렸듯, 동매는 애신을 살리고 싶었다. 애신이 원치 않는다고 하더라도. 어차피 사랑받기는 글러먹은 인생이었다.

동매가 서서히 애신에게 다가섰다. 애신의 눈빛이 흔들리던 순간, 동매의 칼이 애신의 댕기 머리를 베었다. 부지불식간에 일어난 일이었다. 툭, 풀린 머리와 함께 머리카락이 흩어졌다. 주변에 있던 이들이 비명을 질렀다. 애신은 너무 놀라 숨을 멈추었다. 동매는 애신의 댕기를 손에 들고 짐승처럼 사나운 눈으로 애신을 보았다.

충격에서 벗어나기 무섭게 애신이 동매의 칼을 빼앗아 들었다. 동매의 목에 검을 겨눈 채, 애신이 분노했다.

"기어이 내 손에 죽기로 작정을 했구나."

애신의 분노가 깊었다. 처음엔 호강에 겨운 양반 계집이라는 말로 애신을 할퀴었다. 그다음에는 제 다리에 총을 쏘았다. 이번에는 머리카락이었다.

"내 선의를 베고, 내 걸음을 베고, 기어이 이런 수치를 주는구나."

"……해서, 아프십니까."

백정으로 태어나 사람을 베는 낭인이 된 동매였다. 이번에 벤 것은, 아마도 마음일 것이다. 이것이 동매의 방식이었다. 동매는 그저 애신과 같은 하늘 아래 계속해서 숨 쉬며 살아가고 싶었다. 그것이 애신에게 생명을 빚진 동매가 사는 유일한 이유이고 희망이었다.

"그때 그냥 저를 죽게 내버려두지 그러셨습니까. 그때 저를 살리시는 바람에 희망 같은 게 생겼지 뭡니까. 그 희망이 지금 애기씨의 머리카락을 잘랐습니다. 하니, 애기씨 잘못입니다."

"네놈은 내가 우습구나. 다시 그 순간이 온다고 해도 나는 네놈을 살릴 것이다. 하나 다시 내 눈에 띄면, 그땐 네놈을 죽일 것이다. 감히 내 염려 따위 하지 마라. 네놈은 나를 그저, 호강에 겨운 양반 계집으로만 보면 된다."

애신의 손이 검을 깊숙이 밀자 동매의 목에서 피가 흘렀다. 칼로 벤 것은 동매였는데, 상처 입는 것 또한 동매였다. 그저 목을 내어준 동매에 애신의 칼이 더욱 깊어졌다.

그 칼을 막아 세운 것은 구경꾼 속에 섞여 있던 히나였다. 너무 많은 이들이 보고 있었다. 애신에게 치욕스러울 순간도, 치욕을 견디지 못해 낭인의 목에 능숙하게 칼을 들이미는 애신의 모습도.

"지금도 일이 큽니다. 더 크게 벌이진 마십시오."

히나가 애신을 붙잡은 채 낮게 말했다. 애신과 동매는 물러서지 않았다. 히나는 잔뜩 상처받은 눈을 한 동매를 힐끔 보았다. 언젠가 동매가 다신 날지 말라고 검은 새 한 마리를 쏘았다 말한 날이 있었다. 오늘도 그러한 날인 듯했다. 아끼는 검은 새를 위해 무엇도 마다하지 않는 사내였다.

"너의 검은 새는 자꾸만 날아오르나봐."

히나의 말에 그제야 애신만을 노려보던 동매가 히나를 보았다. 히나는 애신의 어깨를 잡아 제빵소 쪽으로 이끌었다.

"보는 눈이 많습니다. 일단 자리를 피하시지요."

돌아서며 애신은 동매 손에 들린 제 머리카락을 낚아챘다.

아무것도 남은 것 없이, 오직 붉은 댕기만이 동매의 손에 걸려 있었다.

히나가 이끄는 대로 제빵소에 앉은 애신의 표정이 멍했다. 머리카락이 있어야 할 목 부근이 휑했다. 히나가 가방에서 손수건을 꺼내 삐뚤빼뚤하게 잘려나간 애신의 머리카락을 묶어주었다.

"이 손수건이 이리 쓰이네요. 이리 갈 거였나 봅니다."

"나중에 돌려주겠소."

잠시 손수건을 보던 히나는 고개를 저었다. 손수건은 유진의 것이었다. 빈관에서 손님에게 곤욕을 당해 상처 입은 히나에게 유진은 무덤덤한 표정으로 이 손수건을 건넸다. 그것이 히나와 유진의 첫 만남이었다. 늘 진중하고 바른 이방인 사내에게 눈과 마음이 갔던 적도 있었으나, 끝까지 가지는 못했다. 푸른 하늘로 날아가 버릴 작은 새 한 마리만을 바라보는, 자신만큼이나 불쌍한 한 영혼 때문에.

"그 미국인의 것입니다. 이리 가는 게 맞다니까요?"

그제야 애신이 돌아보았다. 그 모습에 피식 웃던 히나가 애신의 머리에서 손을 떼며 말했다.

"저는 머리끄덩이를 잡혀도 보고, 뜯겨도 보고, 깎여도 봤습니다. 애기씨는 평생을 누가 빗겨주고 동백기름 발라줬을 이깟 머리카락. 머리카락 좀 잘렸다고 세상이 무너지면서 무슨 조선을 구하겠다고."

"이보시오……."

"그러게 처음부터 총이 아니라 이 손수건처럼 고운 것만 드셨으면 좋았을 것을. 애기씨께서 손에 총을 드니 사내 셋이 무너집니다. 어차피 일본에 넘어갈 조선입니다. 애기씨 하나 더 보탠다고 달라지지 않아요."

애신을 향한 히나의 표정이 전에 없이 서늘했다. 처음 애신을 보던 순간부터 히나 안에 똬리 틀고 있던 질투였다. 자신과는 너무 달랐다. 집안도, 성정도, 행색도. 우스운 질투였다. 그러나 이런 순간이면, 동매가 눈이 뒤집혀 앞도 뒤도 보지 않고 애신의 일에 뛰어드는 것을 보는 순간이면, 히나도 어쩔 수 없이 감정에 휘둘렸다. 히나에게는 동매가 소중했다. 조선인이라면 모두가 다 싫어한다는 동매가, 히나에게는 소중했다. 그래서 동매를 함정에 빠뜨린 귀단도 잡아들여 얼굴에 상처를 입혔다.

어느새 황망함을 벗고, 다시 단단해진 애신이 히나를 바로 보았다.

"저마다 제가 사는 세상이 있는 법이오. 제각기 소중한 것도 다를 것이고. 내 세상에선 조선도, 가족도, 부모님께서 주신 이 머리카락도 다 소중하오. 나는 빈관 사장이 어떤 세상을 살아왔는지 모르겠으나, 나는 내 세상에서 최선을 다하고 있소. 하니 내 앞에서 그리 위악 떨지 마시오."

두 사람 사이에 긴장감이 끊어질 듯 팽팽했다. 애신이 먼저 자리에서 일어섰다.

히나는 길 밖으로 나와 궐련에 불을 붙인 채 생각에 잠겼다.

"손수건은 그 여인이 가졌고, 누군가는 울 텐데……."

동지도, 동무도 되지 못한 채 붉은 댕기만을 손에 쥔 동매의 슬픈 눈이 떠올랐다. 궐련을 피우는 히나의 모습은 뿌연 연기 속에서 사라질 듯 아스라했다.

학도들의 훈련이 한창인 무관학교에 타카시가 직접 걸음을 했다. 일 군복을 입은 채 무관학교로 들어서는 타카시에 학도들을 훈련시키던 유진의 표정이 무거워졌다. 유진이 학도들을 향해 총기를 반납한 후 해산하라 명했다. 타카시는 예의 기고만장한 얼굴로 유진에게 커피를 권했다. 정말로 커피를 마시고자 이곳까지 유진을 찾아왔을 인사가 아니었다. 분위기가 예사롭지 않았다. 유진은 일단 타카시를 따라나섰다.

둘은 빈관으로 나란히 들어섰다.

"무관학교 교관은 할 만해?"

"열정들이 대단해. 난 그 열정을 다듬어주는 중이고. 적이 아무리 거대해 보여도 두려움을 갖지 말라고 가르쳐. 그 적이 생각보다 등신 같을 수도 있으니까."

자신을 노리는 게 분명한 말에 타카시는 주먹을 쥐었다.

"기대되네. 이제 시시한 전쟁은 그만하고 싶거든. 앉자."

테이블로 가 앉자고 제안하는 타카시에 유진은 고개를 저었다.

"올라갈게. 잠을 많이 못 잤어."

"그래, 그럼. 좋은 꿈 꿔."

유진은 대꾸하지 않고 프런트로 가 웨이터에게 키를 받았다. 키를 받은 후 계단을 오르는 유진의 등 뒤로 익숙한 멜로디가 들려왔다. 서글픈 멜로디는 유진이 수없이 들었던 '푸른 옷소매'의 멜로디였다. 자신의 뮤직 박스는 애신에게 주었으니 애신의 방에 있어야 했다. 불길한 예감에 유진의 얼굴이 하얗게 굳었다. 유진이 소리가 나는 쪽으로 뒤돌았다.

타카시가 앉은 테이블 위에 유진의 뮤직 박스가 올라와 있었다.

"왜. 너도 아는 물건이야?"

"그게 뭔데."

"그때 그 귀족 여인의 집에 갔을 때 말이야. 우리 상병 하나가 이걸 훔쳤다지 뭐야."

"창피하겠네."

"그렇긴 하지. 근데 말이야, 유진. 이거 원래 네 거잖아."

유진이 뉴욕에서 짐을 싸 떠나던 날, 유진의 방에 왔던 타카시였다. 분명히 그때 보았던 유진의 오르골이었다. 타카시는 유진과 애신 사이에 무언가 있음을 확신했다. 유진은 불안한 시선을 빠르게 거뒀다.

"내 거 확실해? 내 건데 그 댁에 있으면 이상하지 않나?"

"이상하니까. 지금 네 표정도 이상하고."

마침 애신의 집으로 확인차 보냈던 역관 형기가 타카시의 앞으로 달려왔다. 과하게 조아린 채, 형기가 식은땀을 흘리며 타카시에게 고했다.

"대좌님. 애기씨께선 잃어버린 물건이 없다 하십니다. 그리고…… 혹 있다 한들 직접 가져오는 게 맞다고 전하셨습니다."

"잃은 게 없다라. 알겠어. 가봐."

타카시는 기가 찬 표정으로 형기를 내보냈다. 형기는 빠르게 자리를 빠져나갔다. 유진은 애신이 어찌 대처하려는지 눈치챌 수 있었다. 타카시가 오르골을 손가락으로 두드리며 의미심장하게 중얼거렸다.

"그럼 이게 왜 거기서 발견됐을까? 훔쳐갔나?"

"혹은 장물인 줄 모르고 샀거나. 조사해보면 알겠지만 내 방이 여러 번 털렸거든. 너도 조심해."

"도둑은. 잡았어?"

"난 못 잡았는데 넌 잡은 것 같다. 그 일본군 상병."

"미안하지만 이건 못 돌려주겠다. 장물이라며."

"기대하지도 않았어."

발끈한 타카시에 유진은 무감하게 대응했다. 다시 제 방으로 올라가는 유진에 타카시는 이를 갈았다.

유진은 방에 들어서며 타카시 앞에서 참았던 화를 얼굴에 드러냈다. 저대로 타카시의 손에 오르골을 둘 수는 없었다. 고민하던 유진의 방문을 수미가 두드렸다. 유진이 방문을 열자 주변을 두리번거리던 수미가 유진의 방 안으로 들어섰다.

수미가 난감한 듯 조심스럽게 입을 열었다.

"애기씨께서 그간 비밀로 하라 하셔서 말씀 안 드렸는데요."

애신의 일이었다. 유진은 집중하며 수미의 다음 말을 기다렸다.

"제가 나으리께 드린 그 문서 때문에 애기씨께서 제 빚을 대신 갚고 계셨거든요."

"빚? 누구한테."

"구동매요. 한데 무슨 일인지 방금 진고개에서 그자가 애기씨 머리카락을 베었습니다."

동매가 애신의 몸에 함부로 손을 댄 것이다. 애신과 애신의 집안이 타카시의 표적이 된 지금, 동매가 더해주지 않아도 애신의 신변은 나날이 위태로워지고 있었다.

"조선에서 구동매를 이길 수 있는 사람은 나으리뿐인 것 같아서 이리 왔습니다."

"화낼 일이 자꾸 생기네. 그래. 한 명씩 순서대로 이겨볼게. 걱정 말고 일해."

수미가 안심하며 끄덕였다. 수미를 내보낸 후, 유진은 다시 나갈 채비를 했다. 애신이라면 끔찍이 여길 동매가 왜 그런 짓을 했는지 묻고 싶었다.

유진이 화월루 앞에 다다랐을 때 동매는 진노한 사홍의 빗자루에 매를 맞고 있었다. 애신이 동매에게 머리칼을 잘렸다는 소문 또한 이미 저잣거리에 파다했다. 사홍의 편에 선 행랑아범과 동매 옆의 일본인 일꾼은 사달이 날까 전전긍긍하는 모습이었으나, 동매는 묵묵히 사홍의 매를 고스란히 맞고 서 있었다. 한참 동매에게 매질을 하던 사홍이 빗자루를 바닥에 던졌다.

"다시 한 번 내 손녀 주변에 얼씬거리면 그땐 백정이 왜 백정이고, 양반이 왜 양반인지 내 똑똑히 알게 해주마."

모질게 저를 치던 빗자루보다 그 말 한마디가 더 아팠다. 터진 입술에서 피 맛이 난 동매는 입술을 혀로 쓸었다. 사홍이 돌아서자 행랑아범이 재빨리 사홍을 모셨다. 동매는 아픔에 인상을 썼다. 입술만 터진 게 아니라 아직 다 아물지 않은 가슴의 총상도 벌어진 듯했다. 가슴 부근을 짚던 동매가 떨어져 선 유진을 발견하고는 손을 내렸다.

"보태실 거면 보태시던가. 이미 많이 맞긴 했는데."

"대체 왜 그런 짓을 한 거요."

딱딱한 유진을 보며 동매는 웃을 수도, 울 수도 없는 심정이 되었다. 애신을 위하는 마음은 같았으나 애신에게서 받는 마음은 달랐다. 동매는 동매의 길을 걷기로 한 것뿐이었다. 그 길에 모진 말과 매질뿐이라고 하더라도. 동매는 따끔거리는 목을 쓸었다. 애신이 칼을 놓은 자리에서 피가 흘러나왔다. 엉망이었다.

"이완익이 애기씨 뒤를 캡니다."

유진은 동매를 빤히 보았다. 완익이 애신의 부모를 죽였다. 애신의 뒤를 캔다면 그 또한 같은 이유이리라. 여기저기 다친 곳뿐인 동매였다. 여전히 화가 났으나 자신까지 보탤 이유는 없어 유진은 돌아섰다.

"이기러 왔는데, 비긴 걸로 합시다."

그렇게 유진이 돌아서는 순간, 희성이 달려와 동매의 얼굴

에 주먹을 날렸다. 저자에 도는 소문을 듣고 온 것이 분명했
다. 유진처럼 화가 나 곧장 동매를 찾아왔으리라. 동매는 또
한 번 몸을 내어준 채 그저 맞고만 있었다. 애신을 사랑하는
사내들의 마음이 모두 고열에 시달리듯 아팠다.

무
너
진
담
장
너
머

  손수건으로 머리를 질끈 묶은 채 애신은 총을 들었다. 유진이 선물해준 모신나강이었다. 승구가 떠난데다 움막이 노출되어 연습터가 없어진 상황이었지만, 연습을 게을리해서는 안 됐다. 애신은 집 안의 광에서 연습했다. 유진이 가르쳐주었던 것들을 되새기며, 애신은 총알 없는 빈총을 빠르게 장전하고 방아쇠를 당기기를 여러 번 반복했다.

  '처음에는 그렇게 무게감부터 익히시오. 완전히 가벼워질 때까지.'

  '아직은 정확히 맞추긴 어려울 거요. 그래도 한번 쏴보시오.'

  작은 목소리로 '탕' 하는 소리를 내며 애신은 방아쇠를 다시금 당겼다. 애기씨의 복색을 하고 있었으나 애신은 언제든 스나이퍼가 될 준비가 되어 있었다.

긴 시간의 연습 후 광 안에서 나오자 하늘이 잔뜩 흐려져 있었다. 곧 비가 쏟아질 듯했다. 흐린 하늘을 보다 옮긴 시선 안에 붉은 바람개비가 들어왔다. 담장 위에 꽂혀 있는 바람개비는 애신이 약방에 꽂아두었던 그 붉은 바람개비였다. 애신은 곧바로 장독을 밟고 담장 위로 올라섰다.

말을 타고 멀어지는 유진의 뒷모습이 보였다. 차마 큰 소리로 유진을 부를 수 없어 애신은 입만 벙긋거렸다. 애타는 애신의 마음을 알아차린 것인지 유진이 말을 멈추고 뒤를 돌아보았다. 두 사람의 눈이 마주쳤다. 매번 이리 운명 같은 순간들이었다.

놀란 표정을 짓던 유진이 빠르게 말을 돌려 애신에게로 달려왔다. 제게로 달려오는 유진을 애신은 치맛자락을 꼭 쥔 채 기다렸다. 유진은 오늘도 애신의 마음 안으로 더 깊이 들어오고 있었다.

"잘 있었소?"

너무나 반가워 애신의 목소리가 떨렸다. 단발머리의 애신을 처음 마주하게 된 유진은 그런 애신이 생경하고, 안타깝게 느껴졌다.

"머리가 짧아졌소."

"그리 되었소. 잘생겼소?"

"보던 중 늠름하오."

"난 좀 다른 말을 기대했는데. 'B'로 시작하는 말 말이오."

애신이 핏 웃었다. 'Beautiful(아름답다)'이었을 것이다, 애신이 기대했던 말은. 물론 애신은 아름다웠다. 그보다 더 하고 싶었던 말이 있어 유진은 애신을 가만히 눈 안에 담았다.

"보고 싶었소."

생각지도 못한 고백에 애신의 심장이 담장 아래로 떨어질 뻔했다. 애신의 놀란 눈에 유진이 웃었다.

"이 말도 아닌 모양이오."

"암. 근처에도 못 갔소."

농담 속에 절절한 진심이 오갔다. 함안댁이 애신을 부르는 소리가 마당에 널리 퍼졌다. 너무나 짧은 만남이었으나 애신은 가야 했다. 애신이 안타까운 마음에 여러 번 손을 흔들었다. 유진이 끄덕이며 또 보자 애신에게 약속했다.

애신이 사라진 담장 위로 붉은 바람개비만 쓸쓸히 돌아가고 있었다. 유진은 말고삐를 잠시 쥐었다가 푼 채 그 자리에 머물렀다.

의자에 깊숙이 몸을 파묻은 채 완익은 피를 토하며 제게 저주를 퍼붓던 여인의 목소리를 떠올렸다. 본래는 떨쳐내려 애썼던 저주였으나, 제가 찾는 일에 단서가 될 듯했다. 그러나 아무리 떠올리려 해도 정확한 이름은 기억나지 않았다.

"망할, 그 에미나이가 무스기 이름을 지껄인 거 같은데."

짜증을 내며 욕지기를 내뱉는 때에 노크 소리와 함께 덕문이 들어왔다. 을해년에 동경 유라쿠초에 살던 모든 조선인들 명단을 전보로 받아오라 경무사에게 명한 지 며칠이 지나 있었다.

"그게……. 아직 일본서 전보가 오지 않았답니다."

"기래?"

눈썹을 올리며 완익이 대수롭지 않게 되물었다. 성미 급한 완익이 화를 내지 않으니 더 무서웠다. 덕문이 눈치를 보며 우체사 총판에게 더 물어볼까 물었으나 완익은 고개를 저었다.

"두라. 어떤 일은 결과가 이유를 설명하지비. 이게 그리 오래 걸릴 일이간? 분명 딴 놈 손을 탔다. 분명 내래 알 만한 이름이 있었던 거이야."

그렇게 중얼거리던 완익이 퍼뜩 머릿속에 스치는 희진의 목소리를 잡아챘다.

'그렇지……. 상완일 리가…… 없지……. 너였구나, 배신자가…….'

완익이 덕문을 쏘아보며 캐물었다.

"네 처숙부 이름이 어케 되네."

"……아, 예. 상자, 완자……."

"상완! 고상완이! 그거이 있었구나. 그 이름이 있었던 거이야!"

불안하게 더듬거리던 덕문이 입을 다물었다. 완익은 기어이 알아낸 자신이 뿌듯해 신이 다 났다. 그러다가 움막에서 보았던 애신이 떠올라 표정을 구겼다. 의병의 자식이 의병이 된다는 말이 틀림없이 들어맞는 꼴이었다. 애신의 부모를 자신이 총살했다. 인연이 꼬여도 단단히 꼬였다. 완익이 비릿하게 입꼬리를 올렸다.

"우와기 내오라. 가배당 한잔 해야갔다. 그 네 처제 혼인 깨진 건 확실한 거이네?!"

덕문이 얼떨떨하게 고개를 끄덕이며 완익의 겉옷을 챙겨 들었다.

완익은 가배를 앞에 두고 안평과 마주 앉았다. 두 사람만의 만남이면 누구도 속이 타지 않았으련만 희성과 히나가 끌려왔다. 두 사람을 정혼시키려는 완익과 안평의 수였다. 애신과의 정혼이 깨진 지 얼마 되지 않은 희성이었고 남편을 잃은 지 오래인 히나였으나, 두 아비의 탐욕에는 끝이 없었다. 희성과 히나 모두 낯부끄러운 줄 모르고 벌어진 판에 머리가 아파왔다.

"제가 분명 경고했을 텐데요. 드나들다가 뭘 먹게 될지 모른다고."

제멋대로 히나를 안평의 집으로 팔아넘길 계획을 세우고는 절뚝거리며 빈관을 나서는 완익을 히나가 가로막았다. 차마 안평과 희성의 앞에서는 하지 못했던 욕지거가 히나의 입에서 쏟아져 나올 듯했다. 완익은 분해하는 히나를 보며 조소했다. 완익이 보기에 히나는 표독스러운 척해도 아직 멀었다. 무른 구석이 있었다. 사람다운 구석이었다. 그 구석을 완익 또한 파고드는 것이었지만, 때때로 히나의 일처리가 마음에 차지 않았다.

"모리 타카시란 아새끼 여기 묵디. 남는 약 있음 거기다가 타라. 빠를수록 좋다."

제 속을 꿰뚫는 완익에 히나는 치를 떨었다. 아비에게서 배우는 것은 사람이 아닌 독사가 되는 법뿐이었다. 완익은 제빵소에서 애신과 마주 앉아 있던 히나를 봤던 날을 떠올리며 눈을 치켜뜨고 경고했다.

"그리고 그 에미나이랑 가까이 하디 말라. 고사홍이 손녀 말이다. 네가 어울리지도 않는 에미나이랑 있다 했더니 내래 그년이 누긴지 알았다. 앞으로 교류하디 말라. 그년 애미 애비를 내가 죽였다."

자신이 누구를 죽였다, 아무렇지도 않게 툭 던지고는 완익은 인력거에 올랐다. 인력거가 빈관 밖으로 멀어졌다. 히나는 그곳에 굳은 채 서 있었다. 제 아비가 누구를 음해하고 죽이는 일이 어디 놀라울 일이었던가. 허다했다. 아비가 매국하고 살인하는 것을 조선 팔도가 다 알았다. 그럼에도 히나는 굳어 있었다. 감당하기에 너무 무거운 진실이었다.

어지러움에 휘청거리던 히나는 옆에 선 기둥을 잡고 겨우 버텼다. 가만히 서 있는데도 숨이 찼다. 크게 숨을 몰아쉬며 히나는 눈을 질끈 감았다 떴다. 여기서 애신이 더 미워지면 애신을 물려고 했다. 자신이 울게 될 것 같으면 그러려고 했는데 그러지 못하게 되었다. 그저 자신이 울 일만 남아 있었다.

완익이 탄 인력거를 스쳐 지나며 빈관 안으로 들어오던 유진이 히나를 발견하고는 걱정스러운 얼굴로 다가왔다.

"무슨 일이오. 괜찮소?"

히나가 엉망이던 표정을 정리했다. 이내 미소를 가장하며 답했다.

"희성 상과 선을 보았거든요."

유진은 상황을 짐작하고 소리 없이 탄식했다. 히나와 완익의 사이를 모르지 않았다. 공교로운 미소를 짓는 히나에게 유진이 조심스럽게 말을 꺼냈다.

"부탁이 있소."

히나가 말해보라는 듯 유진에게 고갯짓했다.

"어려운 부탁일거요. 키 하나를 잘못 내췄으면 하는데."

"어느 방을."

"모리 타카시."

히나가 입꼬리를 올렸다. 그 방이라면 히나가 뒤지고 싶던 차였다.

"마스터 키를 내드리죠. 제 호텔이야 워낙 자주 뒤져지니."

"고맙소."

히나에게서 빈관의 마스터 키를 받은 후 유진은 타카시의 방에 잠입했다. 그곳에서 유진은 자신의 오르골과 함께 타카시가 보고 있던 제목 없는 문서 하나를 보았다. 조선인의 이름만이 빼곡히 쓰인 문서의 이름은 '조선인 폭도 명단'이었다. 고사홍, 황은산, 장승구, 이정문……. 익숙한 이름들이었다. 타카시가 돌아온다는 히나의 신호에 급히 방을 빠져나오면서도 유진은 최대한 많은 이들의 이름을 외웠다.

자신의 방으로 돌아와 유진은 문서의 내용을 기억나는 대로 적어갔다. 타카시가 파악한 의병들의 명단이었다.

뒤로 갈수록 정확히 적을 수 없었으나, 타카시가 한성의 주요 의병들을 모두 눈치채고 있음만은 확실했다. 의병 조직 내부에 밀정이 있는 게 분명한 상황. 은산을 대피시켜야 했다.

유진은 그 길로 나루터 주막의 홍파에게로 향했다. 홍파도 발각될 위기에 놓여 있으니 함께 도피하길 권했으나 홍파는 거절했다. 홍파가 떠나면 가마터의 은산이 도망친 것이 빠르게 노출될 것이다. 그리고 홍파는 기다리는 이가 있었다.

은산은 발각된 의병들과 짐을 꾸려 떠났다. 아마 이제 은산과 유진이 볼 일은 없을 것이었다. 상황이 좋지 않았다. 유진은 걱정스러운 눈으로 돌아가는 바람개비를 보았다.

유도장으로 향하는 동매 뒤로 유죠와 낭인들이 뒤따랐다.
모리 타카시가 유도장에서 동매를 기다리고 있었다. 동매는
급히 유죠에게 모리 타카시에 대해 물었다.

"화족華族(메이지 유신 이후 새롭게 개편한 귀족계급) 출신의 일
본군 대좌입니다. 그자가 진고개 상권에 개입하려 들고 있습
니다. 제일은행권 문제로 조선인들과 일본인들 사이에 싸움
이 잦은데 매번 조선인들만 죄다 끌고 가니까 진고개에 조선
인들 발길이 뚝 끊겼습니다."

"이래서 군인들이 싫다니까."

이마를 구기며 동매가 이를 갈았다. 유죠가 조심스럽게 동
매에게 조선말을 삼가라 전했다. 모리 타카시의 조선말이 꽤
유창했다. 조선말을 할 줄 아는 일본군이라니 무척이나 별스
러운 인간이었다. 기모노를 펄럭이며 걷는 동매의 눈매가 사
나워졌다. 안 그래도 애신과의 일로 불편하던 심기가 더 불편
해질 듯했다.

맨발로 유도장 안으로 들어서던 동매는 얼굴부터 구겼다.
유도장에 타카시가 군홧발로 서 있었다. 타카시가 천천히 동
매를 위아래로 훑었다. 동매가 조선 출신이라는 것을 알고 있
음에도 잠시 헷갈릴 만큼 동매의 차림새는 완벽한 일본인의
그것이었다.

"무신회 한성지부장 구동매입니다. 제가 좀 앓는 사이에 진고개를 개판으로 만들어놓으셨다던데."

"원래 개판이던데."

"듣던 대로 조선말이 유창하십니다."

"네 일본어가 개판이라. 일본인 조계지에서 일본 돈을 거부하는 게 말이 된다고 생각하나?"

"일본인들은 주로 제일은행권을 내는데 그게 돈이 안 될 걸 뻔히 알면서 어떻게 받겠습니까."

기세등등해봐야 시정잡배들의 우두머리였다. 그럼에도 동매는 허리를 편 채 한마디도 지지 않았다. 타카시가 분노했다.

"백정 출신에, 제 조국 버리고 무신회 수장의 눈에 든 일본의 개가 감히 누굴 가르쳐."

동매가 한쪽 눈썹을 올리며 픽 웃었다.

"제가 꽤 유명한 모양입니다. 저는 나으리 얘길 여기 오는 중에 들었는데. 귀족 출신 군인이시라고. 제가 딱 두 가지를 싫어합니다. 귀족. 군인. 하니, 앞으로 이렇게 내 나와바리에 함부로 발 디디시면 곤란합니다, 나으리. 집 떠나면 더러 객사도 하고 불미스러운 일도 생기고 그러는 거 아니겠습니까?"

"기껏해야 낭인 새끼가. 네가 내 얘길 띄엄띄엄 들었나 본데. 조선 땅에 있는 일본인 중에 내가 젤 높아. 그 말인즉, 조선에선 아무도 나한테 명령할 수 없단 뜻이야."

위압적인 타카시의 태도에도 동매는 눈 하나 깜박하지 않왔다. 타카시의 모든 것이 동매 앞에서는 허장성세일 뿐이었다.

"오해가 있으신가 본데, 제가 충성하는 건 일본이 아니라 무신회입니다. 기껏해야 군인 나으리가."

타카시를 짓밟아버리는 발언이었다. 참을 수 없는 모욕에 타카시가 총을 빼 동매의 머리에 겨눴다. 그러나 총구가 머리에 닿는 것보다 동매의 손이 더 빨랐다. 동매는 타카시의 가슴팍을 붙잡아 엎어뜨렸다. 기습적인 업어치기에 타카시는 그대로 나가떨어져 바닥을 굴렀다. 동매는 수술 부위에 전해져 오는 통증에 인상을 찌푸리며 신음했다. 내려다본 타카시는 바닥에 엎어진 채, 정신을 차려 멀찍이 떨어진 총을 보고 있었다.

"여기서 총 다시 들면 진짜 지는 겁니다, 나으리."

타카시가 분한 얼굴로 허리를 붙잡으며 일어섰다.

"나가실 땐 군화 벗고 나가주십시오. 우리 애들이 아침마다 닦는 데라."

타카시가 동매를 보고 그러했던 것처럼, 동매 역시 타카시를 위아래로 훑고는 낭인들과 함께 유도장을 나섰다.

사홍의 집 대문을 두드리는 소리가 거칠었다. 부술 듯한 소리에 각자 일을 하고 있던 가노들이 놀라 대문을 돌아보았다. 대문이 열리며 사람보다 먼저 지팡이가 들어섰다. 완익이었다. 대한철도회사 사장 박기종과 인부 열댓 명이 완익의 뒤를 따랐다. 함안댁이 놀라 사홍을 불렀다.

완익이 마당 한가운데 고집스러운 얼굴로 서 있었다. 그 얼굴에 독기가 잔뜩 올라 있었다.

어제 살해당할 뻔한 일 때문이었다. 우습지도 않은 핏덩이들이 꾸민 일이었다. 유진이 가르치고 있는 준영을 비롯한 학도들이었다. 준영과 다른 학도들은 발각되지 않았지만, 완익을 살피러 갔던 이 중 하나는 완익에게 발각되어 그 자리에서 죽임을 당했다. 비록 미수에 그쳤으나 완익은 괘씸함에 이를 갈았다. 제가 가만히 있으니 다들 주제도 모르고 기어오르는 것이다. 아주 밟아버려야 했다.

그래서 완익은 지체 없이 대한철도회사 사장을 불러들여 사홍의 집을 찾았다. 조선의 정신부터, 대를 이어 의병이 될 집안을 뿌리까지 뽑아버릴 것이다.

함안댁의 부름에 사홍이 대청으로 나와 완익을 내려다보았다. 완익이 사홍을 조롱했다.

"외부대신 이가 완익입네다. 옥에서 고초가 많으셨디요? 기니까 다 늙어 무스기 사서 고생입네까."

"안부 물을 사이는 못 되니 본론만 하라."

"매도 먼저 맞는 게 나으믄 그카시라요. 내래 대감께서 진정으로 조선을 도울 방법을 도모해왔습네다."

노여워하는 사홍을 완익이 비웃으며 문짝에 창호지를 바르던 작업대 위에 지도를 올려놓았다. 철도가 지나는 자리를 칠해둔 지도였다. 완익은 옻칠을 하던 염료를 집어 들어 지도에 그어져 있는 검은 선 위에 붉은 줄을 그었다.

무슨 뜻인가 하여 사홍이 찌푸렸다. 옆에 섰던 기종이 사홍에게 설명했다.

"대한철도회사 사장 박기종입니다. 방금 외부대신께서 철도 노선을 새로이 조정하셨습니다. 새 노선이 이 집을 지나가는 관계로 현 시점부터 이 집터는 국가사업에 환수됩니다."

옆을 지키고 섰던 이들 모두 충격에 휩싸였다. 사홍이 일갈했다.

"부끄럽게도 사는구나. 이런 겁박이 통할 성싶으냐!"

완익은 표정을 바꾸며 인부들에게 손짓했다. 그 순간 쿵, 하며 담장이 울렸다. 담 밖에서 인부들이 담을 부수기 시작한 것이다. 집 안에 들어왔던 인부들도 질세라 우르르 달려가 담장을 부수었다. 붉은 바람개비가 꽂혀 있던 담장도 허물어지며 바람개비가 바닥에 떨어졌다. 함안댁과 행랑아범이 울분에 젖어 소리치며 발을 굴렀다.

소란에 방 안에 있던 조씨 부인과 애신이 달려 나왔다. 사홍의 앞에 선 완익에 애신의 표정이 무섭게 굳었다. 또 한 번, 담장이 흔들리며 커다란 소리를 냈다. 그 소리에 가슴에 통증을 느낀 사홍이 가슴을 부여잡았다.

"아버님!"

조씨가 놀라 달려가 사홍을 부축했다. 애신도 사홍을 붙들었다.

"세상이 이래 변했습니다. 잘 통하재요. 오늘은 이 정도만 하고 물러나갔습네다. 다음에 올 적엔 개미 새끼 한 마리 없게 비워두시라요. 사람이고 물건이고 전부 박살이 날 거이니."

눈엣가시와 같았던 노인과 계집을 한 번에 찍어 눌렀으니 완익은 이보다 더 후련할 수 없었다. 돌아서는 완익을 보며 애신이 돌변하여 광으로 내달리기 시작했다. 가슴이 분노로 타들어 갈 듯했다. 저대로 완익을 돌려보낼 수 없었다. 달려가는 애신에 사홍이 가물가물해지는 의식을 다잡으며 행랑아범을 불렀다.

"아범! 애신이를 광에 가두게!"

애신이 무엇을 하려는지 사홍이 모를 리 없었다. 행랑아범과 가노들이 달려가 애신의 양팔을 붙들었다.

"이러지들 말게! 놓게!"

그러나 함안댁도 행랑아범도 애신을 놓아주지 않았다.

애신을 광 안에 가둔 후, 사홍은 창백한 낯빛으로 방 안의 보료 위에 앉아 있었다. 생각을 정리한 사홍은 행랑아범을 통해 집 안의 모든 소작인들을 불러 모았다. 행랑아범은 문서를 한가득 들고서 소작인들을 둘러보았다. 방 안을 채우고도 남아 문 너머로도 소작인들이 빼곡히 모여 있었다.

"소작인들 다 모였구마니라."

행랑아범의 말에 사홍이 고개를 끄덕였다.

"이제 그만 자네들과의 연을 정리하려 한다."

당황해하는 소작인들 앞에 행랑아범이 품 안의 문서를 내려놓았다. 다름 아닌 땅 문서였다. 철도가 지나지 않는 땅들만 추린 것이었다.

"이제 그 땅은 자네들 땅이다. 삼십 년을 일군 자, 이십 년을 일군 자, 차등은 두었다."

"대감마님!"

소작인들이 엎드리며 어쩔 줄 몰라 했다. 언젠가 소작인들에게 나누어 주리라 마음먹었던 땅들이었다. 살아생전에는 핏줄들이 난리를 부릴 게 분명해 훗날을 기약하고 있었다. 그러나 이리 빨리 소작인들에게 땅을 나누어 주게 될 줄은 몰랐다. 그나마도 철도가 지나는 땅은 제해야 했다. 사홍은 마음을 다잡으며 소작인들에게 엄히 일렀다.

"단 보릿고개가 아무리 흉해도, 총칼이 위협해도, 왜놈들에게는 절대 그 땅을 팔아선 안 된다. 후손 대대로 물려주어 조선의 땅을 지켜라. 약조하겠는가."

소작인들이 눈물을 쏟으며 머리를 조아렸다. 이 땅들을 나누어 주는 사홍의 마음이 어떠할지 가늠도 되지 않았다. 엎드린 소작인들의 등이 들썩거렸다. 사홍은 열린 방문으로 담 너머를 보았다. 오래 지켜온 이 집을 떠날 시간이 다가오고 있었다.

그날 밤 사홍의 방 안에 유진과 동매가 불려와 무릎을 꿇고 앉았다. 갑작스러운 부름이었고, 영문을 몰라 당황스러운 건 두 사람 모두 마찬가지였다. 사홍은 시간이 얼마 없음을 알고 있었다. 모든 일을 빠르게 정리해야 했다. 사홍은 동매 앞으로 땅 문서를 내밀었다.

"돈을 받으면 뭐든 다 한다 들었다. 내가 줄 수 있는 전부다. 애신이를 지켜주어라."

바닥에 내밀어진 문서를 보고 있던 동매의 눈이 크게 뜨였다. 놀란 두 사람을 아랑곳하지 않으며 사홍의 시선이 유진을 향했다.

"조선이 지지 않기를 바란다 했었다. 나 역시 같은 생각이다. 부디 부탁이니, 그 일군 대좌를 죽여주어라."

유진이 놀라는 것보다 동매의 물음이 먼저였다.

"왜 저는 지키는 자이고 이자는 죽이는 자입니까."

가만히 사홍은 두 사람을 보았다. 사홍에게 동매는 담을 넘어 들어온 자였고, 유진은 대문을 열고 들어온 자였다. 동매는 애신의 머리카락을 잘랐고, 유진은 무릎 꿇고 애신의 곁을 지켰다. 물불을 가리지 않고 지켜줄 이와 고심하여 완벽을 기할 자가 누구인지는 분명했다.

"왜 이완익이 아니고 그 일군입니까."

유진이 가만히 되물었다. 애신의 원수는 완익이었고, 완익은 조선의 원수이기도 했다.

"이완익은 조선인의 손에 죽어도 무방하다. 하나, 그 일군이 조선인의 손에 죽으면 조선을 공격케 할 명분이 될 것이다. 해서, 미군인 자네 손에 맡기려 함이다."

그제야 유진은 완벽하게 사홍의 뜻을 이해했다. 유진의 표정이 어두워졌다. 어떠한 명분을 가진다고 하더라도 타카시를 죽이는 이상 유진이 애신의 곁에 있을 수 있는 가능성은 희박했다. 그러나 사홍이 부탁하지 않았더라도 애신에게 타카시가 위협이 된다면, 유진은 어느 때고 타카시를 처리할 것이었다. 설령 애신의 곁에 있지 못한다고 하더라도. 유진이 쓸쓸히 중얼거렸다.

"제게 참……. 잔인하십니다."

"원망해도 좋다. 내가 너의 하늘에 검은 새가 되려 하니."

누구 하나 웃을 수 있는 이가 없었다.

방을 나와 마당에 선 유진과 동매의 위로 쓸쓸한 달빛이 어렸다. 무너진 담장의 잔해들이 너절했다. 어제와는 너무도 다른 모습이었다.

"결국 우리 둘 다……. 애기씨 곁에서 멀리 치우셨습니다. 나는 지키게 하여, 나으리는 죽이게 하여……. 독한 노인네."

동매의 쓴 목소리에도 유진은 그저 붉은 바람개비에서 시선을 떼지 못했다. 무너진 담장 틈에 시든 꽃처럼 붉은 바람개비가 구겨져 있었다. 동매가 더 아픈 길일지, 유진이 더 아픈 길일지. 사홍이 누구에게 더 독했을지. 누가 제일 슬플지 모두 의미 없는 추측이었다. 다 각자의 인생을 걸고 있었고 길이 모두 달랐으나, 결국 같은 곳에 다다를 것을 유진은 알았다. 그 끝에 애신이 있었다.

유진과 동매를 물린 사홍은 애신을 보러 광에 갔다. 사홍은 애신에게 광을 열어주지 않을 것이니 아무것도 기대 말라 했다. 그러면서도 품 안에서 사진을 한 장 꺼내 애신에게 건네주었다.

"그냥 두면 너는 오늘 밤 달려 나가 총을 들었을 테지. 네 아비도 너만큼은 아니었으니, 만나보지 못한 네 어미를 닮은 모양이다. 네 부모의 얼굴이다. 간직하거라."

사홍이 간직하고 있던 애신 부모의 사진이었다. 두 사람이 나란히 서 다정히 웃고 있었다. 애신은 떨리는 손으로 처음 보는 어미의 얼굴을 더듬었다.

"진짜 저 주시는 겁니까?"

"대신, 그날의 날 용서해라."

사홍은 내내 아무것도 하지 못하면 차라리 죽겠다던 어린 애신에게 죽으라 했던 것을 마음 아파하고 있었다.

"죽지 마라. 살거라."

그것이 사홍의 절절한 진심이었다.

마
지
막
말

날이 밝자 사홍의 방 안으로 햇빛이 들었다.

사홍은 침의를 입은 채 반듯하게 누워 잠들어 있었다. 오늘 따라 기침이 늦는 사홍에 조씨 부인이 문밖에서 여러 번 사홍을 불렀다. 이윽고 문을 열고 들어온 조씨가 누워 있는 사홍을 보고는 멈칫했다. 사홍의 머리 한편에 흰 봉투가 고이 놓여 있었다. 조씨가 떨리는 걸음으로 사홍의 곁으로 한 발짝 다가섰다.

"아버님!"

조씨 부인이 비명을 내질렀다.

문밖으로 퍼져 나간 조씨의 비명에 놀란 행랑아범과 함안 댁이 사홍의 방 안으로 달려 들어왔다. 사홍의 방 안은 금세 울음바다가 되었다. 함안댁이 애신이 갇혀 있던 광의 문을 열

었다. 초췌해진 애신의 얼굴 위로 빛이 들었다. 애신은 손에
든 사진을 꼭 쥐었다. 전날 사홍이 건네준 제 부모의 사진이
었다.

"대감마님께서……. 대감마님께서……."

함안댁이 말을 잇지 못하며 울먹였다.

사진을 쥔 채 애신은 혼절할 듯 눈물을 흘리는 함안댁을
멍하니 보았다. 이상한 일이었다. 함안댁의 말이 하나도 들리
지 않았다. 믿기지 않았다. 애신이 휘청이며 마당으로 나왔다.
마당이 온통 난리였다. 가노들이 엎드려 땅을 치며 통곡했다.
대문 앞에 벌써 소식을 들은 마을 사람들이 몰려와 눈물만
흘려댔다. 그 가운데 애신은 멍하니 서 있었다.

'꼭 살거라. 애신아.'

조부의 마지막 말이 사무쳐 애신은 자리에 주저앉았다. 그
말이 마지막 말일 줄 미처 몰라 애신은 조부께서도 꼭 사시
라 하지 못했다. 한번 터진 눈물은 끝없이 흘러나왔다. 가슴
이 찢어질 듯 아파와 애신을 가슴을 쳤다.

상여는 소박히 하고 음식은 넉넉히 하라.

장례는 오 일 간 치르되 문상객은 귀천에 상관없이 받아라.

사는 동안 도움받지 않은 이가 없다.

사홍의 유언대로 장례가 치러졌다. 음식을 하느라 마당 위

로 연기가 모락모락 피어올랐다. 대문으로는 끝없이 조문 행렬이 이어졌다. 조문객들 사이로 유진이 섞여 들었다. 일하는 이들 사이로 애신을 찾아보았지만, 애신은 보이지 않았다. 그때 유진의 옆으로 덕문을 대동한 완익이 들어섰다. 완익의 뻔뻔함에 차마 입이 다물어지지 않을 때였다.

"황제 폐하 행차시오!"

커다란 목소리가 울려 퍼졌다. 대문 앞에 선 이들이 모두 당황하며 바닥에 납작 엎드렸다. 총관인 승구와 총순들의 엄한 호위를 받으며 황제를 태운 여마興馬가 정문과 함께 들어섰다. 장례를 지키고 있던 종친들이 황제의 등장에 숙덕였다. 제 아무리 존경받는 선비인 사홍이라고 하나 황제의 행차는 의아한 일이었다. 게다가 황제는 상복 차림이었다.

사홍의 위패 앞으로 간 황제는 참담한 심정으로 스승에게 절을 올렸다. 황제의 뒤편에 선 정문 또한 견디기 힘든 슬픔을 겨우 감내하고 있었다. 절을 올린 황제가 그 앞에 무릎을 꿇었다. 황제의 무릎 꿇는 모습을 감히 보아서는 안 되기에 승구는 잠시 등을 돌렸다. 황제가 절을 하는 모습에 마당의 사람들이 놀라 입을 벌리고 수군댔다. 마찬가지로 놀란 채 지켜보던 완익의 표정이 확 구겨졌다.

조문을 마친 황제가 마당으로 내려서자 엎드린 사람들 사이로 완익이 절뚝거리며 다가섰다.

"한 나라의 황제가 한낱 늙은이의 장례에 걸음하신 것도 기가 막힌데 무릎까지 꿇고 절까지 했다 하믄 딴 나라 아들이 뭐라하갔습네까. 꼴이 사납다, 조선 참 우습다 하지 않갔습네까?"

앞뒤 가리지 않는 완익의 도발에 정문이 진노하여 무엄하다 소리쳤다. 마당을 쩌렁쩌렁하게 울리는 정문의 외침이 끝나기도 전에 황제가 곁에 선 마꾼의 채찍을 빼앗아 들었다. 채찍이 완익에게로 내려쳐진 것은 순식간의 일이었다. 매서운 채찍질이었다. 엎드려 힐끔거리던 백성들이 경악을 금치 못했다.

"이 미친! 갑자기 왜 이러는 기야? 미친 기야??"

완익의 곁에 엎드려 있던 덕문이 놀라 무릎으로 기어왔다.

"어, 어찌 이러하십니까. 폐하."

조선의 정신과도 같았던 스승을 잃은 황제의 눈에는 핏발이 섰다. 모든 것이 찢겨나갔다. 모든 것을 빼앗겼다. 황제는 제정신으로 이 일을 두고 볼 수가 없었다. 스승이 눈 감기 직전 스승의 가슴을 찢어놓았던 자가 눈앞의 완익이었다. 아무것도 할 수 없는 황제였으나, 그럼에도 황제였다.

"금일부로 이완익을 모든 관직에서 파직한다! 황명이다!"

황제의 명에 완익이 지팡이를 쳐들었다.

"뭐이 어드래? 기래! 기카시라요! 곧 망해먹을 조선 관직? 하! 내 필요 없습네다!"

완익이 지팡이를 황제의 눈앞에 흔들어대며 대들었다. 승구가 지팡이를 확 빼앗아들어 완익의 턱을 날렸다. 그대로 완익이 나자빠지며 흙바닥을 뒹굴었다. 승구가 그런 완익의 목에 지팡이를 겨누었다. 엎드린 이들의 눈이 모두 완익을 보고 있었다. 수치심에 부들거리며 완익이 눈을 치떴다.

"개간나새끼. 네 숨은 내가 직접 끊을 것이니 기다리라."

완익을 내려다보는 승구의 얼굴이 그 어느 때보다 서늘했다. 오래 기다려온 원수였다. 이 자리에서 목숨을 끊어낼 수만 있다면, 손에 든 지팡이를 목에 꽂아버리리라.

"오너라. 내내 기다리고 있었다."

아슬아슬하게 이어져오던 완익과 황제의 군신 관계는 파국으로 치달았다. 북적이는 마당, 허물어져가는 담, 황제와 황제의 옆을 지키는 이들, 그들을 쏘아보는 완익. 모든 것이 불안했다. 유진은 불안한 눈으로 한편에 서 있었다. 불행이 예정되어 있어 처연한 풍경이었다.

사홍의 집은 폐허가 되었다.

장례를 마치고 사홍의 상여가 문밖을 나서기 무섭게 완익이 인부들과 함께 집 안으로 들이닥쳤다. 가노들과 주변의 이들이 막아섰으나 역부족이었다. 막아서려던 이들은 피투성이가 되었다. 슬픔과 분노가 들어찬 아비규환 속에서 그나마 제 모습을 갖추고 있던 담장은 완전히 허물어졌다. 문짝은 떨어져 나가고, 쓰지 못할 세간들은 바닥을 굴렀다. 고씨 집안의 명예는 터만 남은 채 흔적 없이 사라졌다.

집을 잃었으니 식솔들은 뿔뿔이 흩어졌다. 조씨 부인과 애순은 조씨 부인의 친정인 남원으로 떠났다. 그러나 애신의 소식만은 들을 수조차 없었다.

유진은 몇 번이고 약방을 찾아 어성초 함을 열어보았으나 함은 비어 있었다. 붉은 바람개비 사이로 애신을 보았던 것이 마지막 만남이 되어버렸다.

어느덧 사홍의 49재. 많이 슬펐을 텐데, 정말로 많이 분노하고 있을 텐데. 그 무엇도 나누어 주지 않고 흔적도 없이 떠난 매정한 여인을 유진은 여전히 기다렸다. 공사관 사무실에서 추억이 겹겹이 쌓인 마트료시카 인형을 만지작거리는 유진의 얼굴이 어두웠다.

순간 공사관 사무실 문이 거칠게 열리며 카일이 다급히 유진을 불렀다.

"유진. 일군들이 거리에 조선인 여인의 시신을 내걸었어. 오는 길에 봐버렸는데. 아는 얼굴이야."

단번에 유진의 얼굴이 찌푸려졌다. 소식을 전하는 카일 또한 불편해 보였다.

"내가 아는 이름이고. 주모……."

마트료시카를 책상에 내려놓고 유진이 달려 나갔다. 카일이 그 뒤를 따랐다.

전차가 지나는 굴다리에 피투성이의 시신이 매달려 있었다. 치맛자락에 걸린 오색 천이 바람에 휘날렸다. 홍파였다. 잔인하게 살해당한 것도 모자라 시신이 거리에 전시되어 있었다. 몰려든 백성들이 땅에 주저앉아 끔찍함에 몸을 떨었다.

"힘없는 조선의 역사가 한눈에 보이는 자리네."

타카시는 다리 위에서 절망하는 조선인들을 내려다보며 입꼬리를 올렸다. 멀리서 유진과 카일이 시신이 걸린 다리 앞으로 뛰어왔다. 홍파가 의병 조직에 속해 있음을 들킨 것이 분명했다. 절망적인 심정으로 유진은 홍파의 시신을 보았다. 타카시가 유진 앞으로 걸어왔다.

"누가 제일 먼저 달려오나 했더니. 유진, 네가 왔네?"

가슴이 타들어 갈 듯한 분노를 삼키던 유진이 타카시를 보자마자 손을 들었다. 그리고 타카시의 뺨을 내리쳤다. 타카시의 몸이 휘청거렸다. 타카시가 놀라 겨우 고개를 들었을 때, 유진은 한 번 더 타카시의 뺨을 쳤다. 타카시가 다시 넘어질 듯 휘청였다. 갑작스러운 유진의 공격에 타카시의 뒤에 도열해 있던 소좌와 일군들이 총을 들어 유진을 조준했다.

"이 새끼가!"

흥분한 소좌가 유진에게 총을 쐈다. 총성과 함께 유진의 왼팔에 피가 튀었다. 분노가 너무 강렬해 아픔조차 느껴지지 않는 유진이었다. 유진은 피를 보자마자 빠르게 제 품에서 총을 꺼냈다.

"나도 왼쪽 팔만 쏠 거야."

차갑게 뇌까린 유진이 소좌의 왼팔에 총을 쐈다. 총을 맞은 소좌가 고통에 소리쳤다. 카일이 유진의 옆으로 달려와 타카시를 향해 총을 겨누었다.

"움직이지 마. 내 오른손은 서툴러서 네 대가리를 날려버릴지도 모르니까."

금방이라도 유진을 쏠 듯 분노하던 타카시가 손을 내렸다. 유진이 멸시 가득한 눈으로 타카시를 보았다.

"넌 군인도 아니야. 전시에 군인은 군인만 상대해야지. 저 여인이 군인이야?"

"저 여인이 뭔지 넌 아나 본데."

타카시가 비릿한 웃음을 지었다.

"저게 내 질문이었는데 유진 네가 답을 했어. 근데 그게 정답이야."

타카시의 의심은 확신이 됐다. 다리 아래로 경위원 총순들이 말을 타고 달려왔다. 총관인 승구가 그 맨 앞에 있었다. 말에서 내린 승구가 홍파의 얼굴을 확인하고는 차마 더 보지 못해 느리게 눈을 감았다. 눈물을 흘려서는 안 되었다. 눈물이 나오지도 않았다.

홍파는 나루터에서 승구를 기다리며, 승구의 곁에 있으려 했을 것이다. 이따금 의병들의 소식이 오가는 주막이었다. 그곳에서 승구도 밥을 먹고, 평범한 주인과 손님처럼 홍파와 대화했다. 그간의 정이 깊었다. 운우지정雲雨之情이 그 안에 있었다. 승구는 끓는 속을 애써 진정시켰다. 여러 번 짓씹은 입안이 엉망이었다. 승구가 씹어 뱉듯 타카시를 향해 명령했다.

"내려라. 내 안사람이다."

생전에 해주지 못했던 말을 이제 와서야 하는 승구였다. 참담했다.

유진이 일본어로 타카시에게 승구의 말을 전했다.

"예를 갖춰서 시신을 내려. 저분은 조선의 경위원 총관이고, 저 여인은 총관의 안사람이야."

"……경위원 총관? 생각지도 못했는데 자꾸 정답이네?"

"내리란 말 안 들려!"

유진이 소리를 높였다. 승구는 차마 다시 보기 힘든 홍파의 시신을 향해 시선을 들었다. 홍파의 치맛자락에 매달려 있던 빨간색 천이 바람에 날려 땅으로 떨어졌다. 떨어진 붉은 천이 홍파가 좋아하던 꽃의 꽃잎 같았다. 모든 것을 참아내느라 핏발이 선 채로 승구는 총을 꽉 쥐었다.

타카시는 승구를 보며 조소했다. 인면수심이 따로 없었다.

"웃지 마."

유진은 그러한 타카시를 견디지 못하겠다는 듯 일갈했다. 타카시가 웃음기를 거두며 유진을 노려보았다. 유진은 계속해서 서 있지 말아야 할 곳에 서 있었다. 조선으로 와 사홍의 집에서 처음 만났고, 이 다리 위에서 또 한 번 만났다. 타카시는 여전히 화끈거리는 상처난 볼을 만지며 유진에게 경고했다.

"나 이거 처음이야. 내가 이거, 꼭 갚아줄게. 기대해."

"너도 기대해. 내가 너 죽일 거니까. 그러기로 약속했거든. 방금 마음도 먹었고."

사홍의 유언을 더는 지나치지 못할 듯했다. 유진의 검은 눈이 타카시를 향했다.

상완과 희진의 위패가 있는 제물포의 절에 이제 사홍의 위패 또한 모셔져 있었다. 사홍의 49재를 기리기 위해 조씨 부인을 비롯한 종친들과 함안댁, 행랑아범까지 제물포의 절에 모였다. 희성도 촉촉이 젖은 눈으로 사홍의 위패 앞에 섰다. 향을 피우는 냄새가 코끝에 닿았다. 문밖에 선 행랑아범과 함안댁은 소식 없는 애신이 오늘은 나타날까 힐끔거리며 주위를 살폈다.

제사를 마치고도 아직 사홍을 보내지 못한 이들이 슬픔에 잠겨 쉬이 자리를 뜨지 못하고 있었다. 바깥쪽에 서 있던 희성이 신을 신고 돌계단을 내려왔다. 멀리 검은 인영들이 절을 향해 다가오는 것이 보여 희성은 눈을 찌푸렸다. 빠르게 정체를 드러낸 인영들은 총으로 무장한 일본 군인들이었다. 달려 온 일군들이 희성을 향해 총을 겨눴다. 분위기가 심상치 않았다. 희성이 침착하게 물었다.

"무슨 일이오."

갑작스런 소란에 대웅전 안에 있던 이들이 돌아보았다. 총을 겨눈 일군들에 이전의 악몽이 되살아나는 듯, 종친들이 벌벌 떨며 뒤로 물러섰다.

"고애신 어디 있어!"

일군이 소리치며 애신을 찾았다. 타카시의 명이었다. 타카시가 밀정을 통해 알아낸 의병 명단의 앞머리에 사홍이 있었다. 사홍은 죽었으나 여전히 조선인들의 존경을 받았다. 그러니 의병의 피가 흐르는 그 집안의 대는 끊어 마땅했다. 완익과 타카시는 사홍의 49재를 그날로 정했다. 사홍의 49재 날이라면 반드시 애신이 나타날 터였다.

일군의 입에서 나온 애신의 이름에 희성의 표정이 단번에 굳었다. 뒤늦게 조씨 부인이 나와 희성 옆에 섰다. 희성이 떨리는 목소리로 조씨 부인과 곁에 선 이들에게 말했다.

"찾아서는 안 될 이를 찾습니다. 제가 신호하면 도망치십시오."

"찾으면 안 되는 이라니. 누구! 애신이 말이냐?! 결국 고것이 이리 사달을 내네. 내! 가십시다! 이리 있다가 다 죽습니다!"

종친 중 하나가 다른 이들을 잡아끌었다. 멋대로 움직이는 종친에 일군이 가차 없이 그를 향해 총을 갈겼다.

"작은아버님!"

가슴에 정통으로 총을 맞은 이가 풀썩 쓰러졌다. 조씨 부인이 비명을 내질렀다. 이리 되면 죽기 아니면 살기였다. 행랑아범이 품안에 낫을 꺼내 들었고, 함안댁이 재빨리 조씨를 대웅전 안으로 이끌며 몸을 숨겼다.

"다들 도망치십시오!"

희성이 소리쳤다.

행랑아범이 낫 하나로 일군의 총에 대항했다. 대웅전에서 나온 보살들이 숨겨두었던 활과 화살, 총과 칼을 모두 꺼내 행랑아범을 도왔다. 조씨 부인 또한 활을 들어 일군을 향해 정확하게 쏘았다. 조씨 부인이 쏜 화살이 일군의 머리를 관통하니 일군이 피를 흘리며 그대로 엎어졌다. 조씨를 노리는 일군을 향해 함안댁이 집히는 대로 물건을 던졌다. 그 순간 옆에 선 일군이 함안댁을 향해 총을 쏘았다. 그 총에 함안댁이 자리에 쓰러졌다. 쓰러진 함안댁을 본 행랑아범의 눈이 뒤집혔다. 행랑아범이 함안댁을 향해 달리기 시작했다. 뒤가 비어 있었다. 일군의 총이 이번에는 행랑아범을 겨누었다.

방어하는 데 급급하던 희성이 행랑아범을 겨눈 총을 목격하고, 다급한 손으로 방아쇠를 당겼다. 탕, 일군이 희성의 총에 맞아 쓰러졌다. 처음 쏴본 총이었다. 자신의 총에 사람이 죽었다. 멍하니 선 희성을 또 다른 총이 겨누었다. 조씨가 넋을 놓은 희성의 이름을 찢어질 듯 불렀다.

"희성아!"

그리고 그 순간, 다른 곳에서 총알이 날아왔다.

일제히 날아온 총알에 순식간에 일군 여섯이 쓰러졌다. 모든 이들의 시선이 총알이 날아온 방향으로 향했다.

지붕 위에 변복한 애신이 있었다. 총을 쏘는 흔들림 없는 애신의 눈을 희성은 슬프게 보았다. 애신의 옆으로 은산과 무결, 상목, 제빵소 주인과 대장장이 또한 변복한 채 서 있었다. 의병들이었다. 애신은 고애신이 아닌, 의병으로 돌아왔다. 완전히 의병의 길을 가기로, 이름 없이 살기로 마음먹은 애신의 총알이 빠르고 정확하게 일군들의 심장과 머리에 꽂혔다.

의병들의 기습에 당황한 일군들이 정신없이 총을 휘갈겼다. 고요하던 산속의 절은 총격전의 중심이 되었다. 위에서 아래로 총알이 쏘아질 때마다 일군이 여지없이 쓰러졌다. 마지막 남은 일군이 툭, 숨을 거두며 바닥에 떨어졌다. 귀를 아프게 울리던 총성은 가라앉고, 무섭도록 무거운 정적이 돌았다.

지붕 위에 몸을 숨기고 있던 의병들이 하나둘 마당으로 내려섰다. 애신이 자신을 지켜보던 희성과 마주했다.

하루에 하루를

절 마당에 일군의 시체가 쌓였다. 조씨 부인과 함안댁, 행랑아범은 보살들이 머무르는 방 안에서 잠시나마 몸을 쉬었다. 은산과 애신도 그곳에 함께 앉았다. 함안댁이 총에 맞은 다리를 천으로 감쌌다. 오랜만에 보는 이들인데 이리 보게 되어 애신은 가슴이 아팠다. 함안댁과 애신 사이에 아픈 눈빛이 오갔다.

"대감마님께서 때마다 군자금을 대셨습니다. 만주에 거처를 마련해놓았으니 만주로 가십시오. 이주한 조선인들도 몇 있습니다. 길 안내할 이를 붙이겠습니다."

은산이 조심스럽게 조씨 부인에게 말을 꺼냈다.

"하면 애순이는."

"애순 아씨는 함경도에서 합류하실 겁니다."

가만히 은산과 대화를 나누던 조씨가 불안한 낯으로 애신을 돌아보았다.

"애신이 너도……. 같이 가는 게지?"

"……전 남아서 할 일이 있습니다. 키워주셔서…… 감사했습니다, 큰어머니……."

갓난아이였던 애신을 받아 조씨가 키웠다. 엄했지만 애정으로 길러주었다는 것을 애신도 알았다. 애신은 진심으로 감사했다.

"자네들도 함께 가게. 늘 고마웠네. 큰어머님을 잘 부탁하네."

"애기씨요!"

작별 인사를 하는 애신에 놀라 행랑아범과 함안댁이 애신을 불렀다. 애신이 쓸쓸한 눈으로 두 사람에게도 인사했다. 함안댁이 흐느끼며 애신을 붙잡았다. 애신은 애써 입술을 악물며 고개를 돌렸다. 어미와 아비가 세상에 없었으나 함안댁과 행랑아범이 있어 괜찮았다. 늘 따뜻했다. 그럼에도 헤어져야만 했다. 애신은 본격적으로 침략하기 시작한 일본과 싸울 것이다. 조부의 유언대로 끝까지 살아남아 지킬 것이다. 조선을, 조선의 사람들을. 그래야 함안댁도 행랑아범도, 또 자신도 살 수 있었다. 이것이 진정 마지막임을 예감한 조씨 부인이 애신의 손을 잡았다.

"오너라. 내 날마다…… 기다릴 것이야……."

"예. 꼭……. 가겠습니다."

죽을힘을 다해 눈물을 참던 애신의 눈에서 결국 왈칵 눈물이 터졌다. 기약 없는 작별에 방 안이 온통 눈물이고 슬픔이었다.

총을 든 애신이 방 밖으로 나왔다.

"떠나는 거요?"

손과 옷이 피범벅이 된 희성이 물었다. 애신은 고개를 작게 끄덕였다.

"……식솔들을 지켜주어 고맙소. 귀하가 괜찮았으면 좋겠소."

"마침내 그대는…… 팔 번 공을 넣은 것 같구려. 내 양복을 입고 매국을 하면 어쩌나 걱정했는데 다행이오."

잡고 싶었으나, 잡을 수 없는 여인이었다. 혼인을 깨는 일조차도 기다려주지 않고 멀리 나아가 버리던 여인인데, 총을 든 지금은 이름조차 부를 수 없을 것이다. 슬픈 미소와 함께 농담을 던지는 희성에 애신도 입가의 미소로 답했다. 희성에게는 고마운 일이 많았다.

"신문사를 차렸다 들었소. 나는 글의 힘은 믿지 않소. 하나 귀하는 믿소."

"글도 힘이 있소. 누군가는 기록해야 하오. 애국도, 매국도 모두 기록해야 하오. 그대는 총포로 하시오. 내가 기록해주겠소."

"응원하겠소."

"아주 가기 전에……. 혹 빈관을 지나갈 일이 생기거든 한 번 들르시오. 가끔 팔 번 공 뒤에 내 공이 숨어 위험할 때가 있소. 그런 순간에 말이오."

애신이 알겠다고 답했다. 한편에서 은산을 비롯한 의병들이 애신을 기다리고 있었다. 어서 가야 했다. 애신은 아쉬운 이들을 뒤로하고 돌아섰다.

✦

북적이는 제물포역 앞을 동매와 낭인들이 줄지어 지났다. 동매는 역 앞에 멈춰 섰다. 혼자 제물포의 절에 다녀올 생각이었다. 사홍의 49재. 애신이 그곳으로 올지도 몰랐다.

동매의 말에 유죠가 미간을 좁혔다. 사홍이 죽고, 애신이 떠난 이후 동매는 멍하니 하루하루를 보내고 있었다. 그런 동매의 마음을 모르는 것이 아니었지만, 이런저런 일들로 분위기가 어수선한 때였다. 완익과 타카시의 눈에 난 동매 혼자 길을 나섰다가 무슨 변을 당할지 몰랐다. 유죠의 반대에 동매가 걱정 말라 픽 웃을 때였다.

유죠가 뒤편에 걸어오는 이를 보고 놀라 허리를 숙였다.

"오야붕!"

의아해하며 동매가 뒤돌았다. 멀리 역사 입구에서 새카만

옷을 입은 낭인들이 무리지어 동매 쪽으로 오고 있었다. 그 선두에 머리를 넘기고 이마를 훤히 드러낸 무신회의 수장이 있었다. 수장을 발견한 동매와 낭인들이 그대로 흙바닥에 무릎을 꿇고 앉아 고개를 숙였다.

"오야붕!"

"오랜만이야. 이시다 쇼, 내 아들아. 빈주먹의 내 아들아."

동매를 내려다보는 수장의 눈이 날카로웠다.

"조선에 와서 무엇을 얻었는가. 얼마나 많은 피를 흘렸는가. 얼마나 많은 두려움을 보았는가."

이어지는 물음에 동매는 아무런 대답도 하지 못한 채 그저 깊숙이 허리를 숙였다. 동매의 이마가 땅에 닿을 듯했다.

수장과 동매는 화월루의 방 안에 상을 두고 마주 앉았다. 동매는 여전히 무릎을 꿇은 채였다. 떠돌던 동매를 이 자리에 세운 것이 지금의 수장이었다. 동매에게는 아버지와 같은 존재였다. 그러나 유진의 아버지였던 요셉과는 다른 아버지였다. 오직 피의 충성으로서 혈육으로 인정받을 수 있었다.

문이 열리며 게이샤가 타카시를 안내했다. 타카시가 성큼성큼 방 안으로 들어섰다. 타카시를 바라보는 동매의 표정이 싸해졌다.

타카시가 무신회의 수장에게 허리를 굽혔다.

"무신회의 수장을 이리 뵙습니다. 편히 오셨습니까, 오야붕."

"모리 타카시. 모리 가문의 자랑스러운 아들. 군복이 잘 어울리는군."

수장이 흡족하게 웃으며 타카시를 맞았다. 타카시는 게이샤가 건넨 물수건으로 얼굴에 묻은 피를 닦으며 자리에 앉았다. 다리 위에서 유진에게 당한 소좌를 제 손으로 쏴 죽이고 오는 길이었다. 대일본제국 황군에 패배한 군인은 없어야 했다. 죽었으니, 패배한 군인은 아무도 없었다.

"예를 갖추지 못하는 점 용서하십시오. 자존심이 상해서 그만."

피 묻은 수건을 내려놓으며 타카시가 동매를 향해 이죽거렸다.

"또 보네? 총 맞은 자리는 다 아물었나?"

"쇼의 칼끝엔 인정도, 망설임도 없다. 제 자신조차 없지. 그런 쇼가 총을 맞았다라. 제 자신보다 누구를 아꼈나, 이시다 쇼?"

"그런 일 없습니다, 오야붕."

마치 다 아는 듯한 수장의 말에 동매가 보이지 않게 찌푸리며 즉각 고개 숙였다. 예감이 좋지 않았다. 그런 동매를 타카시가 가소롭게 보았다.

"이시다 쇼라……. 과분한 이름이군. 어디 술 한잔 받아볼까? 무신회 한성지부장 이시다 쇼군."

울분이 치미는 동매였으나 이런 울분을 하루만 참아온 것도 아니었다. 동매는 이를 악물며 타카시에게 술을 따랐다. 타카시는 퍽 즐겁다는 듯 웃으며 술을 받았다. 그때 바깥의 게이샤가 문을 두드렸다. 일군이 문 앞에 꿇어앉아 있었다. 제물포 쪽 상황을 타카시에게 보고하러 온 것이었다.

"대좌님. 제물포로 간 황군들이 전멸했습니다. 황군들의 시체만 널려 있고, 아무것도 남아 있지 않았습니다."

서슬이 퍼런 타카시가 술잔을 내리치며 보고하는 이를 다그쳤다.

"그러니까 지금 단서는 다 놓치고, 시체나 수거해오잔 소리를 여기까지 와서 지껄이는 거야?"

일군이 바닥에 더욱 납작 엎드리며 사죄했다. 벌벌 떠는 일군과 화가 나 어쩔 줄 몰라 하는 타카시, 전멸이라는 단어를 중얼거리는 수장이 동매 앞에 있었다. 제물포에서 일군을 전멸시킬 이들. 의병들일 테고, 애신이었을 터였다. 동매도 제물포에서 날아오르려던 애신을 노린 적이 있었다. 어떻게 해도 애신은 날아오를 새였다. 사라진 애신을 많이도 걱정하고 그리워했는데, 애신은 날아오를 준비를 한 모양이었다.

"오늘은 이래저래 제가 오야붕께 들 낯이 없습니다."

타카시가 민망해하며 수장에게 고개를 숙였다. 무신회의 수장은 그저 호탕하게 웃었다. 그러나 동매는 저 웃음이 무엇을 뜻하는지 알았다. 일본의 총과 칼이 한곳에 모여 하나의 목표물을 겨냥하고 있었다. 조선, 그리고 조선을 지키는 이들.

폭풍 전야였다.

　동매는 어두운 얼굴로 유도장으로 향했다. 이 모든 불안을
떨쳐낼 곳이 필요했다. 유도장으로 들어서던 동매의 시선이
바닥에 멎었다. 유도장 마루에 떡하니 돈 주머니가 놓여 있었
다. 동매는 빠르게 돈 주머니를 집어 들었다. 주머니가 묵직
했다. 주머니를 열자 오십 환짜리 동전이 잔뜩 들어 있었다.
동매는 쓸쓸히 중얼거렸다.

　"한꺼번에 셈을 하셨네……. 왜일까."

　중얼거리던 동매의 손이 잠시 떨렸다. 동매가 돈 주머니를
꽉 쥐었다. 애신의 다음 목적지를 깨달은 탓이었다.

　"이 시간만큼 안 나타날 거니까……. 이완익을 죽일 거니까."

　"그 아새끼래 사람이 화가 되니 어쩌니 꼴값을 떨더니 다
뒤지고 아주 꼴좋다. 그깟 계집애 하나가 무시기라고. 하하,
내래 오늘 간만에 단잠을 좀 자갔다."

　편한 차림으로 느슨하게 앉은 완익이 소리 내어 기분 좋게
웃었다. 애신을 죽이지 못한 것은 아쉬웠지만, 타카시가 된통
당한 것이 나쁘지 않았다. 완익의 다리에 침을 놓던 침의는
아무것도 듣지 못한 듯 반응 없이 침을 빼 침통에 정리했다.

변복한 채 어둠에 몸을 숨기고 담장을 넘어온 애신은 들려오는 완익의 웃음소리에 입술을 지그시 깨물었다. 침의가 방에서 나와 대문을 나서자 벽 뒤에 서 있던 애신은 곧장 완익의 방문을 열었다. 잠을 청하려 불을 끄던 완익의 뒤로 철컥, 서늘한 소리가 울려 퍼졌다. 완익이 기겁하며 소리가 들려온 쪽으로 눈을 돌렸다. 자신을 노린 암살자의 모습에 완익이 당황하며 소리쳤다.

"뭐이네. 어디라고 겁대가리 없이 쳐들어온 기니?"

장전을 마친 채, 애신은 천천히 복면을 내렸다. 드러난 얼굴에 완익의 눈이 더할 나위 없이 커졌다. 완익이 애신을 가리키며 손가락질했다.

"너……. 이년! 고사홍이 손녀, 그년이구나!"

"더 빨리 왔어야 했는데 내가 좀 늦었어. 늦었지만 왔어. 당신을 죽이러."

복수를 앞둔 애신의 목소리가 낮았다. 제 집과 사홍이 당한 모욕이 아직도 생생했다. 그러나 그렇게 모욕당한 이에는 황제도, 조선의 백성도 포함되어 있었다. 완익은 자신에게도, 조선에게도, 원수였다. 애신의 눈에 차가운 불꽃이 일었다.

'……당신을 죽이러 갔지. 오래 걸려도…… 꼭 갈 거야, 그들이…….'

"하. 그년 말이 끝끝내 재수가 없구나야. 허튼 짓 말라. 나 하나 죽인다고 다 넘어간 조선이 구해지간?"

희진의 저주가 현실이 되어 있었다. 완익의 말에 애신은 어둠 속에서 한 발짝 더 걸어 나갔다. 총을 든 팔에는 흔들림이 없었다.

"적어도 오늘 하루는 늦출 수 있지. 그 하루에 하루를 보태는 것이다."

벽 쪽에 칼이 걸려 있었다. 그것을 확인한 완익은 욕지기를 내뱉으며 들고 있던 베개를 애신 쪽으로 집어 던졌다. 애신이 쏜 총알에 완익이 던진 베개가 터지며 빠져나온 깃털이 사방으로 날렸다. 애신의 시야가 가려진 틈을 타 완익은 다리를 질질 끌고 칼을 찾았다. 그러나 다시 한 번 빠르게 울린 총성에는 기다림이 없었다.

총알이 완익의 심장을 꿰뚫었다.

옆으로 툭, 완익의 손끝이 건드린 칼이 굴러 떨어졌다. 벌게진 눈으로 애신을 보며 완익이 피를 토했다.

"쌍간나새끼…… 내 이 다리만 아니었어도……."

애신이 쏜 총알이, 오래 전 쏘아진 승구의 총알이, 애끓는 분노들이 결국에는 완익의 목숨을 끊어놓았다. 애신은 서늘하게 완익을 내려다보았다.

왼팔의 상처가 생각보다 깊어 진한 고통이 일었다. 피가 흥건한 왼팔의 상처를 보며 걷던 유진이 약방 앞에서 멈췄다. 약방 처마에 붉은 바람개비가 유진의 시야를 사로잡았다.

'붉은 바람개비……, 거사.'

저를 기다리지 말라던 애신의 마음. 오랫동안 만나지 못한 그리운 애신의 흔적이었다.

유진은 아픔도 잊고 본능적으로 달리기 시작했다. 거사라면 표적은 하나일 터였다. 내처 달려 도착한 완익의 집엔 지키던 이들이 없었다. 누군가 이미 수를 쓴 것이다. 유진은 거침없이 완익의 안방을 찾아 들어갔다. 열려 있는 방으로 들어서자, 완익이 눈을 뜬 채 죽어 있었다. 가슴에서 흘러나온 피가 방 안에 낭자했다. 유진은 차갑게 그 시신을 보았다. 애신은 이미 다녀간 후였다.

뒤쪽에서 들려오는 발소리에 유진은 빠르게 총을 겨누었다. 그러나 이내 총을 내렸다. 동매였다. 역시나 달려온 듯 동매의 기모노가 온통 땀에 젖어 있었다. 동매는 시체가 된 완익과 왼팔에 총상을 입은 유진을 번갈아 보았다.

"내가 범인을 잡은 건가."

동매 또한 애신의 행방만을 애타게 쫓고 있던 이 중 하나였다. 유진은 낮게 한숨을 쉬었다.

"우리 둘 다 같은 이유로 온 거 같은데. 다행히 한 사람 핏자국이요. 그 여인은 안 다쳤소."

"그러니 다친 분이 범인 하셔야겠습니다. 아시다시피 제가 지키는 쪽이라."

마주 선 두 사람의 뒤로 구두 소리가 끼어들었다. 인력거꾼
진국과 함께 나타난 히나였다. 히나의 시야는 두 남자 사이에
가려져 있었다. 누워 있는 완익의 손이 그 사이로 보였다. 히
나를 본 동매가 놀란 눈으로 히나에게 다가갔다. 동매가 히나
의 어깨를 잡아 돌려세웠다.

"보지 마. 어떻게 이렇게 빨리 왔어."

"오는 길이었어."

히나가 굳은 목소리로 중얼거렸다.

히나는 완익에게 확인할 것이 있어 오던 길이었다. 요셉의
죽음 가운데 의문점이 있었다. 요셉의 동선은 물론 밀지의 존
재를 완익 쪽에서 눈치채고 있었다는 점이었다. 제국익문사帝
國益聞社(황제 직속으로 설립한 비밀정보기관) 내부에 밀정이 있다
는 게 정문의 추측이었고, 의심 가는 자가 빈관에 자주 드나
드는 강씨 부인이었다. 정문은 강씨 부인의 뒷조사를 히나에
게 맡겼다. 뒤를 밟은 결과, 강씨 부인은 불란서 공사관의 서
기관 레오에게 정보를 팔아넘기고 있었다. 강씨 부인을 취조
하여 레오가 죽은 요셉의 정보와 제국익문사 요원들의 명단
을 필요로 했고, 그 정보는 각각 완익과 어떤 일본인에게 넘
어갔음을 확인했다. 그 일본인이 누구인지는 알 수 없으나 완
익은 명확하니 그부터 찾은 것이다.

그러나 완익이 죽어 확인할 길이 없게 되었다. 늘 저주하던 아비의 죽음이 슬프지는 않았으나, 아비의 죽음조차 슬프지 않은 자신이 히나는 슬펐다. 솟구치는 감정들을 추스르기도 전에 히나는 빠르게 상황부터 정리했다. 문 앞에 선 인력거꾼에게 명했다.

"마츠야마 데려와. 리노이에 상이 부른다고. 가는 길에 '해 드리오' 들러서 동생 양반 좀 이리 불러주고."

진국이 나가자 히나가 다시 돌아서며 동매와 유진을 마주했다. 평소와 다름없이 히나는 도도하게 눈을 내리깔았다.

"여긴 제게 맡겨주세요. 그래도 부녀지간인데, 작별도 해야 하고."

"진범이 마츠야마인 모양이오."

"마츠야마를 황제의 주치의로 만들어준다 약조해놓고 어겼을 겁니다."

히나의 답에 유진은 고개를 끄덕였다. 완익의 죽음이 의병의 소행으로 밝혀진다면 의병들을 잡으려 혈안이 된 타카시가 더욱 달려들 게 뻔했다. 유진과 동매는 완익의 방을 나섰다. 동매는 홀로 남은 히나를 돌아보았다. 흰 얼굴에는 놀란 기색 하나 없었지만, 어쩐지 마음에 걸리는 얼굴이었다. 히나는 그런 동매의 시선을 느끼지 못한 듯 분주했다.

모두가 떠난 후, 히나는 등지고 섰던 완익의 시체를 천천히 돌아보았다.

"마지막으로……. 제게 아버지 노릇, 한 번만 해주고 가세요."

가라앉은 목소리가 쓸쓸했다.

때마침 마츠야마가 도착했다. 완익의 방 앞에 우두커니 선 히나에 마츠야마의 걸음이 멈칫했다.

"쿠도 부인? 이 시간에 여긴 무슨 일로."

"리노이에 상은 침실에 계십니다."

어둠이 내려앉은 집은 어두컴컴했다. 꺼림칙한 얼굴로 들어서던 마츠야마는 시체가 된 완익의 모습에 기겁을 하며 뒷걸음질 쳤다. 그러나 더는 뒤로 갈 수 없었다. 마츠야마의 뒤통수에 차가운 총구가 닿았다. 마츠야마가 두 손을 들며 간절하게 히나를 불렀다. 히나는 총구를 겨눈 채 마츠야마 앞으로 봉투를 던졌다.

마츠야마가 덜덜 떨며 봉투를 집어 일어섰다. 오른손이었다.

"오른손잡이시네."

차갑게 중얼거린 히나가 봉투를 뺏어 들고는 동시에 방아쇠를 당겼다. 반동으로 히나의 몸이 조금 흔들렸다. 그뿐이었다. 총알은 정확히 마츠야마의 오른쪽 관자놀이를 뚫었다. 툭 쓰러지는 마츠야마의 오른손에 히나가 권총을 들려주었다. 그리고 걸어가 책상 위에 서신 봉투를 놓았다.

'유서遺書'라 적힌 봉투 아래에는 마츠야마의 서명이 남겨져 있었다.

다음 날 덕문이 완익의 시체를 발견했다. 희성이 적은 완익의 부고가 호외로 거리에 날아들었다. 누구나 기다려왔던 죽음이었으나 누구도 예상하지 못했던 죽음이었다. 놀람만이 있을 뿐 슬픔은 없었다. 완익은 한성병원 의사인 마츠야마를 황제의 주치의로 만들어주겠다고 약조했으나 돈만 받고 그 약조를 지키지 않아 죽임을 당했다고 알려졌다. 완익을 죽이고 유서를 남긴 채 마츠야마는 자살했다. 그렇게 사건은 완벽하게 만들어졌다.

조선인의 죽음에 일본은 관심이 없었고, 스스로 일본인이 되고자 한 이에 조선 또한 등을 돌렸다. 비참한 최후였으나 사람들은 비참하다고도 하지 않았다. 지은 죄에 비하면 완익의 죽음은 비참한 편도 아니었다. 누구도 거두지 않는 시신을 경무청 순검들이 거적에 말아 수레에 실었다.

"아씨께서 여기 무슨 일로⋯⋯."

경무청 마당에 나타난 히나의 모습에 순검들이 얼떨떨해하며 물었다. 그 뒤로 정문이 와 순검들을 마당에서 물렸다. 그래도 제 아비라 완익의 시신을 수습하려 왔던 히나가 정문을 돌아보았다. 완익과 대척점에 있던 정문이었지만 히나 앞에서 예를 지켰다. 검은 베일이 달린 모자를 쓴 창백한 히나를 보며 정문이 안타까운 표정을 지었다.

"아비의 일은 안됐다."

"……조선에는 잘된 일이겠지요."

"이자의 수습은 내가 하마. 그래서 왔다."

"강씨 부인은 잡아냈습니다. 내통한 자는 프랑스 공사관의 서기관인데, 그자의 정보가 누구에게 닿는지는 아직 캐지 못했습니다. 그것까지 밝혀 기별드릴 테니, 그땐 반드시 제 어머니의 거처를 내놓으셔야 할 겁니다."

히나에게 조선의 명운은 중요한 관심사가 아니었다. 잊을 수 없는 엄마를 찾는 일 그것 하나만이 정문을 돕는 이유였다. 그것을 빌미로 정문이 저를 이용한다고 하더라도 어쩔 수 없었다. 너무나 간절했으니까. 간절한 만큼 분한 심정으로 히나는 정문을 보았다.

아비 같지 않았어도 아비는 아비였다. 어젯밤 아비를 잃은 히나를 잠시 보던 정문이 어렵게 입을 뗐다. 히나의 어미가 어디에 있는지 정문은 이미 예전에 알아두었다. 그럼에도 말하지 않은 이유가 있었다. 말해주지 않은 것이 아니었다. 못한 것이었다. 히나를 위해서였다. 그러나 더 이상 숨기기 힘들었다.

"네 어미는 강원도의 한 교우촌交友村(천주교 박해 시기 천주교도들이 산간벽지에 조성한 신앙촌)에 있다."

그리 찾던 어미의 행방이었다. 히나의 목소리가 떨렸다.

"살아…… 계십니까?"

"내가 찾았을 땐 이미 묻힌 뒤였다."

"거짓말 마세요. 거짓말이셔야 합니다. 그게 참이면, 전 대
감을 죽일 겁니다."

믿을 수 없어 히나는 고개를 저었다. 히나가 얼마나 제 어
미를 찾아 헤맸는지는 정문도 잘 알았다. 그런 저를 속였다
면, 정문도 히나에게는 악인이나 다름없었다. 정문이 괴로운
듯 미간을 찌푸렸다.

"네가 살라고 그랬다. 어미를 찾겠다는 희망으로 살라고."

"버틴 겁니다! 산 게 아니라 겨우 버티고 있었던 거라고요!
어떻게 이런 걸 속여! 어떻게 이런 걸 손에 쥐고 나를 이용했
냐고!"

결국 히나가 악을 내질렀다.

"그 희망마저 없고 널 이용하지 않으면 넌 스스로를 놓을
아이였다."

독이 오른 히나가 정문을 노려보았다.

"……전 오늘 부모를 다 잃었습니다. 기다리세요. 내가 대감
을 죽일 겁니다."

노려보는 눈에 물기가 어렸다. 히나가 돌아섰다. 믿고 싶어
하지 않는 히나의 뒷모습이 위태로웠다. 그런 히나의 뒤를 지
키며 정문도 괴로워 고개를 숙였다.

슬픈 거짓말

강화도 산골짜기에 여름 바람이 들꽃들을 훑고 지났다. 들꽃 사이에 돌무덤 하나가 더 생겼다. 홍파의 무덤이었다. 승구가 눈물로 쌓아올리는 돌무덤을 유진이 한편에서 지켜보았다. 보따리를 풀어 활과 화살통을 꺼내 돌무덤 앞에 가지런히 놓은 승구가 홍파에게 인사했다. 산길을 내려오는 승구의 총에는 홍파의 붉은 천이 비장하게 묶여 있었다. 유진이 그 뒤를 따라 걸었다.

"여기서부터는 따로 갑시다."

유진에게 말하는 승구의 눈이 형형했다. 유진이 승구의 어깨에 걸린 총을 붙잡았다. 누군가를 잃어보아 유진도 그 심정을 잘 알았다. 승구가 지금 어디로 향하려 하는지도.

"조선에서 조선인이 그자를 죽이면 안 됩니다."

"비키시오."

"모리 타카시의 손에 의병 명단이 있소. 그건 그의 밀정이 조선에 있다는 소리고. 밀정부터 찾는 게 우선이오."

의병 명단이라는 말에 승구가 멈춰 섰다.

승구를 설득한 유진은 우체사 앞에서 동매와 만났다. 도와 주지 않을 것처럼 시치미를 떼도 결국 동매는 유진을 도왔다. 적의 적은 동지였고, 두 사람은 지키려는 이도, 적도 같았다. 낭인들의 칼 앞에서 총판은 곧장 사무실을 내주었다. 총판의 사무실에서 유진과 동매는 서류 더미를 뒤적였다.

"타카시는 1902년까지 뉴욕에 있었소. 그런 자가 조선에 오기 전부터 이미 많은 걸 꿰고 있었소. 조선에 들어와 있지 않았으나 들어와 있었던 거요."

"미국과 일본, 조선을 자유롭게 오갔다면 분명 공사관 직원 이란 건데."

"수상한 전보가 오갔을 거요. 일본, 미국, 조선 간에."

조선에 있는 외국 공사관의 직원들 앞으로 온 전보와 기록 물들 속에서 동매가 서류 하나를 집어냈다.

"그 수상한 전보란 게 혹시 이런 걸까요?"

유진이 동매가 내민 서류를 확인했다. 불란서 공사관 레오 부트랑 앞으로 천 엔짜리 우편환을 보낸 기록들이었다. 보낸 이의 주소는 동경의 게다下駄 가게였다. 동매가 코웃음을 치며 비웃었다.

"게다 장수가 프랑스 공사관 서기관에게 천 엔짜리 우편환을 보냈습니다. 게다가 이렇게 돈이 될 줄 알았으면 무신회에 들어올 게 아니라 게다를 파는 건데."

"잡은 것 같소."

타카시의 손에 든 의병 명단의 출처는 레오였다. 유진이 빠르고 정확하게 결론지었다. 밀정이 더 있을 테지만, 유진은 우선 지체 없이 레오부터 잡아들여 정문에게 넘겼다. 다음 날 강가로 레오의 시신이 떠내려왔다.

밀정이었던 레오의 죽음에 타카시는 끓어오르는 분을 참기 힘들었다. 절이며 강이며 자신이 보낸 이들의 시체였다. 그들의 목숨이 안타까운 게 아니었다. 자신의 뜻대로 돌아가지 않는 일들에 짜증이 치밀었다. 전라도 의병들을 잡아들였으나 육신을 찢고 정신을 흔드는 모진 고문에도 은산과 애신의 행방을 불지 않았다. 타카시는 의병들 고문을 부하에게 맡기고 직접 한성병원으로 향했다.

간호사가 타카시를 마츠야마의 진료실로 안내했다.

"가봐. 부르기 전에 들어오지 말고."

타카시의 흉흉한 분위기에 간호사가 긴장한 채 고개를 끄덕이고 진료실을 나갔다. 마츠야마와 완익의 죽음에서 무언가 건질 게 있을 것이다. 마츠야마의 진료실을 둘러보는 타카시의 눈이 하이에나와 같았다. 진료실 책상에 놓인 서류들을 살피던 타카시가 서랍 안의 서류에 손을 댔다.

"쿠도 신이치로……."

서류에 적힌 이름을 확인하는 타카시의 미간이 찌푸려졌다. 서류는 히나가 마츠야마의 진료실에 두고 간 사체검안서였다. 진료실로 다가오는 발소리에 서류의 내용을 확인하려던 타카시가 신경질을 부렸다.

"들어오지 말랬잖아!"

문 쪽을 돌아보려던 타카시의 얼굴로 검은 자루가 씌워졌다. 소리칠 새도 없이 커다란 손이 순식간에 타카시의 목을 쳤다. 단숨에 제압당한 타카시는 힘없이 늘어졌다. 타카시의 손안에서 빠져나온 사체검안서가 바닥으로 떨어졌다. 복면을 쓴 유진이 사체검안서를 집어 들어 품 안에 넣었다. 그사이 승구가 타카시를 어깨에 들쳐 멨다. 승구와 유진이 총을 손에 쥐고 경계하며 밖으로 나서려던 때였다.

진료실 문 앞에 간호사가 희게 질린 얼굴로 멈춰 섰다. 유진이 일본어로 간호사에게 경고했다.

"못 본 척하시오. 그럼 살 수 있소."

타카시를 들쳐 멘 승구 쪽을 힐끔 본 간호사는 무언가 결심한 듯 끄덕였다.

"저자에서 저 일본군이 한 짓을 다 보았습니다. 따라오세요. 사람들 눈에 띄지 않는 뒷길을 압니다."

떨리지만 비장한 목소리였다. 뜻밖의 도움이었다. 간호사가 앞장서 진료실을 나섰다. 승구와 유진이 그 뒤를 따랐다.

정신을 잃었던 타카시의 눈이 뜨였다. 시야가 검은 천에 가려져 눈을 떠도 캄캄했다. 움직여보려 하나 손발이 묶여 있어 움직여지지 않았다. 목에도 무언가 걸려 있었다. 소리를 내지르고 싶어도 입이 막혀 있어 타카시는 제자리에서 발버둥쳤다. 그저 버둥거리는데, 조용하던 주변이 웅성거리기 시작했다. 군홧발 소리도 들렸다. 타카시의 소식을 듣고 달려온 일군들이었다.

타카시의 눈을 가리고 있던 천이 확 벗겨졌다. 그제야 타카시는 자신의 위치를 알 수 있었다. 타카시는 다리 위에 묶인 채였다. 목에 걸려 있었던 것은 조선어와 일어가 쓰인 종이였다. 드러난 타카시의 얼굴은 얻어맞아 피떡이 되어 있었다.

"대좌님! 괜찮으십니까?"

묶인 타카시를 풀어주며 일군이 물었다. 타카시가 신경질적으로 어서 풀라 명령했다.

"목에 뭐라고 쓰여 있어? 읽어!"

여전히 버둥거리며 타카시가 성급히 물었다. 타카시를 묶고 있는 천을 풀던 일군이 당황하며 더듬더듬 종이에 쓰인 일본어를 읽었다.

"아, 예……. 그게……. 조선 의병이 일본군 대좌를 살렸다."

타카시의 몸을 묶고 있던 붉은 천이 일군의 손에 쥐어졌다.
홍파의 치맛자락에 있던 붉은 천이었다. 땅에 내려온 타카시
가 수치심에 경기를 일으켰다.

"아악! 이 개새끼들이! 다 죽여버릴 거야!"

타카시가 분노로 바닥에 머리를 쾅쾅 찧어대며 발광했다.
일군들이 당황하며 타카시를 붙잡아 말렸다. 타카시가 치욕
에 몸부림칠 때였다. 막사 쪽에서 총성이 울렸다. 타카시가
퍼뜩 정신을 차리고 저를 말리는 일군들에게 윽박질렀다.

"이 멍청한 새끼들! 다 여기 있으면 어떡해!"

막사의 창고 앞에서 연달아 총성이 울렸다.

총성과 함께 이마가 뚫린 일군들이 뒤로 넘어갔다. 즉살卽殺
이었다. 창고를 지키고 있던 일군들이 사라지자 무장한 무걸
과 상목, 은산이 창고 안으로 재빨리 잠입했다. 어둠 속에 몸
을 숨긴 채 복면한 애신은 막사의 옥상에서 총을 장전했다.
막사에서 나와 창고로 달려오는 일군들을 빠르게 조준 사격
했다.

멀리서도 총알이 날아왔다. 다른 쪽 골목에서 복면한 승구
가 일군들을 향해 총을 겨눴다. 무걸과 상목이 갇혀 있던 전
라도 의병들을 부축해 나왔다. 고문의 여파로 제대로 걸을 수

도 없는 이들이었다. 은산이 주변을 경계하며 길을 텄고, 일행들이 그 뒤를 따랐다. 은산과 일행이 빠져나가는 것을 확인한 애신도 다시 어둠 속에 몸을 숨겼다.

뒤늦게 타카시와 타카시의 곁에 있던 일군들이 창고로 왔을 때 남아 있는 이는 아무도 없었다. 창고 가운데 의병 셋의 시신이 반듯하게 뉘여 있었다. 두 명은 타카시가 총으로 쏴 죽인 이였고, 한 명은 고문을 견디지 못하고 끝내 숨을 거둔 이였다. 몰골이 엉망인 타카시가 일군들이 쓰러져 있는 창고 안 풍경에 숨을 거칠게 몰아쉬었다.

"일군 대좌가 궁에 들어, 경위원 총관의 소치召致(불러서 오게 함)를 요구하옵니다. 아뢰옵기 황공하오나, 지난밤 일군들이 습격을 받았사온데 그 주범으로 경위원 총관이 지목되었다 하옵니다."

용상에 앉은 황제에게 내관이 고했다. 승구는 황제의 옆을 지키고 서 있었다. 긴장으로 목이 타는 듯했다. 황제가 일군 대좌를 정전에 들이라 명했다. 내관이 총검을 해제하고 예를 갖춰 들어오라 전하기도 전에 타카시가 정전으로 들어섰다. 막무가내였다.

"들으신 바와 같이 경위원 총관인 자가 지난밤 일한 양국의 우호를 비웃고 모욕했으며……."

"일군 대좌."

황제가 말을 끊었다. 타카시의 터진 얼굴이 분노로 일그러져 있었다.

"대좌의 본국에선 어떨지 모르나 여기 대한제국에선, 대한제국의 궁에선, 첫마디도 짐이 먼저, 하문도 짐이 먼저, 호통도 짐이 먼저다."

거만한 태도로 서 있던 타카시가 그제야 어쩔 수 없이 고개를 숙였다. 황제가 체념한 채 타카시를 내려다보았다.

"대좌의 용모로 보아 작야昨夜(어젯밤)의 습격이 거짓은 아닌 듯하니 퍽 유감이다. 하나 오해는 바로잡고자 한다. 작야에 총관은 내내 짐의 곁을 지켰다."

"그럴 리 없습니다."

분한 듯 부정하는 타카시의 눈에 핏발이 섰다. 황제의 말에 승구가 표정을 숨기며 황제에게 시선을 던졌다.

"지금 짐의 말을 거짓이라 하는 것인가."

"양국에 피해가 없도록 철저히 조사를 해야 하는 바……."

"일군 대좌. 대좌는 지금 총검을 소지한 채 한 나라의 정전에 들었다. 내 비록 약소국의 군주이나 일개 대좌 정도는 이 자리에서 쳐 죽여 법도를 바로 세울 수도 있음이다. 짐은 때로 그리 옹졸해지니, 더는 짐의 아량을 시험치 말라."

날이 갈수록 힘을 잃어가는 나라의 황제였으나 황제의 선

조들이, 백성들이 수백 년을 이어온 나라였다. 그러한 나라를 위해 백성들이 싸우고 있었다. 황제 또한 마지막에 마지막까지 싸워야 했다.

더는 대항할 수 없어, 타카시는 승구를 쏘아보았다. 묵직한 존재감으로 황제를 지키고 선 승구는 타카시의 눈을 피하지 않았다.

황제는 뒷짐을 진 채 정전 앞마당에 섰다. 물끄러미 바라보는 궁의 풍경은 쓸쓸하고, 아름다웠다. 애잔한 풍경에 빠진 황제의 곁에서 승구가 입을 열었다.

"신은 지난밤 폐하를 지키지 않았습니다."

"안다. 하나, 일군을 그리했으면 짐을 지킨 것과 진배없다. 총관의 이력을 안다. 그때도 총관은 짐을 지키고 있었다."

신미양요 때 승구가 나라를 지키려 싸웠음을 황제도 알았다. 놀라 굳은 승구를 황제가 돌아보았다.

"하나 난 그때 그들을 지키지 않았다."

숨김없이 자신의 치부를 드러내는 황제에 승구는 그저 가만히 서 있었다. 황제의 뒤로 궁이 넓게 펼쳐져 있었다.

"짐은 사과하지 않는다. 짐은 사과하는 자가 아니다. 하여 오래 부끄러웠다. 고작 대좌 하나 상대하는 이깟 위엄 뒤에 숨어서."

고뇌에 젖어 황제는 괴로워했다. 끊임없는 고뇌와 자책으로 황제의 신경은 쇠약해져갔다. 고통스러워하는 황제의 표정에 승구는 아무런 말도 하지 못했다. 죽이리라 생각했던 황제였다. 원수였다. 그러나 이제 승구는 그런 황제에게 연민을 느끼고 있었다.

붉은 노을이 거리 위를 물들였다. 지나가는 사람들 속에 유진은 천천히 걸었다. 제빵소에 다녀오는 길이었다. 팔에 상처를 달고 있던 제빵소 주인을 보며, 유진은 함경도에서 나사로가 보낸 서신 속 제빵소를 떠올렸다. 분명히 제빵소 주인도 의병 활동을 하는 자였다. 애신의 동지였다. 그래서 지푸라기라도 잡는 심정으로 제빵소 주인에게 애신의 연락을 기다리고 있다고 전했다.

애신이 어느 길을 가든 유진은 그 길에 서 있고 싶을 뿐이었다. 그래서 홀로 걷는 이 길이 쓸쓸했다.

"나를 찾는 거면 이쪽이요."

들려오는 사내의 낮은 목소리가 익숙했다. 유진이 고개를 들었다. 진하게 그늘진 골목에 애신이 모자를 푹 눌러쓰고 변복을 한 채 서 있었다. 모자 아래로 나타난 애신의 눈과 유진의 눈이 오래도록 멈춰 있었다.

두 사람은 사람들을 피해 인적이 드문 골목으로 들어섰다.

나란히 걷는 것이 얼마만인지 모를 일이었다. 두 사람 모두
쉬이 말을 꺼내지 못했다.

"잘 지냈소?"

애신이 어렵게 입을 뗐다. 유진을 보기가 미안했다. 자기
쪽으로 걷자 하였으나, 결국 유진을 혼자 남겨둔 애신이었다.

"그간 일이 좀 많았소."

"참 밉던데."

말을 고르는 애신을 유진이 잘랐다. 유진의 눈에 진심으로
원망이 어렸다.

"너무 그리우니, 생각날 때마다 밉던데."

"그래서 잊히면 그것도 괜찮소. 그 말을 전하러 왔소. 혹 내
소식을 기다릴까 하여. 이제 더는 기다리지 말라고."

"그게 지금, 끝끝내 기다리는 사람한테 지금……."

이리 밉게 굴 수는 없었다. 그리워하며 자신을 기다리던 연
인에게 너무나 잔인했다. 그러나 애신의 마음은 확고했다. 그
간의 일들이 미안했고, 앞으로도 미안할 날들만 남아 있을 것
이다. 애신은 유진을 놓아주어야 했다.

"조선은 더 위태로워졌고 나의 집안은 송두리째 부서졌소.
나의 세상엔 더 이상 헛된 희망도, 더 들킬 낭만도 없소. 난
이제 더는 귀하와 나란히 걸을 수 없소. 하니 이제 그만 각자
의 방향으로 멀어집시다."

모든 것을 정리하러 온 애신에 유진은 허탈해졌다. 눈앞의

여인이, 아니 사내가, 아니 그저 애신이 미웠다. 미운 순간에
도 소중하고, 안타까웠다. 애신의 선택을 이해하고 있었다. 자
신은 애신을 잡을 수 없을 것이다. 유진 스스로가 더 잘 알고
있었다.

"내가 잡으면 어쩔 거요."

진지한 사내의 목소리는 늘 사람의 마음을 흔들어놓았다.
애신은 다시는 꾸지 않기로 한 헛된 희망에 자신이 흔들릴까
걸음을 서둘렀다.

"가봐야 하오. 동지들이 기다려서."

"나는."

돌아서려던 애신이 멈췄다. 심장이 아프게 내려앉았다.

"내 기다림은 의미 없는 거요? 아. 내가 서 있을 일이 아니
었나. 기다릴 일이 아니었어. 어디든 좋소. 가시오. 그대가 가
는 방향으로 내가 걷겠소."

"나는 당신이 살길 바라는 거요."

"나도 내가 살려고 이러는 거요! 안 보면 죽겠어서."

유진이 목소리를 높였다. 그것은 애원이었다. 유진의 눈이
슬픔에 젖었다.

"그리고 아는지 모르겠는데, 내게 신세 진 거 하나도 안 갚
았소. 떼먹을 생각 마시오. 당신이 어디에 있든 다 찾아가서
받을 거니까."

어떻게든 저를 붙잡으려는 유진에 애신은 고개를 끄덕였

261

다. 슬픈 거짓말이었다.

"갚겠소. 어디에 있든 받으러 오시오. 기별하겠소."

그러나 그 말이 너무나 명백한 거짓말로 느껴져서 유진은
오히려 불안했다. 애신은 빠르게 거리의 사람들 속으로 섞여
들었다. 유진은 사라지는 애신을 아프게 보았다. 실은 기별하
지 않아도 좋았다. 언제든, 어떻게든 찾을 수 있게 애신이 살
아 있기만을 유진은 간절히 바랐다. 자신이 살아 있길 바라는
애신처럼.

거리를 헤매던 유진이 빈관으로 돌아왔을 때, 빈관은 도둑
이 들어 혼란스러웠다. 타카시의 방에서 하필 오르골만 사라
졌다는 소식에 유진은 애신이 정말로 떠났다는 것을 깨달았
다. 유진은 잃은 것이 없었지만, 사실은 가장 큰 것을 잃어 슬
펐다. 기별하겠다던 인사는 작별이었다.

사
랑
하
고

있
었
소

애신 없는 반년이 흘러가고 있었다. 해가 바뀌어 겨울이었다.

애신은 작별을 고했으나 유진은 기다렸다. 기다리며 애신이 가는 길을 뒤쫓았다. 더 큰 복수를 다짐하는 준영과 같은 이들을 훈련시켰다. 애신의 동지가 될 이들이었다. 훈련이 거듭되며 학도들이 들고 있던 연습용 총은 어느새 러시아제 총으로 바뀌었고, 총에는 실탄이 채워졌다.

한 세상이 무너지면, 더 큰 세상으로 나아가면 되는 법이었다. 유진도, 애신도, 무언가를 지키고자 하는 사람들은 계속해서 나아갔다.

혹한의 시작을 알리듯 일본에서 돌아온 하야시의 손에는 아라사와의 전쟁이 들려 있었다. 타카시는 조선 주차군 사령부 사령관으로 승진할 예정이었다. 이미 인천 제물포항 해상에서 일본군이 아라사 군함 두 척을 기습 격침했다는 소식이 호외로 돌았다. 조선 땅에서 일본과 아라사의 전쟁이 일어나고 있었다. 전쟁을 핑계로 일본군은 끝없이 조선으로 발을 들이밀었다. 욱일기를 펄럭이며 일군들이 행진했다.

고통 받는 것은 전쟁이 일어나는 땅에 삶의 터전을 둔 이들이었다. 이미 전쟁 발발 소식을 들은 외국인들은 조선 땅을 떠나기 바빴다.

"카일. 방금 아라사 공사가 조선을 떠났어. 전쟁이 본격화될 모양이야."

공사관 사무실에 들어선 유진이 카일에게 소식을 전했다. 카일은 놀라는 기색 없이 들고 있던 서류를 유진에게 내밀었다.

"오늘 일본과 아라사 양국이 정식으로 선전포고를 했어. 본국에서 출발한 보충 병력이 이번 주 내로 도착할 거야. 난 주일 미 공사관으로 전출됐고, 넌 본국 복귀야. 너만 조선에 남길 수 없어서 내 직권으로 신청했어. 남아 있으면 네가 어떤 선택을 할지 아니까."

"하지만……."

"이건 명령이야, 유진 초이 대위. 본국으로 돌아가. 소풍이 끝난 것뿐이야."

유진은 서류를 든 채 아연해졌다. 반년을 넘게 애신을 기다리는 중이었고, 뒤쫓는 중이었다. 떠날 수 없었다.

유도장에 삐딱하게 선 채로 동매는 인상을 구겼다. 만주에 갔던 무신회 수장이 조선을 거쳐 일본으로 귀국 중이었다. 굳이 조선을 지나는 것을 보면 볼일이 있는 것이 분명했고, 무신회의 볼일이라 하면 누구 하나가 죽는 일이 될 것이었다.

"신경쓰시면 안 됩니다. 오야붕께 맡기지 않고 직접 움직이신 거 보면⋯⋯."

누가 죽어나갈 것인가 추리하는 동매를 보며 유죠가 직언했다. 수장을 모시던 동경지부의 낭인 둘은 동매의 감시역으로 조선에 남아 있었다. 동매에 대한 수장의 의심이 깊어져 있음은 분명했다.

"내가 오야붕 눈 밖에 제대로 난 모양이야. 그렇지?"

차마 답하지 못하고 유죠가 고개 숙였다. 유도장 안으로 경무사가 뛰어 들어온 것은 그때였다.

"이보게, 구동매. 내 알아보래서 알아봤는데, 글쎄 이정문 대감이 낭인들한테 끌려갔다지 뭔가. 아니 자네가 그래놓고 그걸 또 알아봐달라 한 건 뭔지⋯⋯."

애신이나 애신과 관련된 인물일까 두려웠다. 경무사의 말에 동매의 눈에 잠깐 안도가 어렸으나, 잠시일 뿐이었다.

"잠깐 나갔다 올 테니 니들은 있어."

"어디 가시려고요. 본국 애들이 어디서 뭘 볼 줄 알고 이러십니까."

유죠가 동매를 막아섰다. 무신회에 반하는 행동은 명을 재촉하는 일밖에 되지 않았다.

"나는 죽을 때 죽더라도, 살릴 사람은 살려야지."

동매는 휘적휘적 기다란 다리를 뻗어 유도장을 벗어났다.

동매가 향한 곳은 빈관에 있는 히나의 방이었다. 테이블에 홀로 앉아 와인을 따르고 있던 히나가 동매를 맞았다.

"마침 잘 왔네. 술동무 필요했는데."

"이정문 대감이 오야붕의 손을 탄 듯해. 아마 일본으로 끌려갔을 거야."

여유롭던 히나의 표정에 긴장이 어렸다. 정문은 황제에게도, 조선에게도 없어서는 안 될 이였다.

"정확한 정보야?"

"나 목숨 걸고 온 거야. 너한테까지 닿을까 봐. 나라님이야 어찌되든 넌 다치지 말라고."

정보꾼 노릇을 하는 히나가 정문과 황제에까지 닿아 있다는 것을 동매는 알고 있었다. 정문이 잡혀갔으니 그 끝은 히나가 될까 봐 동매는 걱정됐다. 두 사람에게는 보이지 않는 진한 유대감이 있었다. 서로를 잘 알았고, 연정이 아닐지라도 서로 마음을 기대고 손잡은 이들이었다. 강해 보이지만 쓸쓸한 이들이었고, 외로운 이는 누군가의 외로움도 잘 알아보는 법이었다. 겉으로 보이는 것이 전부일 수 없었다. 히나가 와인 잔을 들며 물었다.

"그냥 두면 죽을까? 이정문 대감?"

"제 명에 죽으라고 잡아가진 않지."

어미의 죽음을 숨겼던 정문에게 히나는 죽여버리겠다고 했었다. 그러니 그냥 죽게 놔두면 될 것 같았는데도 마음이 그렇지 않았다. 히나는 잔을 비우고 수화기를 집었다.

"알려야겠네."

"위험하다고. 너."

수화기를 집는 히나의 손목을 동매가 잡았다. 걱정 돼서 알려준 것이지 일에 뛰어들라 알려준 소식이 아니었다. 취해 등에 업혔던 히나의 무게가 사실은 너무 가벼웠다. 강인해 보이지만 연약한 이라는 걸 동매는 알았다. 동매의 걱정을 받으며 히나가 입꼬리를 올렸다.

"시작이야 사감이었지만, 그래도 명색이 제국익문사 요원인데, 내 수장을 죽게 둘 수야 있나."

수화기를 든 히나가 궁으로 전화를 연결했다. 동매는 낮게 한숨을 쉬었다.

✦

정문의 납치 소식에 황제는 절망했다. 외부대신 이지용이 일본이 내민 '일한의정서'에 서명하는 것을 막으려 나섰던 정문이었다. 그러나 그 길로 정문은 납치되었고, '한일의정서'는 체결되었다. 황제의 최측근조차 신변의 안전을 보장받지 못하는 것이 작금의 조선이었다. 다급한 상황에 처한 황제는 정문을 구하고자 나섰다. 승구를 통해 의병들에게 황명이 전해졌다. 어둡고 습한 외국인 묘지의 한편에서 의병들이 둘러앉아 은밀히 회의했다.

은산이 품에서 로청은행의 예치증서를 꺼내 들었다.

"황명이다. 일본으로 납치된 이정문 대감을 구해야 한다. 이건 황제께서 내리신 로청은행의 예치증서다. 일아전쟁이 발발했으니 속히 찾아야 한다. 나와 이정문 대감은 이 돈으로 의병들을 무장시킬 계획이었다. 그러니 이정문 대감을 반드시 구해 이 증서와 함께 상해로 보내야 한다. 그러려면 일본에서의 거사는 피할 수 없다."

보이지 않는 긴장감이 감돌았다. 일본은 적의 심장부였다. 여태껏 펼쳤던 어떤 작전보다 위험한 작전이 될 것이다. 조선으로 영영 돌아오지 못할 수도 있었다.

"손 보탤 이가 있는가."

은산의 물음에 너도나도 손을 들고 있었다.

"내가 가겠네."

애신도 마찬가지였다. 작은 등불이 애신을 희미하게 비추었다. 지난 반년 동안 애신은 끊임없이 조국을 지키기 위해,

조선이 하루라도 더 이어지게 하기 위해 애썼다. 가족도, 연인도 뒤로한 채 훈련했고 작전에 투입되었다. 애신은 더욱 단단해져 있었다.

애신의 자원에 은산이 고개를 저었다. 여인의 몸으로는 제약이 많았다. 너무 어려운 길이었다. 그러나 애신은 늘 길은 있다던 유진의 말을 떠올렸다.

"그래서 더 유리할 수도 있지. 여인이라 방심할 수도 있으니. 늘 길은 있네. 그 서류를 잘 숨겨 들키지 않고 일본에 입국할 수 있는 길을, 내가 아네."

"오랜만이오."

방 안으로 들어오던 유진이 애신을 보고 멈춰 섰다. 유진은 대답 대신 조용히 문을 닫았다. 테라스에서 비치는 희미한 빛 사이로 애신이 서 있었다. 두 사람의 시선이 맞부딪쳤다. 방 안이 잠시 고요했다. 아무런 말도 하지 않는 유진에 애신이 쓸쓸하게 중얼거렸다.

"반가워할 줄 알았더니."

"거짓말을 그리 했으면서. 기별한다더니. 반년 만에 나타나서는."

가슴이 찢어질 것 같았다. 매일 밤을 기다려 겨우 만나게 된 애신이었다. 유진은 여전히 애신이 그리웠다.

"그래서 이리 왔는데. 스승님께서 높은 자리에 계시니 정보가 빠르오. 본국으로 간다 들었소."

그리운 이는 이제 만날 때마나 미운 소리뿐이었다. 유진은 아랫입술을 잠시 깨물었다. 작별은 그만하고 싶었다.

"작별 인사 하러 온 거요?"

"함께 가겠소. 데려가시오, 나를. 미국으로."

유진의 눈이 커졌다.

"부탁이오."

"내가 거절하면 어쩌려고."

"거절할 이에게 오지 않았소."

"한 남자를 이용하겠단 여인이, 최소한의 노력도 않네. 화나게."

기운 빠진 소리를 내며 유진이 애신을 밉게 보았다. 무슨 뜻인지 몰라 애신은 가만히 유진을 보았다.

"이건 부탁이 아니라 고백을 해야 하는 거요. 사랑한다고. 사랑하고 있다고. 그러니 함께 가자고. 그러면 난 또 그 거짓말에 눈멀어, 내 전부를 거는 거고."

애써 무표정하던 애신의 눈가에 왈칵 눈물이 차올랐다. 유진의 진심이 애신을 울렸다. 유진의 진심은 함께 보았던 바다처럼 늘 넓고도 깊었다. 함께 가자고 했지만, 실은 유진을 떠나게 하고 싶었다. 이곳에 남아서 계속해서 자신을 기다리는 유진을 알았다.

"최종 목적지가 어디요. 날 이용해 어디까지 가는 거냐고."

담담한 유진의 물음에 애신의 눈에서 결국 눈물이 떨어졌다.

"일본."

"……참 밉네. 이 여자."

마주한 연인은 슬픈 운명 속에 갇혀 있었다. 두 사람의 모습이 그림처럼 슬펐다. 애신의 눈물이 유진에게는 뜨겁기도, 잔인하기도 했다. 그리고 유진은 예감했다. 다 왔다고 생각했으나 더 가야 할지도 모르겠다고. 언제나 그랬듯이. 불꽃 속으로. 한 걸음 더.

애신의 눈물을 닦아줄 겨를도 없이 방에 매달린 줄이 마구 흔들렸다. 프런트의 히나가 위험을 알리는 표시였다. 유진의 방에 알릴 위험이라면 타카시일 확률이 컸다. 타카시는 언제고 애신이 유진을 찾아오진 않을까 감시하고 있었다.

"뒤를 봐주시오. 늘 그렇듯 내 걱정은 말고."

애신이 모자를 눌러쓰며 서둘렀다.

유진의 방을 빠져나온 애신은 옆 방 테라스로 뛰어들었다. 303호 테라스의 문을 열고 애신은 성큼 방 안으로 들어섰다. 막 샤워를 마친 후 가운 차림으로 젖은 머리를 털던 희성이 갑작스러운 침입에 놀라 멈췄다.

"지나가던 길이오. 들르라 해서."

제물포의 절에서 보았던 애신이었다. 사내의 모습을 한.

"일군들이 나를 쫓고 있소."

"와서 숨었구려."

긴장감 속에서 희성이 웃었다. 숨을 곳이라도 되어줄 수 있어 다행인 순간이었다. 그러나 애신은 미안한 마음에 겨우 고개를 끄덕였다. 마침 일군이 303호의 문을 두드려댔다. 두 사람은 빠르게 눈빛을 교환했다.

"무슨 일이오."

계속해 문을 부술 듯 두드려대는 일군에 희성이 나른한 표정으로 문을 반쯤 열었다.

"불령선인不逞鮮人(불온하고 불량한 조선 사람이라는 뜻으로 일본이 일제에 저항한 조선인을 이르던 말)이 난입해 객실마다 수색 중이니……."

설명하던 일군이 희성의 어깨 너머로 침대 위 여인을 발견했다. 가운 차림의 여인은 긴 머리를 풀어헤치고 있었다. 일군의 시선을 알아차린 희성이 언성을 높였다.

"지금 뭘 보는 거요. 남의 여인을 왜! 귀관 이름이 뭔가. 소속이 어디야."

희성의 압박에 일군이 당황하며 떠났다.

일군이 떠나고 문이 닫히자 희성은 곧장 문을 잠그고 옷장으로 향했다. 애신에게 줄 것이 있었는데 마침 유용할 듯했다. 애신은 양복 위로 걸치고 있던 가운을 벗고, 다시 머리를 모자 속으로 정리했다.

"갈아입으시오. 임기응변이 가능할지도 모르니. 내 응원을 이 옷에 담았소."

희성이 건넨 것은 새 양복이었다. 애신과의 혼약이 깨진 후, 희성은 양복점에서 애신이 희성의 이름으로 지어가던 치수로 양복 한 벌을 지었다. 더는 정혼자가 아닌 희성이 건넬 수 있는 마음이었다. 애신이 어떤 길을 갈지 알기에.

"고맙소."

인사하며 애신은 옷을 받아들었다.

유진의 방으로 타카시가 직접 찾아들었다. 검은 인영이 빈관 안으로 들어섰다는 웨이터의 말에 타카시는 온 빈관을 들쑤시는 중이었다. 애신일지도 모른다는 강한 확신이 든 터였다. 유진이 비켜서지 않았음에도 타카시는 몸을 들이밀며 방 안으로 들어섰다.

"무슨 일인데."

"그저 작별 인사. 나 오늘 귀국하거든. 내가 돌아오면 넌 없을 것 같아서."

"들었어. 귀국했다가 사령관으로 다시 입경한다며."

눈으로 방 이곳저곳을 살피던 타카시가 그제야 유진을 보며 비웃었다.

"그럼 너와 내 격차는 더 커지는 건가?"

"저기는 안 열어봐도 되겠어? 열어봐."

유진이 옷장을 가리켰다. 제 속내를 꿰뚫고 있는 유진에 타카시는 낭패감을 느꼈다. 유진에게 또 밀린 것이다. 타카시가 이를 갈았다.

"이런 타이밍에 본국 복귀라니 미국이 널 살리네. 그러니 미국인으로 살아, 유진. 쭉 미국인으로. 주는 밥 먹고, 주는 옷 입으면서."

"내가 어떻게 살진 내가 정할 테니까 넌 더 뒤질지 말지나 정해."

"저 상자는 뭘까 궁금하긴 한데."

타카시가 발끝으로 가리킨 곳은 유진의 침대 밑이었다. 튀어나와 있는 나무 상자에 유진의 눈빛이 순간적으로 흔들렸다. 타카시가 놓치지 않고 발끝으로 상자를 당겨 열었다. 황제에게서 하사받은 태극기였다.

"조선 여인의 방에선 미국 물건이, 미국인의 방에선 조선 국기라."

타카시가 멸시에 가득 찬 눈으로 태극기를 보며 말했다.

"내가 다시 돌아오면 뭐부터 할지 알아? 그 귀족 여인부터 찾을 거야."

"아, 그렇게 할 거야?"

뻔한 도발이었다. 그럼에도 타카시가 애신을 찾아낼 거라는 것이 어떤 뜻인지 알아서 유진은 죽을힘을 다해 분노를 참아야 했다. 되묻는 유진의 눈에 경멸이 어렸다.

"그런 눈으로 보지 마, 유진. 너도 제국주의자잖아. 넌 스페인과 전쟁을 했고 미국은 필리핀을 가졌지. 일본도 일아전쟁에서 승리하고 조선을 가지려는 것뿐이야. 필연적으로 우등한 국가는 열등한 국가를 실망시켜. 열등한 국가의 국민은, 특히 귀족이었던 젊은 여인은 더 많이 다치겠지. 몸도, 마음도, 필연적으로."

타카시의 도발을 참아내는 유진의 눈가가 시뻘게졌다. 이대로 타카시를 죽이고 싶었다. 애신의 털끝 하나 건드리지 못하도록. 그런 유진의 마음을 잘 알겠다는 듯 타카시가 빈정댔다.

"쏠 거면 지금 쏴. 이게 마지막 기회일지도 모르잖아."

"마지막 기회인지는 모르겠지만, 지금이 기회인 건 맞아."

유진은 성급한 한 발로 일을 망치는 이가 아니었다. 무슨 뜻이냐 묻는 타카시의 눈빛에 유진은 보란 듯이 총을 들어 방아쇠를 당겼다. 탕, 커다란 총성이 빈관에 울렸다. 그러나 유진이 쏜 곳은 타카시의 심장이 아니었다. 타카시의 발밑이었다.

"대좌님! 괜찮으십니까!"

일군들이 총성을 듣고 우르르 달려와 타카시를 확인했다. 그제야 타카시는 유진이 총을 쏜 의도를 알아차렸다.

"다 여기로 올라오면 어떡해! 튀라고 쏜 총이야!"

타카시가 악에 바쳐 소리쳤다. 총까지 쏴 도주를 돕는 걸 보면 웨이터가 봤다는 인영은 애신이 확실했고, 이곳으로 군인들이 모두 몰려왔으니 애신은 이 틈을 타 빠져나가고 있을 것이다. 이번에도 애신을 놓쳤다는 사실에 타카시는 열이 뻗쳤다.

"이러니 내가 안 궁금해? 우리가 다음에 볼 때 네가 조선 놈으로 올지 미국 놈으로 올지. 궁금하다니까?"

타카시의 빈정거림에도 유진은 흔들리지 않았다.

"한번 맞춰봐. 난 이미 정했다."

계획이 실패하면 죽게 되어 애신과 이별하게 될 것이고, 성공하더라도 각자의 나라로 갈라져 이별하게 될 것이다. 그래서 잠시 두려웠다. 그러나 잔뜩 독이 오른 타카시를 보며 유진은 마음을 굳혔다. 사홍의 유언을 마침내 지킬 때였다.

은산과 마주한 호타루는 바짝 얼어붙은 채 몸을 웅크렸다. 상목이 총을 든 채 호타루를 겨누고 있었다. 밖에서 막 돌아온 동매는 긴장감이 감도는 집 안 상황에 눈살을 찌푸렸다. 동매가 떨고 있는 호타루 쪽으로 한 발 더 내디뎠을 때 동매의 뒤에도 총구가 겨눠졌다. 애신이었다. 옆으로 선 그림자만 보고도 동매는 그것이 애신임을 알아차렸다. 찌푸리고 있던 동매의 시선이 흔들렸다.

"이정문 대감이 낭인들에게 납치되었다. 네 짓임을 안다. 일본 어디에 있는지만 알면 이 여인은 무사할 것이다."

은산이 낮은 목소리로 동매를 위협했다. 그러나 동매의 시선은 그림자에 계속해서 머물렀다.

"유카타 입었다고 다 내 짓은 아닙니다."

"무신회 수장이 직접 움직였다는 건가. 그 말을 믿을 재간이 없는데."

"오야붕의 눈 밖에 난 지 꽤 될 겁니다. 일전에 내 나와바리에서 누가 날 쐈는데 그게 누군지 알면서도 안 쫓은 걸 아시는 건지."

상목을 보는 동매의 눈이 선뜩했다. 동매가 일부러 상목을 살려줬음을 은산은 알아차렸다. 그렇다면 동매가 자신들을 도울 수도 있다는 뜻이었다. 은산의 속내를 알아차린 동매가 피식거렸다.

"사양하겠습니다. 뒷골목에도 질서라는 게 있습니다, 나으리. 볼일 다 끝나셨으면 제 볼일도 보겠습니다."

곧바로 돌아선 동매는 자신을 향해 총을 겨누고 있는 애신을 보았다. 흔들림 없는 애신의 눈에 동매는 씁쓸했다. 자신을 겨누고 있어서가 아니었다. 누군가를 겨누는 일은 스스로를 겨누는 일이기도 했다. 목숨을 내놓은 일이었다.

"돈을 더 내셔야겠습니다. 보름이 여러 번 지났는데 직접 오시질 않아서 말입니다."

머리를 자르고 마음을 할퀴고도 애신을 멈추지 못했다. 그러니 이제 동매는 그저 바라고 기다려야 했다. 애신이 살기를. 애신의 총이 적을 맞추되 적의 총은 애신을 비껴나가기를. 그리하여 자신에게 오십 환짜리 동전 하나를 내밀러 오기를.

입술을 꾹 다문 채 동매만 보고 있던 호타루의 눈이 애신에게로 향했다. 동매의 눈이 아프게 애신을 보고 있었다. 동매가 저런 눈으로 볼 자라면, 동매로 하여금 보름을 기다리게 하는 자라면, 애신이었다. 호타루의 가슴속이 들끓었다.

의병들이 자리를 피하고 두 사람만 남은 방 안에서 동매는 속 안에 담아두었던 원망을 꺼냈다.

"날아오르지 마시라 했는데. 기어이 이런 모습으로 오십니까."

"내 눈에 한 번만 더 띄면 죽이겠다 했는데 기어이 나를 불러 세우는가."

변복한 애신을 이리 제대로 마주한 것은 처음이었다. 차갑고 낮은 목소리에도 동매는 물러서지 않았다. 자신의 상처보다 애신의 안위가 더 중요한 지 이미 오래였다.

"죽일 놈에게 돈은 왜 주고 가셨습니까. 주고 가신 돈은 석

달 치가 남았습니다. 석 달 뒤에 직접 오십시오. 봐야겠습니다, 애기씨를. 살아 계시는지."

동매의 진심에 애신은 눈을 느리게 감았다 떴다. 애신이 살아 있기를, 살아남기를 바라는 이들의 마음이 한없이 무거웠다.

반
지

어두운 밤, 유진이 제빵소를 찾았다. 제빵소 주인이 이곳에서 기다리라며 밀가루가 쌓여 있던 테이블 중 하나를 치워주었다. 테이블 위에 흰 가루가 지저분하게 쌓여 있었다. 잠시 후 문이 열리며 양복을 입은 사내가 들어와 유진 앞에 앉았다.

"……내 부탁에 답을 하겠다 기별하였던데."

유진은 가만히 사내의 모습을 한 애신을 보았다. 애신이 함께 가자고 했고 유진은 함께 떠나기로 마음먹었다. 이미 그 밤, 애신이 '함께 가자' 말한 그 순간부터 유진은 함께 가기로 결심했다. 다른 선택지는 없었다. 언제나 늘 애신이 유진의 선택이었다.

유진은 하얗게 쌓인 밀가루 위에 손가락을 움직였다. 유진의 움직임에 따라 테이블 위에 글씨가 남았다. 영문이었다. 'L', 'V', 'E' 글자에 애신이 영문을 모른 채 물끄러미 유진을 보았다.

"이게 내 답이오."

유진이 주머니에서 반지를 꺼내 'L'과 'V' 사이에 내려놓았다. 비로소 완성된 단어는 'LOVE(러브, 사랑)'였다.

"같이 갑시다, 일본으로. 내가 데려다주겠소."

모자 아래로 애신의 눈이 떨렸다.

"일본은 전쟁 중이고 조선인의 입국이 쉽지는 않을 거요."

유진은 '헤드리오'에서 만든 위조 여권을 꺼냈다. 애신이 유진이 내민 여권을 받아 펼쳤다. 알 수 없는 영어들 사이로 'Aeshin Choi(애신 초이)'라는 이름이 선명하게 박혀 있었다.

"애신, 초이……. 초이?"

"안전하게 일본에 입국할 수 있는 최선의 방법이오. 미국에 선 아내가 남편의 성을 따르오. 일본 입국 시 귀하의 이름은, 애신 초이요."

아내라는 말에 애신이 놀라 굳었다. 유진이 테이블 위의 반지를 끌어 애신의 약지에 조심스레 끼웠다. 반지를 끼워주는 손끝이 미세하게 떨리고 있었다.

"이 반지의 의미는, 이 여인은…… 사랑하는 나의 아내라는 표식이오. 서양에선 보통 남자가 한쪽 무릎을 꿇고 반지를 내 밀며 정중히 청혼을 하오. 나와…… 결혼해달라고."

평생을 함께하고 싶은 유진의 고백이었다.

"당신이 나를 꺾고, 나를 건너…… 제 나라 조선을 구하려 한다면, 나는 천 번이고 만 번이고 당신의 손에 꺾이겠구나…… 알 수 있었다고. 이리 독한 여인일 줄 처음 본 순간부터 알았고, 알면서도 좋았다고."

세상에 홀로 있던 자신에게 애신이 미소 지어서, 손을 내밀어서, 머나먼 바다까지도 함께 달려주어서, 버선발로 흙바닥을 뛰어 제게 와서, 유진은 좋았다.

애신은 유진의 깊고도 슬픈 눈 때문에 아팠다. 사랑하는 이 앞에서 유진은 무너져 내렸다. 그리고 무너지는 유진을 보며 애신의 가슴도 타들어갔다. 유진이 아픈 것을 원하는 게 아니었다. '러브' 하자고 처음 말한 것은 애신이었다. 힘들면 그만해도 된다는 유진에게 그만하는 건 언제든 할 수 있으니 오늘은 그만하지 말자고, 애신은 말했다.

그러나 후회야말로 유진에게 아픈 일일 것이다. 그래서 애신은 유진을 사랑한 일을 후회하지 않았다. 서로에게 총을 겨누고, 함께 나루터를 건너고, 어느덧 유진은 애신의 뒤에서 총을 바로 잡는 법을 알려주었다.

함께 있어 웃는 일들이 많았다. 그 행복들이 모진 고통의 순간들을 버틸 위안이었다. 눈물짓는 일도 많았으나 서로를 위해 흘리는 눈물은 모두 반짝거리는 것이었다. 그래서 괜찮았다. 아프지만 않았으면 좋을 텐데. 미안한 마음을 가지는 것조차 유진에게는 죄스러웠다. 그래서 애신은 아무런 말도 할 수 없었다.

"무릎은 꿇은 걸로 합시다. 미안해하지는 말고. 이건 내 선택이니."

아무 말도 하지 못하는 애신을 대신해 유진이 말하며 자리에서 일어났다.

유진이 떠나고 혼자 남은 후에야 애신의 눈에 참았던 눈물이 차올랐다. 애신은 반지 낀 손을 꼭 쥐었다. 반지의 단단함이 아프게 느껴졌다. 테이블 위의 'LOVE(사랑)'는 'LIVE(살다)'가 되어 있었다.

✦

주일 미 공사관으로 발령이 난 카일이 먼저 일본으로 떠났다. 관수와 도미가 눈물지으며 카일을 배웅했다. 곧바로 유진과도 헤어질 시간이었다. 유진은 정들었던 공사관 사람들과도, 자신이 수업하던 무관학교의 학도들과도 마지막 인사를 나눴다. 무엇보다 무관학교의 학도들이 걱정이었다. 일본의 침략이 본격화되고 있었다. 제일 먼저 타격을 입을 곳은 군軍이었다. 일본은 원수부를 장악하고, 무관학교를 폐지하려 들게 분명했다.

유진은 학도들에게 어떤 순간이 와도 지지 말라, 용기를 불어넣었다. 그들이 싸워야 했다. '사자 한 마리가 이끄는 양떼가 양 한 마리가 이끄는 사자 떼를 이긴다'는 아랍의 속담처럼, 일본은 학도들을 양떼라 깔보겠지만 그 순간에 학도들은 지휘관으로 나아가 사자가 되어야 했다. 역사를 이끄는 것은 용기였다. 자신이 사랑하는 여인이 그러한 것처럼 그들도 용기로 맞서 싸우길 유진은 바랐다. 그렇게 조선이, 애신이 살아남길 바랐다.

"좋은 인연도 아닌 분이 이런 으슥한 곳에서 보자시면 어쩝니까."

성곽 아래로 흐릿한 불빛을 내려다보던 유진 곁으로 동매가 휘적휘적 다가섰다. 유진은 챙겨온 맥주의 뚜껑을 따 동매에게 내밀었다.

"본국으로 돌아가게 됐소, 내일."

동매와도 작별할 때였다. 이상한 인연이었으나 떼어놓을 수 없는 인연이었다. 동매는 유진이 건넨 술을 한 모금 들이켰다. 듣던 중 반가운 소리라 답했으나 유진이 떠난다는 소식에 묘하게 기분이 가라앉았다.

"마침 지네 나라로 돌아간 일본 군인이 하나 있던데."

"그래서 가는 길에 약조를 지켜볼까 하고 있소."

사홍을 참 잔인한 이라 생각한 것은 이런 이유에서였다. 사홍은 동매도, 유진도 꿰뚫어 보았다. 동매는 깊어가는 조선의 밤 속에서 덤덤히 유진을 보았다.

"곧 동경에서 마츠리(축제)가 열립니다. 축제 내내 불꽃놀이를 하지요. 폭죽 터지는 소리가 대단합니다. 총성도 묻힐 만큼."

"날 응원하는 거요?"

"그런 지 좀 됐습니다."

유진의 가슴이 덜컹거렸다. 한 여인을 사랑해 맞서던 사내들은 어느새 그렇게 서로를 응원하고 있었다. 하늘에 별이 쏟아질 듯 빛났다. 깊은 밤에도 서로의 마음을 확인할 수 있는 건 별들 때문이었다.

✦

"이쪽이오."

북적이는 역 앞에서 군복 차림으로 트렁크를 들고 선 유진을 애신이 불렀다. 체구가 작은 양복의 사내들만을 눈에 담고 있던 유진은 돌아서며 놀라 눈을 크게 떴다. 양장 치마에 양혜를 신은 애신이 핸드백과 보스턴백을 든 채 서 있었다. 다소곳한 숙녀의 모습이었다.

"이상하오?"

유진의 멍한 시선에 애신이 어색함을 견디지 못하고 물었다. 유진은 낮게 한숨을 쉬었다. 눈앞의 여인이 너무 눈부셨다. 눈부셔서는 안 될 순간에, 아름다웠다.

"나는 조선을 다시 달려 나가는 중이고, 지금 이 순간이 내가 기억하는 마지막 조선이오. 내 마지막 조선이 이렇게 아름다우면 잊을 방도가 없는데."

반지를 낀 왼손을 꼭 쥐며 애신은 고개를 돌렸다. 고막을 울리는 기적 소리와 함께 기차가 도착해 있었다.

두 사람은 덜컹거리는 기차 안에 마주 앉아 항구로 향했다. 옆자리에는 각자의 가방이 놓였다. 창밖의 풍경이 빠르게 지나는 동안에도 아무도 선뜻 말을 꺼내지 못했다. 약지에 끼워진 반지만 만지작거리고 있던 애신이 문득 유진의 손을 보았다. 유진의 손가락은 비어 있었다. 애신이 유진을 향해 가만히 손을 내밀었다.

"이 지환이 어떻게 누군가의 아내란 표식이 되는 걸까 생각해보았소. 남편 되는 이도 똑같은 반지를 끼고 있겠구나……."

슬픈 깨달음을 전하는 애신에 유진은 제 품에서 자신의 반지를 꺼내 애신의 손바닥 위에 놓았다.

물끄러미 반지를 보던 애신은 정혼을 깨더라도 유진에게는 갈 수 없을 거라던 사홍의 말이 떠올라 눈물이 핑 돌았다. 애신은 촉촉해진 눈으로 손바닥 위의 반지를 집었다. 저를 잡아주던 따스한 유진의 손에 애신은 반지를 끼웠다. 반지가, 애신의 눈물이 가슴 아파 유진의 시선이 멎었다. 애신은 유진의 반지 낀 손을 꼭 잡았다. 유진의 심장이 아프게 뛰었다.

"……사랑하오. 사랑하고 있었소……."

애신의 고백이었다. 미안하다는 말도, 고맙다는 말도 전부 나중이었다. 사랑했다. 슬픈 운명 속에서도 사랑했고, 거짓이어도 이리 연을 맺게 되어 기뻤다. 애신의 고백에 유진의 눈가가 젖어들었다. 기차는 덜컹거리며 이별로, 먼 바다로, 알지 못할 운명으로 향하고 있었다.

일본 시모노세키 항구에 도착한 유진과 애신은 서로의 보스턴백을 바꿔 들었다. 입국 심사를 기다리는 줄이 길었다. 차례가 다가올수록 긴장감이 두 사람을 죄어왔다. 마침내 두 사람의 차례였다. 신분을 확인하는 항구 직원이 날카롭게 애신과 애신의 여권을 대조했다.

"진짜 미국인이야?"

"내 이름은 애신 초이요. 나는 저 사람의 아내요."

"영어를 하네. 딱 봐도 조선 연놈들인데 어떻게 미국 여권을 가지고 있는 거야."

직원이 신경질적으로 애신의 가방을 낚아채 뒤졌다. 가방 속에서 성경책과 노리개가 나왔다. 피 묻은 성경책은 요셉의 것이었고, 노리개는 어머니의 유품과 같은 것이었다. 어떻게든 트집을 잡으려는 직원 앞으로 유진이 나섰다.

"나는 미 해병대 대위 유진 초이다. 일본을 거쳐 본국으로 가는 길이야. 무슨 문제가 있거든 주일 미 공사관으로 기별해. 그리고 내 아내에게 친절히 대해. 손목을 부러뜨리기 전에."

유진의 위협에 직원들이 얼른 물러서며 가방을 애신에게 돌려주었다. 애신은 굳은 얼굴로 가방을 받았다. 유진이 애신의 손을 잡고 항구를 빠져나왔다.

손을 꼭 잡은 채로 두 사람은 거리로 들어섰다. 한성과 비슷하면서도 전혀 다른 풍경의 거리가 두 사람 앞에 펼쳐졌다. 애신이 걸음을 천천히 멈췄다. 유진의 걸음도 멎었다. 그다음은 손이었다. 애신이 잡고 있던 손을 놓았다.

"여기서 헤어집시다."

가슴이 뚫린 듯 허전했다. 애신의 애달픈 미소가 유진을 텅 비게 만들었다. 애신이 들고 있던 가방을 건넸다. 가방이 제 주인을 찾아갔다.

"여기까지, 정말 고마웠소. ……난 이쪽인 듯하오. 그럼 가 보겠소."

애신은 끝에 끝까지 유진의 얼굴을 눈에 담았다. 아쉬웠고, 벌써 그리운 얼굴이었다. 돌아서는 애신의 팔을 유진이 붙잡았다.

"정말 나랑 같이 미국에 갈 마음은, 없는 거요?"

미련한 질문인 걸 알면서도 유진은 애신을 이대로 보낼 수 없었다. 보내고 싶지 않았다. 어떻게든 이 여인을 붙잡고 싶고, 지켜주고 싶었다.

"그렇게 나만, 나 혼자만 살아남았으면 좋겠소?"

"난 그랬으면 좋겠소. 다른 사람들이 다 무슨 상관이야. 어차피 조선은 일본을 이길 수 없소. 대체 왜 질 싸움에 목숨을 걸어! 갑시다, 나랑 같이. 미국으로. 나 진짜 이렇게 못 보내겠는데."

참고 참았던 유진의 진심이 터져 나왔다. 유진은 늘 옳은 길로 걷는 이였지만, 그렇다고 성인군자가 되고자 했던 것도 아니었다. 사랑하는 연인을 불행으로, 죽음으로, 대의라는 이름 아래 떠밀 수 있는 이가 아니었다. 그저 사랑하고 싶었다. 사랑하는 이와 오래 살고 싶은 한 사람이었다.

"여기선 방법이 많을 거요. 내가 꼭 찾겠소."

그런 유진의 마음이 애신을 아프게 흔들었다. 저도 다르지 않았던 마음, 여러 번 삼키고 삭였던 그 마음을 결국 애신도 토해냈다.

"내가 그 생각을 안 해봤을 것 같소? 가보지도 못한 미국의 거리를 매일 걸었소, 귀하와 함께. 나란히. 그곳에서 공부도 했고 얼룩말도 봤소. 귀하와 함께 잠들었고, 자주 웃었소. 그렇게 백 번도 더 떠나봤는데, 그 백 번을 난 다 다시 돌아왔소. 우리의 인연은 여기까지요. 나는 떠나는 중이지만…… 귀하는 돌아가는 중이니까. 조국, 미국으로. 부디 잘 가시오."

울먹이는 애신의 목소리는 한마디 대꾸도 할 수 없이 처연했고, 아파서 더 강했다. 애신이 먼저 잡은 손을 놓으며 돌아섰다. 어려운 걸음이었다. 그 걸음을 지켜보는 이보다 떼는 이가 더 고통스러울 것 같아 유진은 더는 애신을 잡지 못했다.

흐린 하늘에서 부슬부슬 비가 내리기 시작했다. 비도, 지나는 이들의 시선도 모두 애신을 할퀴어댔다. 그칠 줄 모르는 울음을 애써 비에 숨기며 애신은 걸어 나갔다.

금세 어두워진 하늘에서 내리는 빗줄기가 점점 굵어졌다. 애신은 가방을 짊어진 채 우산도 없이 손에 들린 주소 하나에만 의지해 길을 찾았다. 유진이 어여쁘다 했던 양장이 비에 축축하게 젖어 들어갔다.

어둑한 골목을 지날 때였다. 애신은 뒤편에서 수상한 기운을 느꼈다. 건달들이 애신의 앞을 가로막았다. 건달들은 애신의 가방을 노리며 시비를 걸었다. 애신은 빠르게 시야를 넓혀 주변에 무기가 될 만한 것들을 찾았다. 한편에 마대 자루가 보였다. 건달 중 하나를 가방으로 밀치고 애신이 마대 자루를 향해 달렸다.

그러나 애신이 손을 쓰기도 전에 건달들은 둔탁한 소리를 내며 쓰러졌다. 얼굴이 보이지 않는 사내가 접힌 우산으로 급소를 찌를 때마다 하나둘 건달들이 쓰러졌다. 예사 솜씨가 아니었다. 불리하다고 판단한 건달들이 우르르 달아났다. 애신은 긴장한 채 사내의 뒷모습을 보았다.

건달들이 사라지자 사내가 돌아서 천천히 애신에게 다가왔다. 애신은 긴장을 늦추지 않은 채 사내를 보았다. 다가선 사내는 조용히 애신의 머리 위에 우산을 씌워주었다. 그에게 애신을 해하려는 의도는 없어 보였으나 누구도 믿을 수 없는 일본 거리였다.

"도움은 고마우나 비키시오."

"이리 컸구나. 반갑다, 애신아."

잔뜩 경계하는 애신을 향한 목소리가 부드러웠다. 동시에 감격에 젖어 떨리고 있었다.

"네 아비의 친우이며, 네 어미의 사촌 오래비다. 송영이라 한다."

송영의 눈가가 어느덧 붉어져 있었다. 애신을 품에 안고 사홍의 집 대문을 두드리던 날에도 이렇게 비가 왔다. 그제야 애신은 스치듯 사진으로 보았던 송영을 떠올렸다. 역시나 사진으로만 보았던 부모를 만난 듯 반가웠고, 애틋했다. 송영과 마주한 애신의 눈에도 어느덧 눈물이 고였다.

일본의 거리는 축제로 떠들썩했다. 동매가 말했던 축제였다. 벚꽃이 거리마다 피었고 화려한 복색을 한 인파로 거리가 꽉 찼다. 우울해져만 가는 조선의 거리와는 다르게 생기가 넘쳤다. 누군가의 피와 눈물로 채워진 거리나 다름없었다. 그 가운데 임명장을 받으러 일본으로 돌아와 가족들과의 한때를 보내고 있는 타카시도 있었다. 만면에 웃음지으며 의기양양

한 타카시의 곁을 군인들 몇 명이 지켜 섰다.

유진은 맞은편 건물의 지붕 위에서 웃고 있는 타카시의 얼굴을 조준경에 담았다. 지나는 인파를 피해 타카시를 정조준한 채 유진이 방아쇠를 당기려던 그때였다. 타카시의 시선이 자신을 조준하고 있는 총에 닿았다.

사색이 된 타카시가 품에 안았던 아들을 옆의 군인에게 넘겼다. 목숨 걸고 지켜야 할 자신의 핏줄이었다. 타카시는 부인의 뒷목을 끌어당겨 제 방패로 삼고는 어서 걸으라 소리쳤다. 갑작스러운 타카시의 겁박에 부인이 비명을 내질렀으나 타카시는 아랑곳하지 않고 부인을 질질 끌었다.

부인이 인질이 된 탓에 유진은 섣불리 총을 쏘지 못하고 조준경 안에서 타카시의 움직임을 뒤쫓았다. 타카시가 도망치며 지붕 쪽을 가리켰다.

"11시 방향 지붕 위에 총 든 놈 잡아! 쫓아!"

일군들이 타카시의 명대로 우르르 움직였다. 유진은 차가운 얼굴로 총을 접고 타카시의 뒤를 쫓았다.

인파를 헤치며 타카시가 달렸다. 유진이 끈질기게 타카시를 뒤쫓고 있었다. 발이 느린 아내를 내팽개치고 타카시는 골목 안으로 숨어들었다. 유진이 더는 보이지 않자 타카시가 골목에서 숨을 골랐다. 타카시의 뒤로 일군 두 명이 뒤따랐다. 타카시가 신경질적으로 자신을 보호해줄 나머지 일군들을 찾았으나 그들은 아직 뒤쫓지 못한 상태였다.

그때 총알이 날아들었다. 타카시를 쫓아온 일군 두 명이 차례로 쓰러졌다. 울려 퍼진 총성은 시끌벅적한 거리의 소음에 묻혀 금세 사라졌다. 타카시는 정신없이 총을 빼들고 아무렇게나 겨누었다. 총알이 어디서 날아왔는지조차 파악할 수 없었다. 자신도 총을 맞을지 모른다는 위기감에 식은땀이 흘렀다.

"탕!"

또 한 번의 총성이 울렸다. 총알은 타카시의 어깨를 관통했다. 타카시가 들고 있던 총이 떨어졌다. 다음 총알은 타카시의 다리에 박혔다. 타카시가 고통에 신음하며 바닥에 무릎을 꿇었다. 바닥을 짚은 채 겨우 몸을 세우고 있는 타카시 앞으로 유진이 다가왔다.

"너, 너…… 이 새끼! 역시 너였어! 진작 죽였어야 했는데!"

고통과 분노로 타카시의 얼굴이 일그러졌다. 유진은 무감하게 타카시를 내려다보았다.

"내가 얘기했잖아. 마음먹었다고."

"결국 넌…… 조선인으로 온 거네?"

비열한 표정으로 타카시가 부들거렸다.

"틀렸어. 난 그저 총알이 많이 남은 미국인일 뿐이야."

가볍게 대답한 유진이 총을 들어 타카시의 머리를 향해 방아쇠를 당겼다. 이마 정중앙이 뚫린 타카시가 뒤로 넘어갔다. 흘러내린 피가 그의 몸을 적셨다. 마치 그가 저질렀던 악행들과 같이 검붉은 피였다. 타카시는 자신이 그렇게나 경멸하며 쏴 죽이던, '패배한 일군'이 되었다. 유진은 타카시 쪽으로 시선조차 주지 않았다. 이 죽음의 의미는 사홍의 뜻과 애신을 지켰다는 데 있을 뿐이었다. 희미하게 울린 총성에 겨우 쫓아온 일군들이 골목으로 향하고 있었다. 유진은 반대쪽 거리를 향해 달렸다.

결혼사진

지난하고도 험난한 밤이 지났다. 무신회 수장이 잡아들인 정문을 희롱하며 술판을 벌였던 밤, 송영과 애신은 직접 그 장소에 침투했다. 쉴 틈 없이 총성이 울렸고, 작전은 성공했다. 몸이 많이 상했으나 정문은 무사히 무신회에서 벗어날 수 있었다.

날이 밝아 송영은 상해로 떠날 채비를 했다. 애신이 가져온 예치증서를 정문에게 전하고, 상해로 가는 배에 함께 무사히 올라야만 했다. 잠시 잠깐 만난 외숙부와의 헤어짐에 애신은 서글퍼졌다. 일본으로 돌아온 고가 의병들에게 내어준 국숫집에서 두 사람은 마주 보고 앉았다.

"훌륭히 자라주어 고맙다. 네 어미에게 진 빚도 조금은 덜어낸 거 같고."

"늦은 인사지만…… 저를 지켜주셔서 정말 감사드립니다."

"네 부모는, 상완이와 희진이는, 다시 태어나도 서로를 알아볼 것이다. 둘은 또 그리 사랑에 빠질 것이고, 먼 후일 부강해진 조선에서 이번에 다하지 못한 생을 여한 없이 함께 살아갈 것이다."

사진으로만 만난 부모가 애틋했고, 부모가 남겨준 인연이 고마웠다. 애신의 눈가가 뜨거워졌다.

"예. 부디 무사히 도착하시길 빕니다."

"너도 그래야 한다. 네 부모가 살린 목숨이다, 우린. 쉬이 죽지 말자."

이 기약 없는 이별 속에서 다시 만나리라는 희망을 품기 위해서는 그저 잘 지내라는 인사가 아닌, 쉬이 죽지 말자는 당부가 필요했다. 뜨거워진 애신의 눈가에서 결국 눈물 한 방울이 떨어졌다. 송영은 안타까운 발걸음을 내디뎠다.

송영과 헤어진 애신은 잠시 거리를 헤매다 사진관 앞에 멈춰 섰다.

동경촬영국東京撮影局.

상완과 희진의 결혼사진 뒤에 흐리게 남은 그 사진관의 이름이었다. 흔적이라고는 사진 한 장뿐인 부모였다. 일본에 다시 올 일은 아마 없을 터이니 마지막으로 찾아보는 부모의 추억이었다. 가슴 한편이 따끔거렸다. 본 적 없어도, 늘 보고 싶은 부모였다.

그때 사진관 문이 열리며 유진이 걸어 나왔다. 아련히 서 있던 애신의 눈이 떨렸다. 유진도 놀란 채였다. 애신은 퍼뜩 자신의 왼손을 허리 뒤로 감추며 유진에게 물었다.

"어떻게 여기……."

"우연에 기대보다가 당시의 사진관은 여기 한 곳이라."

"너무 놀라서. 떠난 줄 알아서."

애신이 더듬거렸다. 헤어져도 자꾸 다시 만나게 되는 것은 자신의 미련 때문인지. 결국에는 또 헤어져야 해서 애신은 반갑기도 전에 아팠다.

"두 시간 후에 떠나는 배요. 하마터면 못 볼 뻔했소. 꼭 뭐 나쁜 짓 하다 들킨 거 같은 이 얼굴 말이오."

빠르게 다가선 유진은 애신이 허리 뒤에 감춘 손을 당겼다. 왼손 약지에 반지가 가지런히 끼워져 있었다.

"어디 둬야 할지 모르겠어서……."

"거기 두라고 준 거요."

헤어지자 하였는데 아내 되는 사람의 표식을 간직하고 있는 자신이 우스워 애신이 변명했다. 그러나 유진은 생각지 못했던 애신의 마음이 기꺼웠다. 애신의 네 번째 손가락에 끼워져 있는 자신과 같은 모양의 반지를 생각하면, 성급한 그리움을 조금은 참아볼 수도 있을 것 같았다. 유진이 애신을 사진관으로 이끌었다. 문에 매달린 종이 흔들리며 소리를 냈다.

볼일을 보고 있던 사진사가 유진을 보고 의아한 듯 물었다.

"사진기 말고 더 주문할 게 있으십니까? 아, 기다리시던 분이 오셨군요."

"다행이요. 사진을 찍고 싶은데 가능합니까."

"그럼요. 이리 오십시오. 한데 두 분은 어찌 되십니까."

"부부요."

애신은 듣지 못할 대화였으나 유진은 잠시라도 뿌듯해 웃었다. 유진이 애신을 데려와 의자에 앉혔다.

"뭘 하는 거요."

"웃으시오."

멍한 채 애신은 유진을 보고 있었다. 느껴지는 시선에 유진이 피식 미소 지었다.

"나보고 말고. 앞에 보고."

그 말에 애신이 앞을 보았다. 사진사가 사진을 찍겠다며 숫자를 세었다. 애신과 유진이 그림같이 미소 지었다. 나란히 있어 미소 짓는 일이 어렵지 않았다. 가지런히 모은 손에 각자의 반지가 반짝였다. 커다란 빛이 두 사람 앞에 터졌다. 사진 속 두 사람은 완벽하게 부부였다. 상완과 희진이 그러했듯 사진 속에서만은 영원히 함께할 수 있었다.

파도가 철썩이는 모래사장을 히나는 조용히 걸었다. 평생에 걸쳐 찾아 헤매던 어미를 만나고 오는 길이었다. 강릉 교우촌의 수녀에게 어린 시절 어미와 찍은 사진 한 장을 내밀며 자신을 '이양화'로 소개했다. 히나를 맞은 건 어미의 무덤이었다. 한참을 늦은 걸음이었다. 비석에 쓰인 엄마의 이름 앞에서 히나는 버석해진 울음을 삼켰다.

천천히 걸음을 내딛는 히나의 뒤로 따르는 그림자가 있었다. 저벅저벅 성의 없이 쫓아오는 발걸음 소리가 익숙했다. 히나는 뒤도 돌아보지 않고 물었다.

"요새는 내 뒤도 밟아?"

"지금 막 앞지르려던 참이었어."

뻔뻔하게 구는 동매가 기가 막혀 히나는 헛웃음을 터뜨렸다. 그 웃음이 아련했다. 히나의 앞에선 동매의 검은 머리카락이 눈 사이로 휘날렸다. 너무 오래, 자주 울음을 삼켰기 때문에, 방금 전에도 또 한 번 울음을 삼켜냈기 때문에 히나의 눈가가 축축했다. 금방이라도 두 사람을 적실 듯 들이쳤던 파도는 두 사람의 발까지는 닿지 못하고 물러났다. 눈앞의 히나가 오늘따라 유독 작아 보였다.

"뒤에 있는 게 싫으면 내가 앞서 가?"

백정으로 살다 도망쳐 거리를 전전했고, 이후의 삶을 무신회의 낭인으로 살았다. 칼로 누군가를 베는 법은 알았어도 따듯하게 마음을 건네고 위로하는 일에 익숙할 리 없었다. 그렇지만 동매는 히나를 달래주고 싶었다. 함께 술잔을 기울이던 어느 밤이 있었고, 동매가 아는 한 히나는 자신의 쓸쓸함을 가장 잘 이해해주는 이였다. 어떤 일을 벌여도 아무런 미움 없이 그저 '구동매'로 보아주는 히나였다. 그래서 동매도 히나를 보이는 대로 보았다. 똑똑하고 잔인하지만, 마음 약하고 어여쁜 여인. '쿠도 히나'든 '이양화'든 동매에게는 상관없었다.

"업어줄까? 이양화?"

동매의 물음에 히나의 눈에서 참아왔던 눈물이 왈칵 터져 나왔다. 제 어미 말고는 누구도 불러주지 않았던 이름이었다.

"나 이제 고아야."

히나가 주저앉으며 눈물을 쏟았다. 슬픔이 넘실댔다. 늘 강인하던 히나의 모습에서는 상상할 수 없었던 연약함이었다. 아끼는 이의 슬픔에 동매는 가슴이 저릿해졌다.

"난 옛날부터 고아야."

무릎을 굽혀 히나와 시선을 맞추며 동매가 위로했다. 세상에 고아가 하나가 아니라 둘이라는 것이 위로가 될 수 있다면 좋겠다는 마음으로. 동매의 서툴고 투박한 위로에도 히나는 무너졌다. 묶어두었던 서러움이 터져 나왔다. 조금 전 엄마를 잃은 아이처럼 히나가 목 놓아 엄마를 불렀다.

"······엄마······. 엄마······."

히나의 모습에 동매는 제 어미를 잃은 것마냥 가슴이 저렸다. 히나의 삶을 알고 있다. 큰돈을 들여 어미를 찾는 일, 그 하나로 버티고 있었다는 것도 동매는 알았다. 그래서 그 삶이 가엾기도 하고 제 인생마냥 서글프기도 했다. 동매가 낮게, 하지만 다정하게 위로를 건넸다.

"그래. 그렇게 실컷 울고 내일부터는 다른 꿈을 꿔. 이양화로도, 쿠도 히나로도 살지 말고. 가방엔 총 대신 분을 넣고, 방엔 펜싱 칼 대신 화사한 그림을 걸고. 착한 사내를 만나. 때마다 그대 닮은 예쁜 옷이나 지어 입으면서. 울지도 말고 물지도 말고. 그렇게 평범하게 사는 꿈을 꿔."

다정하고도 슬픈 목소리가 우는 히나를 달랬다. 커다란 눈에서 눈물을 뚝뚝 흘리던 히나가 시선을 들어 동매를 보았다. 그것은 마치 동매의 꿈인 것 같기도 했다. 평범하게 사는 꿈.

"……근데 너 왜 꼭 죽을 것처럼 얘기해?"

"난 착한 사내가 아니고 나쁜 사내니까. 나쁜 놈은 원래 빨리 죽어. 그래야 착한 사람들이 오래 살거든."

쓸쓸하게 중얼거리는 동매에 히나는 천천히 자리에서 일어섰다. 동매도 히나를 따라 일어섰다. 가만히 동매를 보던 히나가 일순간 동매를 붙잡으며 껴안았다.

갑작스러웠다. 동매가 놀라 히나를 끌어안지도, 밀치지도 못한 채 엉거주춤하게 서 있었다. 맞닿은 온기는 생경했으나 따스했다.

"나보다 먼저 죽지 마. 내가 너보다 더 나쁠게. 그러니까 나보다 먼저 죽지 마, 너는."

혼자는 너무 외로우니까. 그것이 얼마나 외로운지 잘 아니까. 히나는 더는 혼자 남겨지고 싶지 않았다. 어울리지 않는 어리광이었으나 히나의 마음을 모르지 않았다. 서로가 약해지는 순간에 서로가 있다는 것이 꽤 위안이 되었으니까.

동매는 조선에 들어와 히나를 처음 만나던 때를 떠올렸다. 차가워 보이던 빈관 사장과 거래하던 때가 너무나 멀게 느껴졌다. 이렇게나 따스하고 작은 품이었다. 동매는 불안한 듯 제 옷자락을 꽉 쥔 채 울먹이는 히나의 등을 토닥였다.

빈관의 뒷마당으로 들어서던 동매는 헛웃음을 지었다. 뒷마당에선 히나가 펜싱 연습에 한창이었다. 눈물짓던 모습은 온데간데없이, 히나의 칼끝은 날렵하고 날카로웠다. 동매는 뒷마당 한편에 느슨하게 걸터앉았다. 동매를 발견한 히나가 칼을 내리며 쓰고 있던 마스크를 벗었다.

"그딴 건 걸어두지도 말라니까 손에 들고 휘두르고 있으면 어떡해."

땀에 젖은 머리카락을 정리하는 히나를 보며 동매가 핀잔을 주었다.

"어디서 오는 길이야?"

"그건 왜."

제물포에서 오는 길이었다. 새벽녘의 한산한 기찻길에서 동매는 예전처럼 애신을 기다렸다. 이번엔 나타나기를, 제발 나타나기를 바랐는데 애신은 결국 오지 않았다. 붉은 일출이 제물포역을 물들이고, 해가 정수리 위에 떠오를 때까지도 오지 않았다. 제발 나타나지 않길 간절히 바랄 때에는 오더니. 동매의 마음은 끝끝내 몰라주는 애신이었다. 입안이 썼다. 애신은 결국 의병들과 함께 무신회의 본거지인 일본으로 정문을 구하러 간 모양이었다.

무심한 얼굴로 되묻는 동매에 히나는 태연을 가장했다.

"집에서 오는 길인가 해서. 그대의 그 조용한 계집은, 잘 있어?"

"오늘은 안 묻던 걸 자꾸 묻네?"

"그 계집이랑은 어떻게 같이 살게 된 거야?"

"이건 어디다 파는 정본가?"

"글쎄……. 그대가 사려나?"

동매의 눈이 날카로워졌다. 호타루와 관련해 무언가가 있는 것이 분명했다.

"후쿠오카였나. 조선에 오기 전에 밑에 있던 놈이 배신을 해서 쫓기고 있었어. 인적 드문 무당 집으로 숨어들었는데 거기 계집이 하나 잡혀 있더라고. 보자마자 알았어. 짐승만도 못하게 살고 있구나."

어리고 상처 입은 짐승과 같은 꼴이었다. 말도 하지 못하는 이라는 걸 알았을 때, 동매는 호타루가 무당 집 주인에게 가지고 있을 분노를 모두 읽었다. 동매도 한때 아무것도 하지 못하던 상처 입은 짐승이었다. 그래서 무당 집 주인을 죽이고, 호타루를 거두었다. 동매에게 가마 속 애신이 새로 얻게 된 삶이었듯, 호타루에게 동매는 구원이었다.

가만히 이야기를 듣고 있는 히나의 표정에는 별다른 변화가 없었다.

"자, 이제 나한테 제대로 팔아봐. 갑자기 호타루는 왜 물어. 뭔데."

히나의 표정이 묘해졌다.

"그 계집이 구동매를 위해 어디까지 할 수 있을까 해서. 일본에 전보를 보냈더라고. 너의 오야붕 앞으로. 그 조용한 계집이."

동매가 자리를 박차고 일어섰다. 뒷마당을 나서는 동매를 지켜보는 히나의 얼굴에 불안이 어렸다.

동매는 호타루의 목에 칼을 겨눈 채 분노에 차 부들부들 떨었다. 호타루가 무신회의 수장에게 애신의 정체를 밝히는 전보를 보냈다. 무릎을 꿇은 채 호타루는 꺽꺽거리며 잘 나오지 않는 울음소리를 냈다.

호타루가 애신의 정체를 알게 된 것이 문제였다. 아니, 처음부터 동매가 제 인생보다 애신을 소중히 여긴 것이 문제라고 호타루는 생각했다.

'당신 살리려고 그랬어. 그년은 일본에서 죽어야 해. 그래야 당신이 살아. 더는 그년 때문에 오야붕의 눈 밖에 나면 안 돼. 그년이 살아 돌아오면 내가 죽일 거야. 나 여한 없어. 내 손으로 그년 죽이고, 나 당신 손에 죽을 거야.'

호타루가 미친 사람처럼 선장본 위에 빠르게 붓을 놀렸다. 동매는 북받치는 화를 참지 못했다. 옆에 있던 장을 칼로 확 내리그었다. 단번에 장이 부서지며 사방으로 파편이 튀었다. 튀어나온 파편에 호타루의 한쪽 뺨이 긁혔다.

"이제 떠나야겠다, 너는. 더는 너 못 거두겠어."

동매의 목소리가 얼음장처럼 차가웠다. 호타루를 제 동생처럼 아꼈다. 동매에게는 동생과 마찬가지였다. 처음 본 그 순간, 자신과 같이 어린 짐승의 꼴을 하고 있었으니까. 그러나 애신에게 위협이 된다면 더는 아니었다. 그것은 자신을 위협하는 것과 마찬가지였다. 차라리 자신의 목에 칼을 들이댔다면 이리 분노하지는 않았을 것이다. 동매가 옆에 선 유죠에게 명령했다.

"나 돌아오기 전에 얘 내보내. 진심이야."

단호하게 명령한 동매가 휘적휘적 방을 나섰다. 심상치 않은 동매의 기운에 유죠가 동매를 붙잡았다.

"어디 가시게요."

"일본."

"오야붕!"

유조가 놀라 큰 소리로 동매를 불렀다. 호타루도 충격에 빠져 동매를 보았다.

"내가 달이 지나도 안 돌아오거든, 다들 떠나. 각자 챙길 거 챙겨가고."

"지금 그깟 계집 하나 때문에 우리를 다 버리겠단 말씀입니까!"

유죠를 보는 동매의 눈이 서늘해져 있었다.

"넌 알 거 아냐. 그 여인이 나한테 그깟 계집이더냐."

여인 그 이상이었다. 동매를 살린 이도, 계속 살아갈 이유를 주는 이도 애신이었다.

"못 떠납니다. 정 가시겠다면 같이 가겠습니다, 오야붕. 지금 본국에 가시면 죽습니다!"

"그래서 내가 니들 버렸잖아, 방금. 난 이미 세상 모두가 적이야. 백번을 돌아서도 이 길 하나고. 그러니 가야겠다, 일본."

바닥에 엎어져 있던 호타루가 일어서 문 앞을 가로막았다. 입술을 꽉 깨문 채 고개를 가로젓는 호타루를 동매는 지나치지도 않았다. 동매는 그대로 뒤돌아 테라스에서 뛰어내렸다. 말릴 틈도 없었다. 유죠가 테라스로 달려가 동매를 불렀다. 호타루는 그 자리에 주저앉았다. 동매를 살리려던 마음이 동매를 죽음으로 내몰고 있었다.

✦

사진관을 나온 애신과 유진은 항구로 향했다. 늦은 밤이었음에도 떠나는 이들과 배웅하러 나온 이들로 항구는 북적거렸다. 커다란 뉴욕행 선박 앞에서 영어로 쓰인 팻말을 들고 직원이 어서 승선하라 소리쳤다. 곧 출발 시간이었고, 마지막 승선 안내였다.

"저 배가 뉴욕으로 가는 배요. 못 본 척하기엔 눈치 없이 참 크지 않소?"

애신의 고개가 느릿하게 움직였다.

"두 뼘 반의 먼 거리여도 한 번쯤 와보지 않겠소? 수평선 너머로도 이어진 바다를 건너서. 나를 보러."

"조선이 평온해지는 날, 꼭 가겠소."

그런 날이 꼭 오기를 간절히 두 사람은 바랐다. 바닷가에서 불어오는 바람에 짠 내가 섞여 있었다. 울려대는 뱃고동 소리가 구슬펐다. 애신은 눈물을 참으며 손을 흔들었다.

"내가 먼저 가는 게 좋겠소. 안녕히…… 가시오……."

돌아선 애신은 방향도 없이 걸었다. 눈물로 얼굴도 마음도 얼룩졌다. 뉴욕으로 떠나는 배가 서서히 움직였다. 유진이 제게서 멀어져 넓은 바다로 떠나고 있었다. 자신도 유진에게서 멀어져야 했다.

정처 없이 걸어 나가던 애신을 멈춘 것은 무신회의 낭인 무리였다. 골목에서 나온 무리가 애신을 발견하고는 소리쳤다.

"저 계집이다, 잡아!"

소리가 나기 무섭게 애신은 달리기 시작했다. 총도 무엇도 가지고 있지 않았다. 그저 도망쳐 달리고 또 달리는 것 외에 할 수 있는 일이 없었다. 어떻게 무신회가 애신의 정체를 알게 된 것인지 의문을 가질 새도 없이 상황은 급박했다.

항구의 골목마다 낭인 무리가 깔려 있었다. 어디로 달려도 낭인들을 맞닥뜨렸다. 계속해서 달려도 항구의 주변을 벗어나지 못해 애신은 속이 타들어갔다. 이렇게 허무하게 잡힐 수는 없었다.

어떻게든 빠져나가려 애신이 이를 악물고 대로변을 달릴 때였다. 맞은편에서 유진이 총을 들고 달려왔다. 배는 이미 떠난 후였다. 애신은 숨이 멎을 듯 놀라 유진을 향해 달렸다. 유진이 애신에게로 달려오며 애신의 뒤를 쫓는 낭인들을 하나씩 쓰러뜨렸다.

커다란 폭음을 내며 허공에서 불꽃이 터지기 시작했다. 불꽃이 밤하늘을 수놓았다. 불꽃과 같이 뜨겁고 빠르게 두 사람은 달리고 있었다.

잠시나마 낭인들을 따돌린 두 사람이 골목에 숨어 숨을 골랐다. 밤하늘의 불꽃과도 멀어진 상태였다. 가쁜 호흡을 내쉬며 애신이 다급히 물었다.

　"왜 아직 여기 있는 거요. 배를 안 탄 거요?"

　"낭인들을 보았고, 정신을 차려보니 이미 달리고 있었소. 불꽃 속으로. 덕분에 불꽃놀이를 보았지."

　"이리 무모한 자를 봤나."

　자신을 향해 웃는 유진에 애신은 탄식했다.

　"틀린 말은 아니오. 실탄이 한 발 남았소."

　"지금이라도 가시오. 내 일이니 내가 해결하겠소."

　"같이 합시다. 한 발을 잘 쓰면 되오. 갑시다."

　유진이 애신의 손을 잡고 다시 달리기 시작했다. 두 사람을 발견한 낭인들이 다시금 쫓아왔다.

　유진이 애신을 이끌고 달려간 곳은 동경 주재 미국 공사관이었다. 저 멀리 건물 위 지붕에 성조기가 펄럭이는 것이 보였다. 밤중이라 건물 내부의 불이 대부분 꺼져 있었다. 유진은 마지막 한 발의 총알을 공사관 건물로 향해 쏘았다. 뒤쫓아 오는 낭인들의 기세가 맹렬했다.

　창문이 요란한 소리를 내며 깨졌다. 동시에 공사관 건물에 불이 켜졌다. 무장한 미군들이 우르르 달려 나와 유진과 애신을 향해 총을 겨누었다. 두 사람은 멈추지 않고 총을 겨눈 미군에게로 갔다.

"멈춰! 더 오면 발포한다!"

건물 밖으로 나선 미군 장교가 소리쳤다. 정문 바로 앞에 유진은 애신과 함께 무릎을 꿇은 채 손을 머리 위로 올렸다.

"쏘지 마시오. 미 해병대 대위 유진 초이요. 이 여인은 내 아내요."

이마 아래로 땀이 흘러내렸다. 거친 숨을 몰아쉬며 유진이 수십의 총구 앞에 선언했다.

"미군 대위? 당신이?"

"카일 무어 소령이 증명해줄 거요. 조선에 함께 있었소."

장교가 빠르게 카일 소령을 모셔오라 부하에게 전했다.

마침 뒤를 쫓던 낭인들이 유진과 애신에게 달려들었다. 달려드는 낭인들의 위협적인 기세에 미군이 방아쇠를 당겼다. 낭인 하나가 총에 맞아 꼬꾸라지자 뒤쫓던 낭인들이 괴성을 질러대며 더욱 거세게 달려들었다. 복부에 낭인의 칼을 맞은 미군이 쓰러졌다. 미군들이 총을 휘둘렀다. 낭인 여럿이 총에 맞아 쓰러졌다. 안 되겠다고 판단한 무리의 우두머리가 낭인들을 물렸다. 무릎 꿇은 채 있는 애신을 노려보며 낭인들이 공사관 건물 앞에서 사라졌다.

"유진?"

난리 중에 불려 나온 카일이 유진을 알아보았다. 카일의 부름에 유진은 그제야 겨우 안도했다.

아
침
이
별

　미군이 미국 공사관에 총을 쏜 것인 말이 되냐며 미 공사
가 길길이 날뛰었으나 유진의 뒤에는 카일이 있었다. 카일이
유진의 신원과 함께 애신과 유진의 혼인 관계를 보증했다. 미
군과 미군의 아내라면 미국이 보호하는 것이 맞다는 카일의
주장을 이기기 어려워, 미 공사는 유진과 애신을 내쫓는 대신
해가 뜰 때까지 미 공사관에 가둬두기로 했다.
　"원망해도 되는데."
　어둑한 공사관 창고에 갇힌 채, 유진과 애신은 벽에 등을
기대고 앉아 있었다. 작은 창으로 스며드는 푸르스름한 달빛
만이 유일한 빛이었다. 무릎을 그러모으며 애신은 자책했다.
　"다 나 때문이오. 미안하오."
　"이미 일어난 일은 일어나게 둡시다. 지금은 누굴 원망할

때가 아니라 눈을 좀 붙일 때요. 내일 또 어떤 일이 일어날지 모르니."

"늘 어찌 이렇게 침착할 수 있소."

"속은 거요. 가슴이 엄청 뛰는데, 지금. 이리 바짝 붙어 앉을 줄 몰라서."

이러한 순간에도 애신을 웃게 만드는 유진이었다. 애신이 쓸쓸하게 웃었다.

"귀하는 나를 만나 너무 많은 길을 돌아가는 것 같소."

"그걸 알면서 잡지도 않으면서. 기대요. 도움이 될 거요."

유진이 제 어깨를 내밀었다. 애신이 든든한 어깨에 고단한 몸을 기댔다.

"아침까지 함께 있어주시오."

"그림같이 있겠소."

내일의 해와 함께 떠오르는 것이 희망이 아닌 절망뿐이라고 하더라도, 오늘 함께 있는 이 시간이 소중했다. 애신이 편안한 미소를 지으며 눈을 감았다.

뜬눈으로 밤을 지새운 유진은 제 어깨에 기댄 애신을 내려다보았다. 아침 해가 애신의 얼굴을 밝혔다. 유진의 속도 모른 채 새들이 지저귀며 애신을 깨웠다. 애신이 소스라치게 놀라며 눈을 떴다. 유진이 아쉬운 듯, 반가운 듯 애신에게 인사했다.

"굿모닝."

"내가 제정신이 아니오. 이런 상황에 너무 잘 잤소."

"잘 잤다니 다행이오. 지금부터 내 말 잘 들으시오. 내가 여기서 무사히 나갈 수 있게 해주겠소."

언제 열릴지 모르는 문 쪽을 살피며 유진이 애신에게 일렀다. 애신이 유진의 옷소매를 붙잡았다.

"나 혼자 말이오?"

"난 본국으로 가야 하니까."

불안하게 자신을 보는 애신의 머리카락을 유진이 천천히 쓰다듬었다.

"우리에게 시간이 많지 않을 것 같으니 여기서 인사합시다. 이번엔, 내가 하는 작별이오."

처음으로 유진이 먼저 고하는 작별이었다. 불안한 눈으로 유진을 보던 애신은 작별이라는 말에 심장이 내려앉았다. 충격에 빠진 애신을 유진이 끌어안았다. 유진의 떨리는 숨이 고스란히 느껴졌다. 애신은 온 힘을 다해 유진을 마주 안았다. 이 잠시간의 포옹이 끝나면 기나긴 이별만이 남을 것이다.

"굿바이 말고, 씨유……. 씨유라고 합니다."

기약 없는 헤어짐에 울음이 터진 애신이 서럽게 흐느꼈다.

"씨유, 씨유 어게인."

유진이 흐느끼는 애신을 향해 웃어주었다. 너무 걱정 말라고. 너무 슬퍼 말라고. 애신의 볼 위에 흐르는 눈물을 유진이 닦았다. 문 쪽에서 발소리가 들려왔다.

"내가 먼저 나가게 될 거요. 걱정은 말고. 늘 그랬듯 내가 뒤를 봐주는 거니까. 그다음은 혼자서도 잘할 거라 믿어도 되겠소?"

여기서 더는 짐이 될 수 없어 애신은 입술을 꽉 깨물며 고개를 끄덕였다. 철문 열리는 소리가 무거웠다.

수갑이 채워진 유진이 먼저 미군들에게 연행되어 떠나고, 애신은 공사관을 무사히 빠져나왔다. 애신을 기다리고 있던 낭인들이 카일이 모는 마차에 애신이 타고 있다고 착각해 전부 자리를 비운 덕분이었다. 유진이 카일에게 부탁해둔 일이었다. 유진은 떠났고, 애신을 주시하는 낭인들이 도처에 깔려 있었다. 항구로 가 배를 타는 일은 불가능했다. 고의 국숫집으로 몸을 피한 애신은 고에게 조선으로 전보를 부쳐달라고 부탁했다.

국숫집 2층 다락방에서 애신은 서둘러 사내의 차림을 하고 필요한 것들을 주머니에 챙겨 넣었다. 총알과 돈, 여권 등을 챙겨 넣는 애신의 손에 반지가 끼워져 있었다. 애신은 손에서 반지를 빼고 양혜에 달려 있던 끈을 뽑았다. 끈을 반지에 묶어 목에 걸었다. 지금쯤 유진은 망망대해를 건너고 있을 것이다. 애신은 잠시 반지를 손에 꽉 쥐었다. 반지에 온기가 남았다. 'LOVE(사랑)' 했고, 이제 'LIVE(살다)' 해야 했다. 반지를 놓고 총을 손에 쥘 때였다.

그때 문 부서지는 소리가 요란하게 울려 퍼졌다. 애신은 빠르게 기둥 뒤로 몸을 숨겼다. 들이닥친 낭인 패거리가 국숫집을 뒤집어놓고 있었다. 애신은 총알을 장전시킨 후 계단 아래로 걸음을 뗐다.

발소리를 죽여 1층으로 내려오던 애신은 낭인들과 눈이 마주치자마자 방아쇠를 당겼다.

"저년이야! 잡아!"

여기저기를 헤집던 낭인들이 애신을 향해 달려들었다. 칼을 들고 미친 듯이 달려오는 낭인들이 수십이었다. 애신은 이를 악문 채 총을 쏘았다. 애신의 총에 낭인들이 쓰러졌으나, 여전히 많은 수의 낭인들이 남아 있었다. 애신은 칼을 피해 다시 몸을 숨긴 채 호흡을 골랐다. 다시 총을 꽉 쥐며 낭인을 겨눴을 때였다.

달려오던 낭인이 푹 바닥으로 고꾸라졌다. 엎어진 낭인의 등에서 진한 피가 배어나왔다. 하나둘 낭인들이 엎어졌다. 거침없이 낭인들을 베어내는 칼의 주인은 동매였다. 낭인들을 조준하던 애신이 놀라 동매를 보았다. 애신이 무사한지부터 확인하는 동매의 눈이 날카로웠다.

동매의 공격에 낭인들도 동매에게 칼을 휘둘렀다. 그 칼에 동매는 팔을 베였다. 생각지도 못했던 동매의 등장에 놀라 머뭇거렸던 것도 잠시였다. 애신은 다시 총을 장전했다. 애신이 쏘고 동매가 베어내자, 낭인들이 속절없이 쓰러졌다. 바닥에 시신이 쌓여갔다.

한성에 있어야 할 동매였다. 그러나 사정을 묻고 설명할 시간이 두 사람에게는 없었다. 동매와 애신은 빠르게 국숫집을 나섰다. 또 언제 낭인들이 들이닥칠지 몰라 두 사람의 발걸음이 다급했다.

동매가 열쇠로 문을 열고 들어온 집은 희성이 동경 유학 시절 머물던 집이었다.

테라스에서 뛰어내렸던 그 길로 배에 올라 시모노세키항에 도착한 동매를 한 여인이 붙들었다. 희성이 유학 시절 교류하던 여인이었다. 고의 전보로 애신이 위험에 처했음을 안 희성과 히나는 신속히 움직였다. 히나는 궁에 연락을 취하는 한편 희성에게 동매가 이미 일본으로 떠났음을 알렸다. 희성은 여인을 동매에게 보냈다. 자신의 동경 집으로 애신을 피신시키기 위해서였다.

시든 꽃이 꽂혀진 화병, 책장이며 창가며 빼곡한 책들까지. 방 안의 모습은 희성이 일본이 떠나올 때와 다름없었다.

"한성에 있는 어떤 도련님의 동경 집입니다. 여기는 안전할 겁니다."

애신은 아련하게 방 안을 둘러보았다. 히나와 희성에게 전한 전보가 잘 도착한 모양이었다. 이 다음이 어떻게 될지 몰라도 오늘은 살 길이 생긴 셈이었다.

"한성에서 애기씨를 구하려는 사람들이 많습니다. 빈관 사장이 판을 짰고, 김희성 나으리가 집을 내주었고, 황제께서는 보빙사를 보내셨습니다. 조만간 황제의 명을 받은 이가 애기씨를 모시러 올 겁니다. 그이를 따라가 보빙사에 합류하셔서 조선으로 돌아가시면 됩니다."

"자네도 함께 가는 건가?"

"궁녀로 말씀이십니까?"

"아……"

한시름 놓았다 싶었던 애신의 표정이 다시 어두워졌다. 애신을 내려다보는 동매의 눈이 깊어졌다. 애신을 살릴 수만 있다면 자신은 어떻게 되어도 괜찮을 것 같았다. 애신에게 돌아갈 길이, 살 길이 생겼다는 것만으로 동매는 모든 것을 버리고 일본에 달려온 일이 괜찮았다.

"제 걱정은 마십시오. 조선보다 일본에서 산 세월이 더 많습니다. 바닥에서 살았고요. 제 몸 하나 건사는 합니다."

"……자네도."

알 수 없는 표정으로 동매가 애신을 보았다. 동매가 베어낸 이들은 동매와 같은 무신회 소속이었다. 한성에 있어야 할 동매가 이곳에 와 무신회에 맞섰다면, 그 이유는 물을 것도 없이 하나뿐이었다. 애신이 어렵게 입을 뗐다.

"자네도 날 구하러 왔다고. 고맙게도."

애신이 여러 번 동매를 살렸으므로, 괜찮았다. 동매는 무어라 말을 하지 못한 채 뚫어져라 애신을 보았다. 애신은 그제야 동매의 팔에 흐르고 있는 피를 보았다. 붉은 핏방울이 바닥으로 툭툭 떨어질 만큼 상처가 깊었다. 애신이 얼른 동매의 팔을 붙잡아 소매를 걷어 올렸다. 제 상처를 보며 찌푸리는 애신에 동매가 팔을 빼려고 했다.

"잠시만 있게."

"됐습니다."

애신이 동매의 단단한 팔을 잡아당기며 제 셔츠 자락을 확 찢었다. 흰 셔츠 자락이 동매의 붉은 상처를 동여맸다.

"석 달 뒤에 돈을 갚으러 갈 터이니 자네도 직접 받게."

"……이리 매번 저를 살리시니."

씁쓸하게 중얼거린 동매가 애신을 잠시 바라보다 뒤돌아섰다.

"쉬십시오."

문을 나선 동매는 희성의 집 문 앞에 주저앉았다. 이 밤이 무사히 지나가기를 바라며, 동매는 그 앞을 지켰다.

며칠 후 동매는 궁녀 차림의 애신을 골목에 숨어 한참 동안 바라보았다. 애신은 무사히 보빙사절단에 합류했다. 은은

한 빛깔의 저고리에 머리를 올린 애신이 더없이 어여뻤다. 어쩌면 이것이 마지막이 될 수도 있었다. 걱정 말라 했으나, 무신회에서 동매를 찾으려 혈안이 되어 있을 것이다. 조선으로 돌아갈 수 있을지도 확실치 않았고, 돌아간다고 해도 오래 살기는 힘들었다. 애신의 뒷모습을 바라보다 동매는 보빙사절단과 반대 방향으로 몸을 돌렸다.

부둣가에 도착한 동매는 아연히 조선으로 가는 배를 보았다. 역시나였다.

밤이 깊어 인적이 드문 항구에 무신회 낭인들이 칼을 찬 채 서 있었다. 국숫집에서 애신과 함께 맞닥뜨렸던 낭인들의 수와는 비교할 수 없을 만큼 많은 숫자였다. 동매를 발견한 낭인들이 칼을 빼들고 동매를 향해 달려들었다. 도망쳐봐야 소용없었다. 여기서 끝이겠구나, 동매는 깊게 숨을 한번 토해내고는 칼을 빼들었다.

파도가 부두에 부딪치며 하얀 포말을 일으켰다. 부딪치고 사라지길 반복하는 파도 소리와 함께 동매는 낭인들을 베어나갔다. 아무리 낭인들을 베어도 낭인들은 끝없이 밀고 들어왔다. 뒷걸음질 치는 동매의 옷은 이미 여기저기 베이고 찢겨 너덜너덜해져 있었다. 한계였다.

"이시다 쇼."

죽음의 문턱에서 낭인들의 사이로 수장이 나타났다. 헐떡

이는 동매를 보는 수장의 눈이 차가웠다.

"……오야붕."

끈질기게 싸웠으나 끝이었다. 동매는 자신의 끝을 예감했다.

"내 아들이 제 자신보다 아끼는 것이 생겼구나. 제 생을 가져본 적도 없는 놈이, 감히."

수장의 칼이 동매의 뱃속을 깊숙이 찔렀다. 동매는 그대로 뒤로 넘어갔다. 검은 바다가 캄캄한 채 입을 벌리고 있었다. 깊은 어둠 속으로 동매는 빨려 들어갔다. 한없이, 한없이 깊은 곳으로 가라앉았다. 잠시 파문을 일으켰던 바다는 동매를 집어삼키고는 잠잠해졌다.

"그날, 그때, 거기에서 이리 다시 만나네요."

제빵소에서 마주 앉은 히나가 반갑고 고마웠다. 보빙사절단이 되어 조선으로 돌아온 애신은 궁에서 황제를 알현했다. 그다음은 히나였다. 황제를 통해 자신을 구한 이가 그녀였다.

"설마 했는데 이번엔 황제 폐하를 통하였더구려."

"무엄하게도 말이지요?"

"덕분에 이리 무사하오. 고맙소. 303호에 묵는 도련님에게도 고맙다고 전해주시오."

"제 도움은 고마워하지 않으셔도 됩니다. 저는 부父를 잃었지만, 애기씨는 부父와 모母를 잃었으니. 이리 갚는 걸로 하겠습니다."

히나의 얼굴이 창백했다. 애신은 멍하니 되물었다.

"그게 무슨 소리요."

"이완익 대감이 죽은 거, 알고 계시지요?"

"알고 있소. 그 부왜인. 그건 왜 묻는 거요."

모를 수 없었다. 완익을 죽인 이가 애신이었다. 히나는 잠시 숨을 골랐다. 입 밖으로 내뱉기 쉬운 말은 아니었다. 부끄러움이 팔 할이었고, 나머지는 서글픔이었다.

"그 부왜인이, 제게는 부모 중 부였습니다."

충격을 받은 애신은 아무런 답도 하지 못했다. 아비의 손에 팔려 혼인을 했다던 히나의 과거가 떠올랐다. 아비가 완익이었다면 그러고도 남았을 것이다. 호락호락하지 않았을 히나의 삶 또한 어렴풋이 짐작할 수 있었다. 그러나 어찌 되었든 히나의 아비를 죽인 것이 애신이었다. 애신이 차마 말을 덧붙일 수 없는 것은 그래서였다. 애신으로서는 부왜인을 살해한 것이었지만, 히나에게는 부모의 원수라고 할 수도 있었다. 히나는 떨리는 목소리로 말을 이었다.

"모르셨나 봅니다. 하면, 이 묵은 사연도 모르시겠군요. 애기씨의 부모를 죽인 이가, 제 부였습니다."

애신의 부모는 의병이었다. 완익이 죽인 의병이, 조선인이 한둘이었던가. 애신의 복수는 그 모든 이들의 복수였다. 애신

321

은 다시금 끓어오르는 분을 삼켰다. 눈앞의 여인이 쓸쓸한 눈으로 중얼거렸다.

"조선 땅이 이리 좁습니다."

"……귀하와 나는, 처음부터 편이 될 수 없는 사이였구려."

"외국인 묘지로 가십시오. 기다리는 이가 있을 겁니다. 제가 갚는 빚은 여기까집니다."

얄궂은 운명이었다. 완익의 집에서 서로 칼과 총을 맞대던 날부터 애신은 히나가 늘 한편 같았으나, 둘은 한편이 될 수 없는 사이였다. 애신은 굳은 눈으로 인사를 마친 후 일어섰다.

애신이 외국인 묘지 앞에 다다랐을 때에는 이미 사방이 어둑해진 후였다. 옅은 달빛에 의지해 애신은 자신을 기다리고 있다는 이를 찾았다. 애신의 발소리에 비석 뒤에서 몸을 드러낸 것은 함안댁과 행랑아범이었다. 두 사람의 얼굴을 보는 순간 애신은 가슴속에서부터 눈물이 치밀어 올랐다.

"애기씨요!"

함안댁이 달려와 애신을 끌어안았다. 어린 시절부터 안겨왔던 함안댁의 품은 익숙하고 편안했다.

"자네들이 어찌 여기 있어. 큰어머님은? 언니는?"

"마님허구 아씨는 만주꺼정 잘 뫼셔다 드렸지라. 거가 정리가 돼서 즈이는 애기씨 계신 데로 왔어라."

행랑아범의 설명에 애신이 끄덕였다. 함안댁이 애신을 이리저리 살피며 군소리를 했다.

"봐라. 내가 없으이까네 애기씨 빼짝 골아가 보도 못하긋네. 오데 그림 같은 거 말고는 뭐 할 줄 아는 기 있으야지, 참말로."

"그러니 말일세."

애신이 웃으며 함안댁을 보았다. 애신의 눈가에 눈물이 그렁그렁하게 차올랐다. 다시 한성에 돌아오기까지, 너무나 긴 여정이었다. 고된 여정이었다. 그리고 그 여정의 끝에 너무 많은 이들과 헤어져야만 했다. 어떠한 이별도 아프지 않은 이별이 없었다. 그래도 제게 남아 있는 자신의 편들이 있어 따듯했다. 그래서 더, 홀로 바다를 건너가고 있을 유진이 안쓰러웠다. 늘 혼자였던 생을 또 혼자되게 한 것이 자신이어서. 애신은 함안댁에게 안겨 쓰린 마음을 눈물로 흘려보냈다.

푸른
안
개

'귀관은 본인의 행동이 옳았다 생각하나.'

'무모했다고 생각합니다.'

'무모한 걸 알면서 감행했다는 건가?'

'달리 선택의 여지가 없었습니다. 일본 낭인들에게 쫓기고 있었습니다.'

'일본 낭인들에게 쫓긴 이유는 무엇인가.'

'저와 함께 있던 그 여인이, 자신의 조국 조선을 지키려 하기 때문입니다.'

'귀관의 행동은 국가반역행위에 해당하나, 직속상관인 카일 무어 소령의 보고서와 정상을 참작할 만한 사유가 있다고 판단되어 다음과 같이 판결한다. 미 해병대 대위 유진 초이를 이 시간부터 3년 실형에 처하며 불명예 전역을 명한다.'

유진은 다 해진 허름한 외투를 걸친 채 오르골 가게 앞을 지났다. 덥수룩하게 자라난 수염과 머리, 이곳저곳 흉이 더해진 얼굴조차 그간의 고생을 다 전할 수 없었다. 미국으로 돌아온 유진에게는 냉엄한 심판이 기다리고 있었고 그로부터 3년이 흘렀다. 좁고 어두운 감옥에서의 나날들은 힘겨웠다.

가방 하나만을 든 채 유진이 향한 곳은 교회였다. 의자에 앉아 성경책에 손을 올린 채 십자가를 바라보며 유진은 하늘의 신께 기도했다.

"내 아버지 요셉의 아버지이신 하나님. 기도하지 않는 자의 기도도 들으십니까? 제 모든 걸음에 함께 계셨습니까? 제 온 생을 이렇게 흔드시는 이유가…… 진정 있으신 겁니까?"

그것은 원망이 아닌 그저 물음이었다.

길거리를 지나는 이들의 행복한 웃음소리가 유진을 흔들었다. 교회를 나온 유진은 애신의 상상 속에서, 애신의 희망 속에서 함께 걸었던 거리를 홀로 걸었다. 발걸음은 어린 시절 댕기 머리를 잘라 던져 넣었던 물가에 닿았다. 부모도, 요셉도, 여인도 잃었고, 겨우 얻었던 군인의 신분조차 잃어 유진에게는 아무것도 남은 게 없었다. 그럼에도 원망하지 않았던 건 얻은 적이 있었기 때문이었다. 되짚으면 기억 속에 언제나 애신이 존재했다.

쓸쓸한 눈으로 강물을 바라보고 있는 유진을 한 청년이 불렀다.

"콜롬비아 유니버시티Colombia University로 가려는데, 혹 길을 아십니까?"

양복을 입은 청년은 영어를 사용하고 있었으나 조선 억양이 섞여 있었다. 유진이 조금 놀라 물었다.

"조선인이시오?"

"아, 조선인이십니까? 타국에서 이리 동포를 뵈니 참으로 반갑습니다."

"따라오시오. 그저 걷는 중이라."

청년이 유진을 따라 걸으며 감사 인사를 전했다. 유진은 말없이 앞을 보며 걸었다.

"뉴욕에 오신 지는 얼마나 되셨습니까?"

"다시 온 건 3년 정도. 조선의 소식을 알려줄 수 있겠소? 그간의 소식들은 몰라서. 러일전쟁은 어찌 되었소."

"3년이면, 모르시겠군요. 러일전쟁은 일본의 승리로 끝났습니다. 그로 인해 을사년에 대한은 일본과의 늑약으로 사실상 주권을 강제로 뺏겼고요."

청년의 얼굴이 어두워졌다. 유진은 말없이 탄식했다. 애신이, 수많은 이들이 지키려던 조선은 결국 모든 것을 빼앗겼다.

"통감부가 설치되고 대한제국의 통치는 일본의 명령과 허락 아래 이루어지고 있어요. 미국은 가장 먼저 대한과 손을 잡아놓고, 그 손을 가장 먼저 거두어 대한에서 공사관을 철수시켰습니다. 대한의 이런 상황을 대국에 알리려 많은 동포들이 애쓰는 중입니다."

바깥과 단절된 창살 안에서 유진은 절망하다가도 결국에는 희망을 품었다. 애신이 미국에 오는 날이 있기를 바라며. 유진이 걸음을 멈추며 길을 가리켰다.

"……다 왔소. 이 길로 쭉 가면 되오."

"아, 감사합니다. 실례가 안 된다면 이리 뵌 것도 인연인데 함자를 여쭈어도 되겠습니까?"

"유진 초이요."

유진이 손을 내밀자 청년이 그 손을 맞잡았다.

"안가 창호입니다."

청년의 눈이 또렷이 빛나고 있었다.

"조선은 쉽게 굴복하지 않을 거요. 조선을 지키는 이들이 있소……. 의병들이."

"저도 그들 중 하나입니다."

맞잡은 손에 힘이 들어갔다. 그것은 서로에게 희망이고, 용기였다.

대학가 쪽으로 떠나는 청년의 뒷모습을 바라보며 유진도 다시 제 길을 떠났다. 기차역으로 향하는 유진의 걸음이 빨라졌다.

'내 아버지 요셉의 아버지이신 하나님. 기도하지 않는 자의 기도도 들으십니까? 제 모든 걸음에 함께 계셨습니까? 제 온 생을 이렇게 흔드시는 이유가…… 진정 있으신 겁니까? 내

아버지 요셉의 아버지이신 하나님……. 내 남은 생을 다 쓰겠습니다. 그 모든 걸음을 오직 헛된 희망에 의지하였으니, 살아만 있게 하십시오. 그 이유 하나면 저는…… 나는 듯이 가겠습니다.'

조선으로, 애신에게로 가는 걸음이었다.

헤이그에 밀사를 파견한 것을 두고 이미 일본에 머리 숙인 대신들이 황제를 몰아세운 것이 엊그제였다. 일본의 미움을 샀으니 조정의 안위를 위해 자결하거나, 한국 주차군 사령관 대장군인 하세가와에게 빌라는 것이었다. 결국에는 일진회 회원들이 경운궁을 둘러싸고 황제를 폐위하려 들었다. 을사조약을 체결하며 나라를 파는 데 앞선 이완용이 정전에 들어 황제를 겁박했다. 그 뒤에 일군들이 있으니 황제도 더는 물러날 곳이 없었다. 결국 황제는 어린 황태자에게 선위했다.

황제의 강제 퇴위에 상인들은 철시撤市로 대항했다. 거리의 가게마다 '弔意(조의)'라 적힌 흰 천 조각이 달렸다. 상복을 입은 백성들은 바닥에 엎드려 눈물을 흘렸다.

"조선이 온통 상갓집입니다. 한 나라의 임금을 그리 끌어내리다니……. 망할 놈들……."

거리의 어지러운 풍경을 보며 가쾌가 한숨을 내쉬었다. 히나는 무심히 그 풍경들을 스쳐 걸었다. 일본의 헌병들이 빈관을 절반 이상 차지하고, 빈관 앞에 일본 군기를 내건 것이 벌써 여러 해였다.

진고개로 들어선 히나는 가쾌의 안내를 따라 동매의 집으로 들어섰다.

동매가 떠난 이후로 계속해 비워져 있던 집 안에는 먼지가 수북이 쌓여 있었다. 동매를 따르던 무신회 낭인들이 진고개를 떠난 지도 오래였다. 히나는 떠날 수도, 머무를 수도 없이 먼지처럼 조선 땅에 발만 붙이고 있었다.

"3년째 쭉 비어 있습니다. 오야붕의 집이니 누구 하나 쉬이 어쩌지 못한 모양입니다."

"내가 살게요."

히나는 방 한편에 걸린 동매의 유카타를 바라보며 말했다.

"그럼 준비 되는 대로 빈관으로 찾아뵙겠습니다. 더 둘러보고 나오십시오."

가쾌가 자리를 비우자 히나는 홀린 듯 동매의 유카타 앞에 섰다. 붉은 유카타를 손에 쥐며 히나는 동매를 떠올렸다.

'나쁜 놈은 원래 빨리 죽어. 그래야 착한 사람들이 오래 살거든.'

바닷가에서 꼭 죽을 것 같이 말하던 동매가 불길했다. 소용없는 줄 알면서도 그때 더 세게 옷깃을 붙잡을 걸 그랬다는 후회가 계속됐다. 그래서 착한 사람들이 오래 살아남을 것인

지는 히나도 알 수 없었다. 그런 건 히나의 관심이 아니었으
니까. 그저 먼저 죽지 말라고만 했었는데, 그 부탁 하나가 그
리 들어주기 어려웠던 것인지. 손 위에 묻은 먼지만큼이나 켜
켜이 쌓인 것은 그리움이었다. 동매가 서 있곤 하던 테라스로
붉은 노을이 번져 들어왔다. 울컥하는 마음을 달래려 히나는
옷자락을 꼭 쥐었다.

동매의 집을 나온 히나는 '해드리오'의 문을 열고 들어섰다.
'해드리오' 앞에도 흰 천이 묶여 있었다. 일식과 춘식이 밖으
로 나서며 히나에게 인사했다. 두 사람의 얼굴에도 세월이 지
나고 있었다. 히나는 두 사람에게 그림을 부탁했다.

"그림이요?"

"화조도 좋고, 산수도 좋고요. 되도록 평범한 거요."

히나의 말에 춘식이 한편의 발을 걷었다. 발을 걷어내자 평
범한 그림이라기에는 범상치 않은 화가들의 그림들이 걸려
있었다. 과연 '해드리오'여서 히나는 모처럼 가볍게 미소를
지었다.

"어디, 방에 거실라고요?"

"네. 아주 컴컴한 방에. 걸어두면, 보러 오려나요."

칼 대신 화사한 그림을 걸라고 말한 것은 동매였으니, 그림
을 걸어둔 방을 보면 잘했다 칭찬해줄지도 몰랐다. 히나의 얼
굴에 떠오른 쓸쓸함에 일식과 춘식은 잠시 침묵했다. 그림을

살펴던 히나가 여상히 물었다.

"하나 더요. 혹시 폭탄도 구해주시나요? 구해준 이들도 위험해지는 일이라. 해줄 수 있을까요?"

일식과 춘식의 얼굴이 굳었다. 그리 담담한 얼굴로 찾기에는 너무 위험한 물건이었다. 일식이 폭탄을 어디에 쓸 것이냐 물었다. 황제가 퇴위한 이후, 의병들의 활동이 격렬해져 있었다. 대표적인 친일 신문사인 국민신보사에서 폭탄이 터졌고, 이완용의 집에서 폭탄이 터진 것도 며칠 전이었다. 애신을 비롯한 의병들의 용모파기가 도처에 널렸으나 폭탄이라도 쓰지 않고서는 헤쳐 나가기 힘든 것이 작금의 현실이었다. 그러나 히나는 의병이 아닌 빈관 사장이었다. 일식과 춘식으로서는 의아할 수밖에 없었다.

히나가 미묘한 미소를 입가에 띠웠다.

"제 빈관을 날려버릴까 하고요. 2층 객실이 주차군 사령부나 다름없네요."

세 사람 사이에 무거운 침묵이 돌았다. 히나의 결심이 너무나 무거웠다. 가게 앞에 매달아놓은 흰 천이 바람에 나부끼고 있었다. 일식이 비장한 얼굴로 히나를 보며 답했다.

"해드리오."

"좋네요."

오가는 눈빛이 뭉클했다.

8월의 첫날이 밝기 무섭게 군대 해산 명령이 떨어졌다. 새로운 황제가 발표한 조칙이었으나 그 뒤에는 일본 통감인 이토 히로부미가 있었다. 주차군 사령부의 하세가와가 나서 조선의 군대를 해산시켰다. 해산 명령을 따르지 않는 자는 즉각 진압, 사살하겠다는 엄포와 함께였다. 시위대의 손에는 무기 대신 은사금恩賜金이 쥐어졌다.

군대 없는 나라가 되는 셈이었다. 주권이 남김없이 일본의 손에 넘어가고 있었다. 소식을 접한 남대문 시위대 대대장 박승환 참령이 그 자리에서 자결했다. 참령의 자결 소식에 시위대가 술렁였다. 시위대가 무기 반납을 멈추고 버티자 일본 헌병들의 총칼이 거침없이 드리워졌다. 기다리고 있었다는 듯, 명령에 불복종한 시위대를 향해 전원 사살이라는 명령이 떨어졌다.

교전이었다. 시위대 훈련장 한편에 설치된 기관총에서 가차 없이 총알이 쏟아졌다. 이를 악물고 도망치던 시위대들의 시체가 그 앞에 쌓였다. 겨우 도망친 이들이 한성 거리를 내달렸다. 거리에도 피가 번지기 시작했다. 일 헌병들은 광기에 젖어 있었다. 길을 지나던 조선인들이 벌벌 떨며 시위대의 참혹한 죽음을 목격했다. 누군가의 아들이고, 형제였다. 참혹하게 살해당해 거리에 쌓인 시체들은 모두 아는 얼굴이었다.

바깥의 총성이 궁 안으로도 흘러들었다. 승구는 이제 궁을 떠날 때가 되었음을 깨달았다. 승구는 그간 궁에서 황제의 곁을 지키며 그의 무력함을 보았고, 동시에 그의 고뇌 또한 보았다. 처음 아비를 잃은 날, 승구는 자신들을 지켜주지 않은 황제에게 복수하리라 다짐했다. 그러나 이제 승구는 자신들을 지키지 못한 황제가 아닌, 자신들을 짓밟으러 온 이들에게 복수할 것이다.

"신은 이제 태황제 폐하의 곁을 떠납니다. 신, 나가서 싸워야겠습니다."

이미 죽음을 각오한 듯 비장한 승구를 태황제가 침통한 심정으로 붙잡았다.

"허할 수 없다. 경의 마음은 백번 이해하나, 가지 마라. 그대라도 살아라!"

"폐하. 이놈 꿈이 역적입니다. 신, 비로소 역적이 되겠습니다."

태황제에게 하직 인사를 올린 후, 궁을 떠나는 승구의 손에는 폭탄이 들려 있었다.

남대문 시위대가 끝까지 버티며 항전 중이었다. 승구는 쓰러지고 찢기며 싸우는 시위대를 지나 그 맨 앞에 섰다. 한 걸음, 한 걸음 일군들 앞으로 승구가 걸음을 내디딜 때마다 그의 총은 정확하게 일군을 쓰러뜨렸다. 그러나 그 수가 너무 많았다. 일군이 쏜 총알이 승구를 스쳤다. 앞으로 나선 승구를 향해 총알이 집중됐다. 뒤편의 시위대가 놀라 승구를 붙잡으려 했으나 승구는 거침없었다. 자신의 희생으로 이 참혹한 교전 중에 몇 명이라도 더 살 수 있다면, 그것으로 다행이었다. 승구가 마지막 걸음을 떼며 시위대에게 명령했다.

"왜놈들이 이쪽으로 병력을 더 붙일 것이다. 무기도 차이가 크고 탄환도 얼마 없으니 이대로 버텨봤자 다 죽는다. 길을 터줄 테니 명례방^{明禮坊} 초입까지 뒤도 보지 말고 뛰어라."

놀라고 안타까운 얼굴로 시위대 군인들이 승구를 보았다.

"난 그저 몇 명 더 살리려고 왔다. 이제 총관도 아니고. 서둘러 가거라. 한때 총관이었던 자의 마지막 명령이다. 살아남아야 한다. 그게 이기는 거다."

꿋꿋이 선 승구의 말이 무거웠다. 승구에게 시선이 몰린 틈을 타 시위대가 도망치기 시작했다. 시위대가 멀어지는 것을 확인하며 승구는 품에서 폭약을 꺼내들고 일군들을 향해 달리기 시작했다. 총알이 승구의 몸으로 수없이 날아들었다. 그러나 승구는 멈추지 않았다.

커다란 폭발음이 일며 일대가 화염에 휩싸였다.

"총관님!"

남은 시위대와 함께 도망치던 준영은 화염 속에 갇힌 승구의 마지막을 보았다. 준영의 눈시울이 붉어졌다. 승구의 죽음이 헛되지 않기 위해서는 살아남아야 했다. 복수도 살아서만 가능했다. 일군의 시야가 가려진 틈을 타 시위대는 부상병들을 부축해 화염으로부터 멀어졌다.

만신창이가 된 준영을 비롯한 몇몇이 의병 거점지인 움막
에 도착했다. 움막을 지키고 있던 은산과 의병들이 놀란 채
시위대를 맞았다. 행랑아범과 함안댁이 빠르게 움직이며 다
친 이들을 치료했다. 어느덧 날이 저물고 있었다.

제빵소에서 참혹한 광경을 모두 지켜본 제빵소 주인이 은
산과 애신에게 상황과 참혹한 교전, 그리고 승구의 죽음을 알
렸다. 숨이 쉬어지지 않을 만큼 끔찍한 소식이었다. 더운 바
람이 은산과 애신을 훑고 지났다. 침통한 표정으로 제빵소 주
인이 말을 이었다.

"일군들은 죄다 빈관에 모여 축하연을 벌이고 있답니다."

산 아래 한성의 거리는 곡소리로 빼곡했는데, 그곳 빈관에
서만 비열한 웃음소리가 울렸다. 총기를 쥐고 있던 애신의 손
에 힘이 들어갔다.

더는 참을 수도, 이겨낼 수도 없는 분노였다. 머리부터 발
끝까지 검은 옷차림의 애신이 빠르게 달려 산을 내려갔다. 시
뻘게진 눈만이 드러나 있었다. 밤 깊은 산속의 새 울음소리마
저 애처로웠다.

애신이 빈관 앞에 다다랐을 때 일본군의 축하연 자리는 한
껏 물이 올라 있었다. 시끌벅적한 소리가 들려오는 곳을 피해
애신은 불 꺼진 테라스로 담을 타고 올랐다. 경계하며 테라스
의 창문을 열어 내부로 잠입하는 데 성공했다. 304호 방 안
이었다. 애신이 숨을 죽이며 어둑한 방 안을 걸어 나갈 때였

다. 부스럭거리는 인기척이 애신의 발을 붙잡았다. 애신이 소리가 나는 쪽으로 총을 겨눴다. 어둠에 가려져 있던 얼굴이 서서히 드러났다. 일식과 춘식이었다. 춘식이 어둠 속에서 애신을 알아보았다. 눈만 드러낸 애신의 모습은 각지에 뿌려진 용모파기 속 의병이었다. 동시에 애신은 발밑에 걸리는 잔해들을 알아차렸다. 폭탄과 그를 연결하는 심지들이었다.

"의병이오?"

일식의 물음에 애신이 목소리를 낮췄다.

"도모한 이가 누구요."

"조선인들이오."

애신의 가슴속이 뜨거워졌다. 매국하는 자가 있는가 하면, 지키려는 자도 있었다. 일식과 춘식은 폭탄에 불을 붙이는 일을 준비 중이었다. 애신은 그 둘을 빈관 밖으로 보냈다. 불을 붙이고 도망간다고 한들 그 뒤를 장담할 수 없는 일이었다. 두 사람을 보낸 후 애신은 방 안에 매달린 줄을 흔들었다. 프런트로 연결되어 있는 줄이었다.

벨 소리를 듣고 304호 방 안으로 히나가 들어섰다. 애신이 히나를 벽 쪽으로 밀어붙였다.

"뭘 하려는 거요."

히나와 애신의 눈이 가까웠다. 히나의 눈이 형형했다. 애신을 알아본 히나는 피식 웃음이 나오는 것을 참았다. 한편이 될 수 없는 이들이 결국 이렇게 같은 길을 가고 있었다.

"애기씨가 오늘 여기서 하려던 일과 같지 않을까요?"

"진짜 빈관을 통째로 날릴 작정이오?"

"그러니 얼른 피하세요."

침착하게 답하는 히나에 애신의 동공이 흔들렸다. 체념 섞인 답은 이곳에서 죽겠다는 뜻이었다.

"사장은 안 피할 작정이구려."

"제가 피하면 의심을 삽니다."

"그럴 작정이면 됐소. 목적은 다르나 목표가 같소. 같이 합시다. 돕는 이들을 보았소. 그 일을 내가 하겠소. 그들이라도 살면, 좋지 않겠소."

히나는 가만히 애신을 보았다. 애신은 비장했다. 애기씨는 한성을 떠난 지 오래였고, 오직 나라를 지키는 데 목숨을 바친 의병만이 이 자리에 있었다. 아래층에서 일군 장교들의 웃음소리가 들려왔다. 누가 더 많은 조선인을 죽였는지 자랑하며 떠벌리고 있었다. 애신이 이를 꽉 깨물며 문 쪽으로 시선을 던졌다.

"적어도 저기서 웃고 있는 자들 중에, 오늘 여길 살아 나갈 자는 아무도 없을 거요."

"기어이 이리 편을 만드시네."

함께 죽음을 각오하는 두 여인에게 망설임 따위는 없었다. 가진 것을 다 잃어 이제 내놓을 것은 목숨뿐이었다. 두 사람의 목숨을 내놓아 잔악무도한 살인귀들의 숨을 끊어놓을 수 있다면 그것만으로도 충분했다.

　푸른 안개가 빈관 주위로 내려앉았다. 동이 틀 시간이 얼마 남지 않았다. 히나는 빈관에서 일하던 이들에게 봉투를 쥐어 주며 안녕을 고했다.

　"그간 고마웠다. 최대한 멀리 가렴. 무슨 소리가 들려도 돌아보지 말고. 돌아오지도 말고."

　미리 짐을 싸둔 웨이터와 여급들이 인사하며 돌아섰다. 홀로 선 빈관 주인이 어느 때보다 위태로워 보였으나 히나가 머뭇거리는 이들을 재촉하며 물렸다. 떠나는 이들의 모습을 아련히 바라보던 히나가 제가 가꾼 빈관을 물끄러미 보았다. 아비에게 팔려 쿠도 가에 들어가 매를 맞으면서도 살아남았다. 어미의 생사도 모른 채. 그렇게 살아남아 겨우 제 손에 하나 남은 것이 빈관이었다. 그러나 그마저도 일본의 간섭 아래 있으니 더는 남은 것이 없었다. 찾을 이도, 기다릴 이도 없으니 아쉬움은 잠시였다.

　애신이 방에서 나오며 히나에게 소리쳤다.

　"심지에 불은 붙였소. 서두르시오!"

　폭탄의 심지가 타들어가고 있었다. 두 여인이 반대 방향으로 내달리기 시작했다.

재
회

새벽안개를 헤집고 두 사내가 한성 거리를 느리게 걸었다. 먼 길을 돌아온 두 사내였다. 3년 만에 돌아온 조선 거리 풍경이 초라하고, 스산했다. 깊은 새벽임에도 간간이 슬픈 울음소리가 귓가에 울렸다. 잔인한 장면들 속에 혹 아는 얼굴이 있을까 봐 사내들의 눈빛이 불안하게 흔들렸다.

"어디 멀리 다녀온 모양이오."

길게 늘어뜨린 머리카락은 멋대로 자라나 있었고, 얼굴이 퍽 상해 있었다. 세월의 흐름인지, 고생의 흔적인지 모를 동매의 핼쑥한 얼굴을 보며 유진이 물었다. 오랜만이었고, 이리 살아서 마주한 것이 반가워야 했는데 거리를 물들인 죽음의 그늘이 너무 어두웠다.

"어디 멀리서 돌아오신 모양입니다."

유진의 인사에 동매도 단출하게 가방 하나만을 맨 유진을 보며 답했다. 말없이 두 사람 사이에 눈빛이 오갔다. 서로가 거리를 살피고 있는 이유는 굳이 말하지 않아도 알았다.

"이쪽엔 없었소."

"이쪽에도 없습니다."

안도는 잠시였다.

총성이 울려 퍼졌다. 총성이 들린 곳은 빈관이었다. 유진과 동매가 빈관을 향해 달렸다. 달리던 두 사람이 동시에 굳으며 멈춰 섰다.

빈관을 달려 나오는 이들이 있었다. 애신과 히나였다. 두 여인 뒤로 엄청난 굉음이 울렸다.

쾅!

폭발음이었다. 땅이 흔들리고, 빈관의 건물이 무너지며 방에 달려 있던 유리창이 우수수 깨어졌다. 화마가 빈관을 집어삼켰다. 폭발의 압력으로 달려 나오던 두 여인이 튕겨져 나갔다. 꽃잎처럼, 깃털처럼 두 여인의 몸이 하늘을 날다 건물의 잔해들 사이로 추락했다.

순식간에 벌어진 일이었다. 불길 속으로 유진과 동매가 달려들었다.

연기 속에서 비명을 지르며 살아남은 일군 몇이 바닥을 기어 나왔다. 동매와 유진은 잔해 더미들을 헤집고 미친 듯이 애신과 히나를 찾아 헤맸다. 커다랗게 부서져 내린 건물 벽 사이로 손이 보였다. 피 묻은 손은 여인의 것이었다. 동매와 유진이 온 힘을 다해 벽을 밀어냈다. 그곳에 피투성이가 되어 의식을 잃고 쓰러져 있는 히나가 있었다.

동매는 굳어 눈을 깜박였다. 유진이 빠르게 히나의 손목을 짚었다.

"맥은 있소. 일단 안전한 곳으로 피하시오."

"다른 여인도 꼭 찾으십시오."

히나를 등에 업은 동매가 유진에게 당부하며 내달렸다. 떠나는 동매를 보고 유진은 다시 잔해들을 파헤치며 애신을 찾았다. 유진의 이마에서 식은땀이 흘러내렸다. 애가 탔다.

푸르스름한 새벽의 어둠을 가르고, 해는 오늘도 잔인하게도 떠오르고 있었다.

히나를 업고 뛰는 동매의 턱밑으로 땀이 뚝뚝 떨어졌다. 숨을 곳을 찾아야 했다. 폭발음에 놀라 거리로 나온 이들이 눈을 비비며 검은 연기가 피어오르는 빈관 쪽을 바라보고 있었다. 사람들을 피해 동매는 골목으로 들어섰다. 그때 양복점 문을 열고 나오던 종민이 동매와 눈이 마주쳤다. 시위대를 쫓는 일군에게 맞서다 얻어맞은 종민의 얼굴이 엉망이었다. 멀리서 출동한 순사들의 호루라기 소리가 긴박하게 들려왔다. 동매의 등에 업힌 히나를 발견한 종민이 곧장 문을 활짝 열었다.

"이쪽으로 오십시오. 어제의 난리로 당분간 문 안 엽니다."

동매는 날카로운 눈으로 종민을 잠시 보다가 서둘러 양복점으로 뛰어들었다. 다른 선택지가 없었다. 종민이 주변을 살피며 양복점 문을 닫기 무섭게 순사들이 양복점 앞을 지났다.

동매는 히나를 양복점 안쪽의 재단실에 가지런히 뉘였다. 폭발에 휘말렸던 히나의 모습은 엉망이었다. 보지 않은 사이 더 마른 몸은 회복할 수 없을 만큼 상처투성이였다. 희미하게 새어 나오는 숨소리에 의지하며 동매는 옷소매로 히나의 얼굴에 흐르는 땀을 조심스럽게 닦았다.

시간이 한참 지나서야 히나가 힘겹게 눈을 떴다.

"정신이 들어?"

눈을 뜬 히나에 동매가 득달같이 물었다. 멍하니 천장을 바라보던 히나가 천천히 고개를 돌려 동매를 보았다. 내내 기다리던 동매가 제 옆에 와 있었다.

"돌아왔네, 구동매."

"여기 직원이 침의를 부르러 갔어. 조금만 참아."

"……알잖아. 나 곧 죽어. 온몸이 망가졌는데."

동매가 미간을 찌푸렸다. 안타까움에 눈가가 뜨거웠다. 위태로웠어도 약한 소리는 하지 않던 히나였다. 바닷가에서 목놓아 울면서도 죽겠다고는 하지 않았다. 동매는 가슴이 아파왔다.

"지금도 예뻐."

동매다운 답이었다. 히나는 힘없이 웃었다. 자신보다 먼저 죽지 않아줘서 고마웠다. 그리고 미안했다. 곁을 지키는 동매에게서 진한 아편 냄새가 났다. 동매가 어떻게 살아 돌아왔는지 충분히 알 수 있었다. 아편으로 하루하루를 연명했을 것이다. 그러니 미안했다. 제 욕심으로 동매를 먼저 죽지도 못하게 한 것 같아서. 히나가 가물가물해지는 정신으로 중얼거렸다.

"나……. 엄마한테 데려다 줘. 아편 있으면 좀 주고……. 너무 아파……."

찢겨나간 살이 쓰리고, 화상을 입어 뜨거웠다. 극심한 고통이 히나를 무너뜨렸다. 히나의 눈에서 고통에 찬 눈물이 떨어졌다. 외롭고, 쓸쓸한 것만 닮은 것이 아니라 고통마저 닮아 있어서 동매는 그저 고개를 끄덕이며 히나를 달랬다.

"그래……."

잔해 더미 속에서 유진은 검은 양복을 입은 애신을 발견했다. 의식 없이 늘어져 있었으나 분명히 살아 있었다. 안도와 고통이 유진의 가슴속을 스쳐갔다. 유진은 그대로 애신의 몸을 안아 들었다.

대장간 한편에 막을 쳐놓은 채 유진은 애신을 치료했다. 한성병원에서 어렵게 얻어온 약품들이었다. 간호사와 입원해 있던 학도들이 유진을 도왔다. 애신의 옆구리에 깊이 박힌 파편들을 제거하고 소독하는 유진의 표정이 참담했다. 상처를 지혈하며 유진은 애신의 몸에 붕대를 감았다. 유진의 손이 애신의 피로 엉망이었다. 가슴이 찢겨나가는 듯했다. 그러나 자신이 느끼는 고통은 상관없었다. 그저 애신이 무사히 눈 뜨기만을 유진은 기도하고, 또 기도했다. 살아만 있다면, 그걸로 되었다.

유진의 기도를 들은 듯 거친 숨을 뱉어내며 애신이 깨어났다. 고통으로 인상을 찌푸린 애신은 쉬이 정신을 차리지 못했다. 유진이 애신을 붙들었다.

"나 누군지…… 알아보겠소? 불꽃으로 살고 있을 줄은 알았지만 이리 폭발하는 빈관 앞에 서 있을 줄은 몰랐소."

유진이 애써 웃었다. 웃어야만 이 모든 시간들이 아무렇지 않게 지날 듯했다. 다른 어느 날처럼. 혼몽한 정신으로 유진을 바라만 보고 있던 애신의 입가에 슬픈 미소가 떠올랐다.

"또……. 그 꿈이네."

유진과 헤어진 이후 자주 꾸던 꿈이었다. 애신은 헛구역질을 하며 고개를 돌렸다.

"속이 메스껍고 어지러울 수 있소. 진통제 때문이오."

"빈관 사장과 함께였는데……."

주변을 둘러보는 애신의 시선에 유진은 없었다. 꿈이라고 생각하는 애신에게 유진은 차분히 답했다.

"안전한 곳으로 옮겼을 거요. 구동매가."

"……살아 왔구려. 다행이오……."

"……나는."

그제야 애신이 유진을 다시 보았다. 애신의 눈에 물기가 그렁그렁하게 고였다.

"수도 없이 꾸었던 꿈이오. 이젠 속지 않소. 귀하는, 조선에 없소……."

떨어진 눈물이 애신의 볼 위로 흘렀다. 유진이 애신의 손을 잡았다. 마주 잡은 두 손이 핏빛이었다. 그러나 따스했다. 오랜 시간이 흘렀음에도 익숙했다.

"꿈 아닌데. 여기 있는데, 나."

제게 어깨를 내주던 유진이었다. 언제나 애신의 손을 잡아주던, 애신의 작별 인사에도 늘 돌아와주던, 유진이었다. 애신이 서러운 울음을 터뜨렸다.

"스승님께서…… 돌아가셨소……. 그러니 오지 마시오……. 조선은 온통 지옥이요……. 이리 꿈에도 오지 마시오. 하루라도 잊혀야 내가 살지 않겠소……."

애통한 당부에 유진은 억장이 무너져 내리는 듯했다. 안간힘으로 깨어 있던 애신이 다시 눈을 감으며 깊은 잠 속으로 빠져들었다. 스치듯 보아도 가슴 아픈 얼굴을 유진은 내려다보았다. 3년 만의 재회는 온통 눈물이었다.

장막을 거두며 대장장이가 들어왔다.

"곧 동지들이 도착할 거요. 애기씨 걱정은 말고 그만 가시오."

"같이 가겠소."

"그건 안 되겠소. 외부인에게 거점을 노출시킬 수 없소."

유진은 끄덕였다. 생사를 확인했으니 우선은 보내주어야 할 때였다.

히나의 말대로 그녀의 몸은 망가져 있었다. 시간이 얼마 없다는 것을 히나도, 동매도 알아 두 사람은 히나의 엄마가 묻힌 강릉으로 향했다. 어미의 무덤으로 가는 길에 바다가 있었다. 조선도, 히나와 동매도 세월 속에서 쇠약해져만 가는데 바다는 언제나와 같이 푸르기만 했다. 텅 빈 모래사장에는 한 사람의 발자국이 소리 없이 찍혔다. 동매의 등에 업힌 히나의 발에서 양혜 한 짝이 벗겨져 떨어졌다. 한 발은 맨발인 채로 히나는 상관없다는 듯 그저 등에 볼을 묻었다.

"조선인 외양의 미국인한테 전할 말 있거든 해. 돌아왔거든."

"……봤어. 나 대신 악수를 전해줘. 환영한다고……. 룸에 달아놓은 게 있었거든."

히나의 목소리가 힘겨웠다. 등 위로 닿는 숨소리가 너무 희미해 동매는 자꾸만 고개를 돌려 히나를 보고 싶어졌다. 동매는 애써 돌아보지 않은 채 파도 소리를 들으며 걸어 나갔다.

"그 사내 이제 내 마음에 없어……. 오래 전에 보냈어."

"몰랐네."

"모르더라."

낮게 실소하는 히나에 동매의 걸음이 느려졌다.

"다른 사내를 기다렸지. 빈관 뒷마당에서. 길에서. 전차에서……. 그 사내의 방에서……. 살아만 오라고. 꼭 살아오라고……. 오직 고애신을 사랑해서, 사랑에 미친, 사랑해서 미친, 그런 사내를……. 난 기다렸지."

파도가 아프게 모래사장을 휩쓸고 지났다. 동매의 걸음이 멎었다. 히나는 미소 지었다. 눈꺼풀이 무거웠다. 생의 마지막 순간이 엄마를 보러 가는 바닷가인 것도, 기다리던 사내의 등인 것도 퍽 마음에 들었다. 언제부터였는지를 묻는다면 답하기는 어려웠다. 그저 눈 오던 날, 전차에 탄 히나의 손을 당겨 안았던 동매의 품이 떠오른 것은 넓게 펼쳐진 모래사장에 눈이 오면 어여쁠 것 같아서였다.

"이 길…… 눈 오면 예쁘겠다……. 그치. 눈 오면…… 나 보러 와……. 나 기다린다……."

이번에는 기다린다고 말했으니 동매는 와줄 것이다. 동매의 마음이 히나의 마음과 같지 않더라도, 제 사람들에게만은 마음 약하고 따뜻한 사내는 와줄 것이다. 함께 마음 터놓고 지낸 시간이 있어서. 그리 생각하니 마음이 편안해 히나는 눈을 감았다.

"눈 오려면 아직 한참이야."

동매의 목소리가 가늘게 떨렸다. 히나의 마음도, 히나의 죽음도 동매는 어느 것 하나 준비된 것이 없었다.

"그 한참을……. 넌 더 살라고. 빨리 오지 말고……. 거기선 나, 너 안 기다린다……."

동매의 목을 감고 있던 히나의 팔이 툭 힘없이 떨어졌다. 사라진 온기에 동매는 숨을 멈췄다. 돌아갈 곳 없이 홀로 떠도는 긴 여정에서 히나는 동매의 생에 존재하는 유일한 빈관이었다. 잠시나마 쉬어갈 수 있는 곳이었다. 울컥 치밀어 오르는 울음을 삼키며 동매가 간절하게 히나의 이름을 불렀다.

"양화야……. 자……?"

잠든 사람처럼 눈 감은 채로 히나는 아무런 답이 없었다. 모래사장 위로 동매의 굵은 눈물이 떨어졌다.

"자고 있어……. 거의 다 왔어……."

멈춰 있던 동매의 발이 다시 움직였다. 동매는 묵묵히 앞을 향해 걸어 나갔다. 히나의 하얀 맨발이 쓸쓸히 흔들렸다.

먼저, 이 서신을 들고 간 아이의 안위를 폐하께 의탁드립니다.

일본이 대한의 군을 해산시키고 이를 기념하며 제 빈관에서 축하연을 연다 하니, 제가 상상 못할 정도로 성대히 상을 차려볼까 합니다. 이 잔치가 끝나면 일본은 범인을 색출하려 할 것이니, 애먼 이가 범인으로 몰리지 않도록 폐하께서 '일본인 쿠도 히나'의 짓임을 공표해주시길 희망합니다. 하여, 일본어로 된 진술서를 동봉합니다.

히나의 진술서가 수미를 통해 황제에게 전달되었다.

빈관이 폭발하며 일군들이 피해를 입자, 이토가 분개하며 폭도들을 모조리 찾아내 소탕하겠다 공표했다. 일 헌병들이 시위대와 의병들을 찾아 온 거리를 헤집고 다니며 무고한 조선인들을 위협했다. 폭도를 찾겠다는 것은 구실에 불과했다. 무자비한 소탕 작전에 아이도, 노인도 가리지 않고 살해당했다. 매일이 참혹해지려는 찰나였다. 황제가 이토에게 히나의 진술서를 들이밀었다. 히나의 희생으로 사건은 그렇게 정리되었다.

그러나 사건 하나만이 정리되었을 뿐이었다. 이미 수많은 조선인들이 희생당했고, 희생했으며, 사지에 내몰렸다. 앞을 장담할 수 없었다. 해가 뜨지 않을 것만 같은 긴 밤을 지나고 있었다. 평범히 삶을 살아가던 이들도 각자의 무기를 들고 나라를 구하고자, 제 삶의 터전을 지키고자 의병이 되었다.

매일 쓰러지고 다시 일어나는 조선의 밤을 유진은 성곽에서 내려다보았다. 그러한 유진의 앞으로 동매가 느릿하게 걸

어와 악수를 청했다. 덩그러니 내밀어진 손에 유진이 동매를
보았다.

"……달아둔 게 있다던데. 대신 전합니다."

천천히 유진이 동매의 악수를 받았다. 히나의 죽음을 애도
하는 악수였다.

"다른 여인은…… 무사하오. 동지들과 합류도 했고. 그쪽이
살아 돌아와 다행이라고. 그리 말하던데."

구해주러 와 고맙다고 제게 인사하던 애신이 생각나 동매
는 가슴이 먹먹해졌다. 어느새 자신이 살기를 바라는 이들이
생겨났다. 그러나 살아갈 날이 얼마 남지 않은 때였다.

"하면 전 이만 중한 일이 있어서. 곧 보름이라."

"혹, 아편을 하는 거요?"

표정을 숨기며 돌아서는 동매를 유진이 붙잡았다. 동매가
비스듬하게 서 한숨을 내쉬었다.

"매번 그리 꿰뚫어 보시니 뭘 숨기려면 안 만나야 하나 싶고."

"만나서 좋은데, 난. 도움이 필요하면 얘기하시오. 내 화월
루에 묵을 예정이오. 그 중한 일 다음에 화월루도 되찾으러
올 거요?"

"진짜 다 아신다니까. 금방 찾으러 가겠습니다."

걸어가는 동매의 뒷모습을 유진이 걱정스럽게 지켜보았다.
아편으로 겨우 살아가고 있는 것이라면 그 몸의 상태가 끔찍
할 것은 물을 것도 없었다.

동매는 자신이 머물던 집 가운데 우뚝 서 방을 둘러보았다. 떠났던 날과 달리 방 안은 먼지 하나 없이 깔끔하게 정리되어 있었다. 방 안을 둘러보던 동매의 시선이 벽에 멎었다. 걸려 있는 그림이 생경했다. 한 발짝 그림으로 다가선 동매는 제가 했던 말을 떠올렸다.

'그렇게 실컷 울고 내일부터는 다른 꿈을 꿔. 이양화로도, 쿠도 히나로도 살지 말고, 가방엔 총 대신 분을 넣고, 방엔 펜싱 칼 대신 화사한 그림을 걸고, 착한 사내를 만나. 때마다 그대 닮은 예쁜 옷이나 지어 입으면서. 울지도 말고 물지도 말고. 그렇게 평범하게 사는 꿈을 꿔.'

동매의 눈에서 눈물이 한 방울 툭 떨어졌다. 그림을 바라보는 눈이 쓸쓸했다. 망가진 몸은 눈물 한 방울을 떨어뜨리는 순간에도 아팠으나, 익숙한 고통이었다. 그림에서 고개를 돌려 동매는 거리로 나섰다.

진고개 거리는 동매가 떠난 후, 일본 무신회에서 온 낭인들이 관리 중이었다. 본국의 낭인들은 조선 상인들에게 가차 없었다. 하루가 멀다 하고 상인들을 잡다 패기 일쑤였다. 오늘도 다름없었다. 동매는 상인 하나에게 몰매를 놓으며 소란을 일으키고 있는 본국의 낭인들을 향해 걸었다.

"이시다 쇼?!"

낭인 중 하나가 동매를 발견했다. 귀신이라도 본 듯 두려움에 가득 찬 모습이었다. 낭인들의 눈이 일제히 동매를 향했다.

"네, 네놈이 살아 있었어?!"

"반겨주니 즐겁네. 이제 그만 내 것을 돌려줘야겠어."

낭인들이 칼을 빼들어 동매를 공격했다. 동매는 양손에 칼을 들고 낭인들을 상대했다. 날아오는 칼들을 피하며 낭인들을 찌르고 베어냈다.

"혹여나 하늘이 도와, 전신이 나빠 전보가 늦고, 날이 흐려 배가 더디고, 그 모든 걸 감안하더라도 일본에서 내게 닿기까지……."

한 명씩 낭인들을 베어낸 동매의 숨이 턱 끝까지 차 있었다. 동매는 피를 흘리며 쓰러진 낭인들을 차가운 눈으로 내려다보며 숨을 골랐다.

"고작, 열흘."

흙바닥에 핏물이 진하게 배어 있었다. 힘이 빠진 동매가 그 위에 무릎을 굽혀 앉았다. 자신이 살아 돌아와 다행이라 했다는 여인이 있었다. 그리고 눈이 올 때까지, 한참을 더 살아보라던 여인이 바닷가에 묻혔다. 제 집에 자신과 같이 어여쁜 그림을 걸어놓고서.

"그 열흘을…… 일 년처럼 살아볼까……. 그리 죽어볼까……."

동매는 무너지는 몸을 간신히 바닥에 꽂은 칼로 지탱하며 버텼다.

지
키
는
이
유

　호리병에 담긴 탁주를 뿌리며 유진은 승구의 무덤을 한 바
퀴 돌았다. 반 정도 비운 호리병을 내려놓고 유진은 털썩 무
덤 앞에 앉았다. 승구와의 첫 만남도 이곳이었는데, 결국에는
다시 무덤가였다. 바스락거리는 소리에 유진이 뒤돌았다. 잡
초들을 헤치고 걸어오는 이는 은산이었다.

　"안 오시는 줄 알았습니다."

　"오는 길에 못 봤냐. 벽마다 내 얼굴 안 붙은 곳이 없다. 너
없는 새 내 아주 유명 인사가 돼서 나다니기가 힘들다, 이놈
아. 기다릴 걸 아니 마음은 또 얼마나 급하던지."

　유진의 옆에 앉으며 은산이 궁싯댔다. 여전한 은산이 반갑
고 쓸쓸해 유진은 말없이 웃었다. 괜히 넋두리를 늘어놓던 은
산이 애신의 소식을 전했다. 애신은 무사히 깨어났으나, 유진

이 온 것은 전혀 모르고 있었다. 여전히 꿈인 줄로만 알았다. 유진은 멍하니 멀리 있는 산을 보았다. 은산의 주름진 얼굴에 착잡함이 감돌았다. 돌아오지 않을 줄 알았는데, 결국에는 다시 돌아온 유진이었다. 애신이, 은산이, 의병들이 가는 길 위에 어느새부터 늘 유진이 있었다. 모두를 살리고 싶은 그 마음을 알아 은산은 안타까웠다.

"비껴가거라. 총 맞기 싫으면."

"그랬어야 했는데……. 끝끝내 비껴가게 될 걸 알면서도 온 생을 걸고 오고 있었습니다. 그리고 깨달았죠. ……나도 뱃멀미를 하는구나."

누구보다 어렵게 온 유진이었다. 더는 말릴 수도, 돌아가라 할 수도 없어 은산은 웃어버렸다.

"그러니 잘 왔다고 해주십시오."

"……잘 왔다."

"짐작했던 것보다 더 빠르게 저물었습니다, 조선은."

일본의 식민 지배가 가속화되고 있었다. 일본의 총칼은 무자비했고 이 땅에 살던 이들은 그 이유만으로 핍박받았다. 도착하던 날의 곡소리가 유진의 귓가에서 지워지지 않았다. 더는 빼앗길 것도 없어 한스러운 눈물이었다.

"우리가 하나를 보태갈 때마다 그들은 열을 보태간다. 지키려는 이가 백 명이면, 나라를 팔겠단 놈들은 천 명이다. 하나 그들이 보탠 열은 쉬이 무너질 것이다. 나라를 파는 이는 목숨 걸고 팔지 않으나, 우리는 목숨을 걸고 지키니까."

강대국들이 허락 없이 바다에 배를 대고 들어와 조선을 갉아먹기 시작한 때부터 지금까지, 은산은 오랜 시간 싸워왔다. 그럼에도 지치지 않는 이유는 그러한 희망 때문이었다. 목숨을 걸고 지키는 이들은 자신을 지키는 게 아니었다. 부모를, 형제를, 자식을, 이웃을. 그 모두를 위해 나라를 지키는 것이었다. 그러니 자신만 살고자 조국을 저버리는 이들과는 달랐다.

유진은 그들의 죽음을 되짚었다. 하늘엔 어둠이 끝없었으나 어둠을 몰아낼 별 또한 빛나고 있었다. 그 빛이 헛되지 않기를 유진은 바랐다.

애신은 약재 창고 바닥의 깊숙한 곳으로 손을 밀어 넣었다. 면포에 쌓인 총을 꺼낸 후 총구부터 방아쇠까지 면밀히 점검했다.

이번 작전의 목표는 덕문이었다. 고씨 집안이 무너질 때, 덕문은 빠르게 애순을 버리고 완익을 택했다. 완익이 죽은 후에 또 그 줄을 갈아타 이토에게 붙은 덕문이었다. 그런 덕문의 손에 타카시가 가지고 있던 의병 명단이 들어간 것이 사달이었다. 절호의 기회를 덕문은 놓치지 않았다. 덕문은 직접 이토와 하세가와를 찾았다. 은산과 애신은 물론 의병 전체와 합류한 시위대, 거점에 모여 있는 모두가 위험에 처한 상황이었다.

신중하고 빠르게 총기를 훑는 애신의 등 뒤로 문이 열렸다. 바로 뒤돌아선 애신이 문을 열고 들어온 상대를 향해 총을 겨눴다. 순간 애신의 눈동자가 크게 흔들렸다. 제 눈앞에 선 이는 유진이었다. 보고도 믿을 수 없어 애신은 아연해졌다. 손에 힘이 풀려 쥐고 있던 총을 놓쳤다. 유진이 재빨리 총을 받아들었다. 그러한 유진을 애신은 멍하니 바라만 보았다.

"……이건 꿈일 리가 없는데."

분명한 현실이었다. 그럼에도 눈을 깜박이면 꿈에서 깰까, 애신은 눈을 깜박이지도 못했다. 유진은 놀라 굳은 애신의 앞으로 다가섰다. 덕문의 손에 의병 명단이 들어간 것을 은산에게 알린 이가 유진이었다. 조선에 돌아와 관수와 연락을 취한 덕분에 알게 된 정보였다.

"황 도공에게 내가 연락한 건데. 몸은 괜찮소? 그 치료도 내가 해준……"

유진의 말이 채 이어지지 못했다. 애신이 눈물을 쏟아내며 유진을 끌어안았다. 유진도 애신을 끌어안았다. 이렇게 다시 마주 안을 수 있다는 사실이 믿기지 않았다. 유진이 다정한 목소리로 애신을 토닥였다.

"이만하면 치료가 잘된 모양이오."

"꿈인 줄 알았소. 너무 생생해서 며칠을 허둥거렸단 말이오."

"……이럴 거면서 왜 오지 말래."

안타까워하는 유진을 애신은 더욱 꽉 끌어안았다. 전해지는 온기가 소중했다. 한참 동안 애신을 품 안에 두었던 유진이 조심스럽게 몸을 떼었다.

"얼굴 좀 봅시다. 아파하는 얼굴만 봐서. 지금이 더 아프려나."

"이리 오면 어떡하오. 진짜 이렇게 눈앞에 있으면 어떡해."

"헤어질 때 분명 또 보자고 했는데."

"조선은 너무 위험하오."

"달리 방법이 없었소, 안 돌아올 방법이."

"아무리 그래도, 거기까지 갔는데……."

보고 싶었던 애신의 얼굴이었다. 처음 만난 얼굴은 아파하고 있던 얼굴이라, 유진은 이제야 제대로 애신을 마주한 듯했다. 유진의 눈가에 눈물이 그렁그렁했다.

"고작 한 뼘 반이었소, 내겐. 어찌나 보고 싶던지. 내 걱정은 마시오. 당신은 당신의 조선을 구해요. 난 당신을 구할 거니까. 이건 내 역사고, 난 그리 선택했소."

"이런 무모한 자를 보았나."

애달픈 목소리에 유진은 설핏 웃으며 들고 있던 총을 애신에게 건넸다.

"이게 내게 처음 들킨 당신의 낭만이었소?"

"귀하가 준 모신나강은 잃었소."

"총은 실력이 없소. 실력은 스나이퍼에게 있는 거요."

이렇게 또 유진에게서 위로를 얻는 애신이었다. 유진이 애신을 걱정했다.

"표적은 이덕문이오. 괜찮겠소? 힘들면 내게 맡기시오."

"빈관 사장의 부고를 들었소. 나는, 그이의 몫까지 나아갈 거요. 뜨겁게 간 어느 누구의 목숨도 헛되지 않게. 총도 귀하보단 내가 더 잘 쏘고."

단단한 애신의 검은 눈은 처음 만난 순간에도 유진을 돌아보게 만들었다. 처음부터 지금까지 단 한순간도 특별하지 않은 적 없는 여인이었다. 유진은 걱정을 지우고 미소를 띠었다.

이미 완익과 함께 움막에 와본 적 있는 덕문이 앞장서 일군들을 데리고 움막을 습격했다. 그러나 의병들이 모여 있어야 할 움막은 이미 텅 비어 있었다. 거점이 노출되었다는 소식을 접하자마자 은산이 빠르게 움막에 모여 있던 이들을 데리고 떠난 것이다.

"어떻게 된 거야. 텅 비었잖아!"

허탕을 치게 된 하세가와가 덕문에게 옥박질렀다. 분명히 불 피운 흔적과 발자국들이 남아 있었으나 이미 모두가 떠난 후였다.

"멀리 못 갔을 겁니다. 뒤져야 합니다. 계집에, 애들에, 걸음이 더딜 겁니다. 이 인원이면 충분히 수색이 가능합니다."

움막에 새로이 합류한 이들이 많았다. 준영을 포함한 시위대와 양복점의 종민, 인력거꾼 진국과 같은 이들은 물론 일군들에게 떠밀려난 아이와 노인들까지 포함되었다. 덕문이 식은땀을 흘리며 하세가와를 설득할 때였다. 주변을 살피던 헌병 중 하나가 하세가와를 불렀다. 헌병이 숲에서 끌고 나온 이는 산나물이 든 소쿠리를 옆에 낀 노인이었다. 완익의 침의 노릇을 하던 노인이었다. 덕문의 눈이 커다래졌다. 하세가와가 침의를 보며 물었다.

"폭도 잔당이야?"

"아, 예. 그런 모양인데, 저자는 귀머거리에 벙어립니다."

"하필! 죽여버려!"

하세가와의 명령에 헌병이 답하며 총을 장전했다. 그때 떨고 있던 침의가 소리쳤다.

"쏘, 쏘지 마세요! 살려만 주십시오. 다 얘기하겠습니다."

"귀머거리에 벙어리라며! 넌 대체 제대로 아는 게 뭐야!"

덕문이 어안이 벙벙해 침의를 보았다.

"그, 그게, 그러니까……. 저자가 다 말하겠답니다. 다 안답니다. 얼른 말해봐, 얼른! 고애신이 어디 갔어. 황은산이 어디로 튀었어!"

"저자로 내려갔습니다. 오늘 거사가 있다고 들었습니다. 애기씨랑 행랑아범, 함안댁, 그 외 여럿이 내려갔습니다. 일본군 대장인가를 죽인다던데."

완전히 허탕을 친 건 아니게 되었다. 덕문이 신이 나 하세가와에게 침의의 말을 전달했다. 자신을 죽이러 내려갔다는 말에 하세가와가 기가 차 분노했다.

"걱정 마십시오. 제가 그년이랑 그 식솔들 얼굴을 다 압니다."

"어이! 수색을 멈추고 전원 하산한다! 서둘러!"

움막 주변을 뒤지던 일군들이 우르르 달려가기 시작했다. 의병 일당을 잡으러 급히 달리는 와중에도 하세가와가 돌아서 힘없이 서 있는 침의에게 총을 쏘았다. 총에 맞은 침의는 가슴을 붙잡으며 툭 쓰러졌다. 땅바닥에서 일군들의 발자국 소리가 울려댔다. 눈을 감는 침의의 얼굴에 어렴풋이 미소가 떠올랐다.

움막에 있던 의병들은 산을 넘어가고 있었다. 신속하고 조용히. 그 걸음을 따라가기에 노인들은 너무 늙고 느렸다. 그래서 노인들은 다른 길을 선택했다. 올라가는 무리에서 조용히 빠져나온 것이었다. 얼마 남지 않은 생이었다. 병들어 죽는 것보다야 값진 죽음이 될 것이다.

산을 내려가고 있는 이들은 고운 옷을 차려입은 함안댁과 행랑아범, 그리고 마치 애신을 모시는 듯 빈 가마를 든 노인들뿐이었다.

"발소리가 들리는 구마잉. 뒤에 따라 붙었는갑다."

성곽을 따라 걷던 행랑아범이 뒤에서 들려오는 소리에 귀를 기울였다.

"침의 그 냥반 용허네. 듣도 몬하고 말도 몬함시롱 잘해냈구만."

"뭔 소립니까. 그 냥반이 소리도 잘하고 말도 을매나 청산유순데."

무슨 소리냐는 듯 함안댁이 타박하자, 가마를 끌던 노인들이 모두 놀라 함안댁을 보았다.

"평생 한마디 하는 걸 못 봤는데. 마지막 말을 멋지게 하고 가셨는갑소.

"그럼 우리도 다들 살면서 못 해본 말들 해보는 거 어떠. 어차피 가는 마당에."

"나가 꼭 하고 싶은 말이 있긴 있었제. 이리 오너라! 이리 오너라!"

노인 하나의 외침에 모두가 소리 내어 웃었다. 발소리가 가까워지고 있었다. 함안댁이 마음을 다잡으며 옆에 선 행랑아범을 불러 세웠다.

"맞네예. 오늘이 마, 생의 마지막이라 카모 내도 못할 말 없지예. 보소. 내는 이녁이 옆에 계셔서 좋았심더. 이리 오이소. 까짓 거 손 함 꼭 잡읍시더."

이제 곧 떠날 이승이었다. 아쉬운 것은 마지막으로 애신의 얼굴을 보고 가지 못하는 것 하나 정도였다. 행랑아범이 쑥스 러운 듯 얼굴을 붉히면서도 능글맞게 웃었다. 노인들이 깔깔 대며 얼른 손을 잡으라고 재촉했다. 죽음을 향해 가는 걸음들 이 슬프지 않았다. 함안댁이 행랑아범에게 손을 뻗을 때였다.

총알들이 노인들에게로 쏟아졌다. 가마를 지고 있던 노인 들이 쓰러지고, 빈 가마가 바닥을 굴렀다. 함안댁과 행랑아범 도 바닥을 나뒹굴었다. 노인들의 피가 거리에 쏟아졌다. 감기 는 눈으로 행랑아범이 저만치 떨어진 함안댁에게 손을 뻗었 다. 그러나 손은 끝끝내 맞닿지 못한 채 힘없이 떨어졌다.

거점 소탕은 실패했고, 덕문에게 남은 쓸모는 의병 명단뿐 이었다. 산을 내려오며 하세가와는 자신이 애신 일행을 쫓을 테니 명단부터 챙기라 덕문에게 일갈했다. 어떻게든 의병 소 탕에 일조해야 제게도 공이 생겨 출셋길이 열릴 터, 덕문은 화월루의 어느 방 안으로 뛰어가 바닥에 깔린 다다미를 뜯어 명단이 적힌 종이를 꺼냈다. 덕문은 동매가 떠난 후 화월루의 주인 행세 중이었다.

명단을 들고 일어서던 덕문이 멈칫하며 뒷걸음질 쳤다. 문 앞에 유진이 버티고 서 있었다.

"의병 명단을 갖고 있다던데. 그거요?"

"미국인이 왜 조선 의병 명단에 이리 관심이 있으신지. 혹 자기 이름이라도 적혀 있을까봐?"

빈정대는 덕문을 유진은 차게 내려다보았다. 늘 누군가에게 빌붙어 살 궁리만 하는 한심한 자였다. 무능하고 한심하기만 했다면 죽일 일까지는 없었을 것이다. 제 능력은 생각지 못하고 제 것 아닌 것들을 팔아넘기려 하고 있었다.

"거긴 내 이름이 없소. 고사홍, 황은산, 장승구, 이정문, 송영, 전승재, 박무걸. 그리고 고애신."

서늘하고 낮은 목소리가 뜨겁게 나라를 지킨 의병들의 이름을 읊었다. 그러나 거기에는 유진의 이름도 있었다. 홍파의 죽음에 달려온 유진을 본 타카시가 추가해둔 이름이었다. 'Eugene Choi(유진 초이)'. 영문을 읽을 줄 몰라 어느 선교사의 이름이라 넘겼던 덕문이었으나, 그제야 무언가 깨달았다는 듯 소리쳤다.

"내 이럴 줄 알았다! 네놈이 맞았구나! 그 명단에 네 이름이 있었어! 이제야 네가 왜 그리 거슬렸는지 알겠네. 네가 그년 편이어서였어. 아참, 내가 그년 형부인 건 알지? 지금 생각하니까 내가 생각이 짧았어. 어차피 고씨랑 할 혼인이었으면 고애신 그년이랑 할 걸 그랬어! 얼굴도 훨씬 반반하고 애도 잘 낳았을 거고. 안 그래?"

히죽거리는 덕문에 유진은 이를 악물었다.

"넌 내가 어떤 이보다 총 실력이 부족해서 십 초 더 산 줄 알아."

"뭔 개소리야."

활짝 열린 창문 사이로 바람이 불었다. 동시에 덕문의 머리 중앙에 총알이 꽂혔다. 덕문이 그대로 눈을 뜬 채 고꾸라졌다.

유진이 덕문의 재킷 주머니에서 의병 명단을 꺼냈다. 방문이 옆으로 벌컥 열리며 동매가 안으로 들어왔다.

"술 먹다 뒤지기 딱 좋은 방 같더라니."

동매의 시선이 열린 창을 잠시 훑었다. 로건이 죽었던 방이기도 했다.

"화월루는 내가 되찾아놨소. 피가 좀 튀긴 했는데 암튼 가지시오. 부담 갖지 말고."

"피가 좀? 한강인데?"

어이없어 웃는 동매의 등 뒤로 총성이 연달아 울렸다. 귀가 멍해질 정도의 총성이었다. 유진과 동매가 동시에 창밖으로 고개를 돌렸다.

화월루 맞은편 건물 위에서 조준경으로 쓰러진 덕문을 확인한 애신은 지붕을 넘어 달리고 있었다. 울려 퍼지는 총소리에 애신이 몸을 낮추며 고개를 돌렸다. 거리 위에서 일군들이 어느 가마 행렬에 총을 난사하고 있었다. 거리가 멀어 잘 보이지 않았으나 모두 백발의 노인들이었다. 애신은 굳은 표정으로 가마를 향해 내달렸다.

빈 가마를 확인한 일군들이 자리를 비우자, 숨어 있던 사람들이 하나둘씩 죽은 노인들의 곁으로 모여들었다. 아낙들과 국밥집 주인, 사홍의 땅에서 소작하던 소작인들, 목화학당 학생들과 스텔라가 그 자리에 있었다. 쓰러진 노인들의 얼굴에 귀를 가져다 대며 숨이 붙었는지 확인하던 이들의 눈에서 눈물이 쏟아졌다.

"아지매. 아지매, 정신 잡으이소! 이 아지매 아직 살아있어예!"

함안댁을 확인하던 노파의 외침이었다. 노파가 제 치맛자락을 찢어 함안댁의 상처를 동여매려 할 때였다. 애신이 낭자한 핏물을 밟고, 사람들 틈 사이로 달려왔다. 숨을 거둔 행랑아범과 쓰러져 있는 함안댁을 본 애신이 비명과 같은 울음을 터뜨렸다. 믿을 수 없는 광경이었다. 호흡이 가빠왔다. 애신이 피투성이의 함안댁을 끌어안으며 훌쩍였다.

"왜 이런 거야……. 자네가 왜 여기…… 왜…….'

애신의 목소리에 함안댁이 힘겹게 눈을 떴다. 애신의 얼굴을 볼 수 있는 마지막 기회였다. 저승으로 가는 길에 여한이 없을 듯해 함안댁은 반갑게 미소 지었다.

"거점에 있었어야지. 거기 있었어야지!"

"애기씨요…….'

서러워 악을 내지르는 애신을 함안댁이 안타까워하며 불렀다. 애기씨라는 말에 주변에 모여 있던 이들이 웅성댔다. 오래 소식 없던 애기씨가 변복한 사내의 차림을 하고 있었다. 사방에 붙은 용모파기 속 의병의 모습이었다.

"살라고 이켔지요……. 산에 있는 그이들도…… 애기씨도…… 다 살라고……."

어렵게 말을 잇던 함안댁의 입에서 울컥 피가 토해져 나왔다. 애신이 복면을 벗어 함안댁의 상처를 지혈했다.

"안 돼……. 그만 말해……. 말하지 마……."

애신의 목소리가 애절했다. 그러나 이미 꺼져가는 목숨이었다. 함안댁은 마지막 말을 전했다.

"빗속에서 울던 갓난 애기가 제 품에 와가…… 첫 발을 떼고…… 환하게 웃고……. 그거 지켜보는기 지가 사는 이유였어예……. 그게 지가 죽을 이유이기도 하고예……. 이래 얼굴도 뵀으이……. 지는 인자 휘이휘이 춤추면서……."

말을 끝내지 못한 채 함안댁의 얼굴이 힘없이 떨어졌다. 평안히 눈 감은 함안댁을 붙들고 애신이 오열했다. 함안댁이 사는 이유가 자신이었다면, 애신이 조국을 지키는 이유 또한 저를 품에 안아 키웠던 함안댁이고 행랑아범이었다. 삶의 이유 중 하나였다. 이렇게 두 사람을 잃을 수 없었다.

말발굽 소리가 다시 들려오고 있었다. 죽은 노인들의 손에 무기를 쥐여놓고 폭도들로 위장하러 온 일군이었다. 벌건 눈으로 애신은 달려오는 일군 무리를 노려보았다. 애신의 손에

함안댁의 피가 흥건했다. 피 묻은 손으로 애신이 총을 집어
들었다. 곁에 있던 노파가 애신을 붙들고 고개를 저었다. 애
신을 지키려고 희생한 것이다. 애신이 지금 이리 죽어서는 안
되었다.

주변에 있던 이들이 너도나도 나서 시체와 애신을 둘러쌌
다. 붙어선 이들은 일군으로부터 애신을 숨기는 단단한 벽이
되었다. 일군 장교가 총을 꺼내 들며 공포탄을 쏴도 벽은 무
너지지 않았다. 애신이 목숨을 걸고 지키려던 조선이 이제는
애신을 지키고 있었다.

핏
빛
하
늘
위
로

어차피 자신들의 발아래 사라질 족속들이었다. 그렇게 우습게 보았던 조선인들이 애신을 지키는 기세가 맹렬하여, 일군들은 당황했다. 이미 무기도 들지 않은 무고한 노인들을 죽인데다, 애신을 지키고 선 이들 중에 미국인 스텔라가 있었다. 여기서 더 무리할 필요는 없어 하세가와는 철수 명령을 내렸다.

일군들이 돌아가고, 유진과 동매는 애신을 태울 말을 구해왔다. 애신은 넋이 나간 채 유진이 끌고 온 말을 보았다.

"갑시다. 데려다주겠소."

"……혼자 가겠소."

"검문이 있을지도 모르고."

"그러니 여기 있으시오. 안전하게. 미국인으로."

그제야 유진을 보는 애신의 눈에 초점이 돌아와 있었다. 슬퍼할 시간조차 없다는 것이 더욱 서글펐다.

"내 옆은 위험하오. 내가 가려 한 길에, 저이들의 죽음은 없었소. 또 누군가의 죽음을 보게 될까 두려워졌소. 그러니……."

"각오했어야지, 그 누구의 죽음도. 각오했어야 하오. 전쟁은 그런 거요."

약해지는 애신을 유진이 부드럽게 다그쳤다. 애신은 강인한 눈을 한 유진을 보았다. 더 강해져야 할 때였다. 이 죽음들이 헛되지 않으려면 애신은 살아남아야 했다. 갚아야 할 죽음들이 너무 많았다.

"어디로 가야 하는지 알고 있소? 거점을 옮겼을 듯한데."

"……약속된 곳이 있소."

"그럼 조심히 가시오. 저이들 걱정은 말고. 돕는 이들도 많고, 내가 잘 배웅해주겠소."

"부탁하오."

유진과 애신 사이에 담담한 인사가 오갔다. 그러나 주고받는 눈빛만은 한없이 깊었다.

애신은 말을 타고 달려 약속된 장소인 계곡에 도착했다. 계곡에는 무사히 도착한 의병 무리가 쉬고 있었다. 말발굽 소리에 총을 들고 있던 은산과 상목이 총을 장전하며 경계했다. 나무 사이로 드러난 검은 인영이 애신이라는 것을 확인한 이들이 총을 내렸다. 말에서 내린 애신은 고삐를 나무에 묶었다. 걸어오는 애신의 손이며 옷이 온통 핏빛이었다. 애신을 확인한 이들의 분위기가 일순 숙연해졌다.

산을 넘던 은산은 얼마 후 노인들이 뒤를 따르지 않았음을 깨달았다. 되돌아갈 수 없는 상황이었다. 은산은 애써 그들을 찾지 않았다. 그들의 숭고한 결정을 존중해야 했다.

"……임무는 완수했습니다. 모두들 안전한 걸 보니 그이들의 마지막 거사도…… 성공한 듯싶습니다."

은산 너머의 의병들과 여인들, 아이들을 훑으며 애신이 울음을 삼켰다.

"그이들은…… 전원…… 전사했습니다."

"……마음을 추스르십시오. 그이들이 지킨 이들입니다. 이제 우리가 지켜야 합니다."

"……예. 대장님."

애신이 힘겹게 고개를 숙였다. 분이네가 애신을 부축했다. 계곡가에서 놀던 아이들을 지키던 여인이 성호를 그으며 죽은 이들을 위해 기도를 올렸다.

사진기를 들고 희성은 편전에 들었다. 3년 전 유진이 동경에서 보내온 사진기였다. 희성이 새로이 시작한 생에 대한 응원이었다. 희성은 그 응원에 많은 의미를 담으려 노력했다. 정복을 차려 입고 가슴에 훈장을 여러 개씩 단 대신들이 사진기 앞에 섰다. 을사년과 정미년의 조약에 찬성하여 매국하고 일본의 앞잡이 노릇을 하고 있는 박제순, 이지용, 이근택, 권중현, 송병준, 이병무, 고영희, 조중응, 이재곤, 임선준, 이완용. 총 11명의 인사들이었다.

"오늘 사진을 찍어줄, 한성판윤을 지냈던 고故 김현석 대감의 손자요."

"김현석 대감? 허허. 그 집안 자손이 어찌 이런 잡일을."

"사내대장부가 업적을 남겨야지. 지하에 계신 대감께서 눈을 감으시겠나."

저를 두고 걱정하는 척 이죽거리는 이들에게 희성은 웃어 보였다.

"오늘날 이 역사를 만드신 분들의 사진을 찍는 것보다 더 큰 업적이 또 어디 있겠습니까. 훗날 대한의 후손들이 보아야 할 기록을 남기는 것이니, 온 힘을 다해 찍겠습니다. 대대로 기억되셔야지요."

이완용이 옷매무새를 고치며 끄덕였다.

"그렇고말고, 길이 남을 사진이니 잘 부탁하네. 자, 찍읍시다."

사진기 뒤에 가려진 희성의 얼굴이 비장했다. 민족 반역자 11인의 얼굴을 고스란히 사진에 새겨 넣어 박제했다. 의병들의 투쟁이 격렬해질수록 희성의 투쟁도 격렬해졌다. 글로, 사진으로 하는 싸움이었다.

일본군의 총탄이 무고한 조선인 육六인을 폭도로 몰아 무참히 살해했다. 대한의 법까지 제 손아귀에 넣으니 그들의 짐승 같은 횡포가 끊이지 않는다. 이천 만 동포여! 두렵고 두려우나, 마땅히 나아가자! 천둥으로! 폭풍으로!

빈관 폭파 사건 이후 일식과 춘식은 '해드리오'를 떠나 의병 집단에 합류했다. 한쪽이 비어버린 '해드리오'에서 희성은 여전히 호외를 발행했다. 학당에서 애신과 함께 공부하던 남종이 희성의 밑에서 돕고 있었다. 인쇄된 호외들을 정리하는 남종의 얼굴에 걱정이 가득했다.

"사장님. 이 호외 정말 뿌리실 거예요? 일본이 신문지법을 더 강화한다 합니다. 대한매일신보의 베델 사장도 추방될지 모른다던데. 영국인인데도요."

"진실을 전하는 이들의 숙명인 듯하구나. 하나 걱정 말거라. 내 이럴 줄 알고 이름도 없는 신문사를 만든 것이다. 이런, 내 선견지명에 나도 감탄을 금치 못하겠다."

남종의 걱정에 희성이 웃음으로 답했다. 남종이 한숨을 쉬며 종이를 보자기에 싸매었다.

"전 사장님의 그런 낙관론적 태도에 개탄을 금치 못하겠습니다. 뜻이 있는 학당 후배들이 있습니다. 호외 배포는 걱정 마셔요."

"내가 직원을 참 잘 뽑았어."

"전 취직을 잘못했습니다. 그럼 다녀오겠습니다."

인사를 하며 남종이 뒷문으로 나갔다. 그 문으로 들어오는
이가 있었다. 유진을 발견한 희성이 자리에서 일어섰다.

"이게 누구시오. 304호 아니시오. 돌아왔구려."

다시는 볼 수 없을지도 모른다고 생각했던 이가 돌아와 있
었다. 떠나는 길에도 원수의 아들을 응원해주었던 유진이 반
가워 희성은 눈가가 촉촉해졌다.

"지금은 화월루 매실에 묵고 있소. 맡겨놓은 걸 찾으러 왔
는데."

늘 반기며 인사를 건네던 희성이었다. 여전히 자신의 자리
에 있는 희성에 유진은 안도했다. 희성이 가게 한편에서 비단
보에 쌓인 물건을 유진에게 건넸다.

"내 이것 때문에 매국도 못 하고."

"고맙소."

희성의 능청에 픽 웃음 지으며 유진이 비단보를 풀었다. 그
안에 든 것은 오래 전 황제로부터 하사받았던 태극기였다.

"한데 여기 주인들은 다 어디 갔소."

"그이들이 빈관 사장을 도운 모양이오. 해서 잠시 떠나 있
소. 이걸 맡은 값으로 내가 너무 큰 걸 받았던데."

"그건 응원이었소. 값은 이걸로 치를 거고. 일본의 손에 있

으면 살생부가 되나, 303호의 손에 가면 기록이 될 것 같아서."

사진기 값으로 희성에게 내밀어진 것은 타카시가 적은 의병들의 명단이었다. 명단을 훑어 내려가던 희성의 시선이 애신의 이름 석 자에 잠시간 머물렀다.

"내, 술 한잔 사야겠구려."

"드디어 술을 사는 거요."

밉지 않은 농담으로 유진이 희성의 제안을 반겼다.

유진과 희성은 함께 술을 마시던 진고개의 술집으로 들어섰다. 술집에는 이미 동매가 홀로 술잔을 기울이고 있었다. 유진과 희성의 목소리에 동매가 뒤를 돌았다. 술집이 여기밖에 없냐 핀잔을 놓는 동매의 입가에도 반가움이 걸려 있었다. 유진에 이어 동매까지 보게 될 줄은 몰라서 희성은 울컥하며 동매의 옆에 앉았다.

"그대도 돌아왔구려! 이리 보니 반갑기 그지없소. 주인장! 여기 술 주시오, 비싼 걸로. 내가 사는 것이니 맘껏 드시오."

"드디어 술을 사시는 겁니까?"

술을 사겠다는 희성에 동매 또한 유진과 같은 반응이었다. 유진이 희성에게 믿을 수 없으니 지갑을 꺼내놓으라 쓴소리를 했다. 술집 주인이 유진과 희성의 앞에도 술병과 잔을 놓았다. 희성이 자신의 잔에 술을 따르며 변명 아닌 변명을 이었다.

"오해가 깊은 듯한데, 내 그간 마음이 없어 안 산 것이 아니오. 돈이 없어서는 더욱 아니고."

"그럼 뭐가 없으셨나."

"그대들이 없었지. 내 몹시 기다렸는데, 동무들을."

동매의 물음에 희성이 쓸쓸히 답했다. 너무나 낯선 단어에 유진과 동매는 마시던 술도 잊고 희성을 보았다. 너무나 다른 길을 걸어온 세 사람에게 어울리지 않는 말이었다. 각자의 길을 걷기에도 바쁘고 고된 이들이었다. 그러나 돌아보면 이렇게 한자리에 모여 있었다. 그리하여 동무였다.

"하면 동무들끼리 잔을 부딪쳐보겠소? 자, 건배."

속내는 어떠했든 제게 무뚝뚝하고 차가웠던 이들이라 희성은 아무런 기대 없이 잔을 들었다. 유진과 동매의 잔이 희성의 잔에 가볍게 부딪쳐졌다. 희성이 의아한 채 유진과 동매를 번갈아 보았다.

"당황스러워라. 동무 소리에 또 총과 칼을 드나 했는데, 오늘은 잔을 들어주었구려. 자, 그럼 다시 한 번, 건배!"

괜한 일이었나 싶게 희성이 들떠 있었다. 후회도 잠시였다. 유진과 동매는 다시금 희성과 건배했다. 세 사람의 잔이 부딪치는 소리가 명쾌했다. 잔과 잔이 부딪치며 술이 넘나들었다.

적당히 술에 취한 세 사람이 어느 봄날처럼 나란히 걸었다. 세월이 흘러 이름 모를 우정이 생겨난 자리에는 그만큼의 슬품도 함께였다. 세 사람의 걸음이 건물 옥상에서 흩뿌려지는 종이들에 멎었다. 꽃잎 대신 거리를 수놓은 것은 희성이 쓴 호외였다. 희성이 유서를 대신하여 써 내려간 호외였다.

세 사람은 고개를 들어 바람에 나리는 호외를 보았다. 그 호외를 한없이 바라보고선 동매의 부서진 몸속에는 남은 생만큼 타들어 가는 아편이 있었다. 그리고 마지막까지 이방인으로 남을 유진의 손에는 태극기가 쥐어져 있었다.

멈출 방법을 몰라서, 멈출 이유가 없어서, 어쩌면 애국심으로 세 사람은 종착지를 향해 각자, 또 함께 걸었다. 그 종착지는 애신이 처음 배웠던 영어 단어 'Gun(총)'과 'Glory(영광)'와 'Sad ending(슬픈 끝맺음)' 그 사이 어디쯤일 것이다. 세 사람의 걸음이 세 사람을 닮아 있었다.

덥고 뜨거운, 여름밤이었다.

"외상값."

가판에 갓 나온 빵들을 진열하고 있던 제빵소 주인이 불쑥 내밀어진 손을 보았다. 동매는 빵 옆으로 동전과 지폐들을 툭 떨어뜨렸다.

"이, 이걸 다요? 아니 사탕 하나 값을 이리 심하게 주시면……."

"나머진 버리는 거야. 난 이제 돈 필요 없어서. 그냥 받아. 여기서 장사 오래 하고."

무심히 말한 동매의 시선이 빨간색 눈깔사탕에 머물렀다. 곱게 차려 입은 애신이 웃으며 먹던 눈깔사탕이었고, 제가 애신을 곱씹으며 깨물었던 사탕이었다. 그러나 다시는 애신이 미소 띤 얼굴로 사탕 먹는 얼굴을 보지는 못할 듯했다. 역시나 저에게 다디단 사탕은 어울리지 않았다. 영문을 몰라 어리둥절해하는 제빵소 주인을 두고 동매는 돌아섰다.

몇 걸음 더 걷던 동매가 제 입을 틀어막았다.

입 안에서 터져 나온 것은 피였다. 얼마 남지 않은 생이 점점 짧아지고 있었다. 여태까지 산 것도 기적과 같았으나 눈 감는 날이 오늘은 아니기를 동매는 바랐다. 보름달이 뜨는 날이니 죽어도 못 죽는 날이었다.

보름의 달이 저물어가도록 애신은 나타나지 않았다. 동전을 손에 튕기며 내내 애신을 기다리던 동매는 찻집에 가만히 앉아 바깥을 보았다. 애신이 보름에 유도장으로 오지 않았으니, 오늘은 작은 우연에 기대어보는 것이었다. 찻집의 맞은편에 위치한 지물포 너머로 붉은 노을이 퍼졌다. 비 오던 날 지물포에서 애신을 우연히 마주했던 기억들이 동매의 머릿속에 떠올랐다. 손끝에 닿았던 애신의 붉은 치맛자락이 선명했다. 애신의 머리카락을 자르던 날 손에 유일하게 남겨진 댕기도

붉었다. 저를 경멸하던 순간이어도, 그 모든 순간들의 애신이 그리웠다.

"저기 오야붕……."

해가 다 저물어 캄캄한 밤이 되도록 동매는 그 자리에 시간이 멈춘 듯 앉아 있었다. 지물포의 장명등이 꺼지고, 창문을 내린 찻집 주인이 어렵게 동매를 불렀다.

"갈 거야."

그리 답하면서도 동매는 미동이 없었다. 찻집 주인이 곤란한 듯 비켜섰다. 비켜선 찻집 주인의 뒤에 애신이 있었다. 애신이 동매의 앞에 오십 환짜리 동전을 놓았다.

"돈을 갚으러 왔네."

초점을 잃었던 동매의 시선이 애신에게로 꽂혔다. 포기하려던 차였다. 그저 마지막으로 애신을 보고자 하는 마음을. 멍하니 애신을 바라보던 동매의 표정이 편안해졌다.

"못 뵙고 가나 했는데. 보름에도 안 오시기에. 오늘이 마지막 날이거든요. 이제 다 갚으셨습니다. 더는 안 오셔도 됩니다."

동전을 챙긴 동매가 자리에서 일어났다. 넓은 어깨마저 쓸쓸하고 초라했다. 몸도, 마음도 다 너절해져 동매는 정말로 이렇게 잠시면 되었다. 애신을 마지막으로 한 번, 눈에 담는 것으로 족했다. 애신의 눈에 오래 머무를 만한 몰골이 아니었다.

"떠날 생각인 것인가. 어디로. 돕겠네."

"애기씨는 못 도우십니다."

"몸도 성치 않다 들었네. 도움을 받게."

그리 바라던 애신의 손이었는데, 동매는 애달픈 미소를 띠우며 고개를 저었다.

"다시 저를 가마에 태우시려는 겁니까. 이번엔 안 타겠습니다, 애기씨."

바라서는 안 되었다는 것을 이제 잘 알았다. 어쩌면 처음부터 알고 있었던 것 같다. 애신이 손 내밀지 않을 것을 알아서, 그래서 바랐다.

"제가 무신회에 첫발을 디딘 순간부터 제 마지막은 이리 정해져 있었던 겁니다. 제가 그 가마에 타면 애기씨 또한 위험해지십니다. 저만 쫓기겠습니다. 애기씨는, 이제 날아오르십시오."

"호강에 겨운 양반 계집이 나를 얼마나 괴롭혔는지 아는가."

떠나는 동매의 등 뒤로 애신이 오래 묵혀두었던 진심을 토해내었다. 애신은 이제 호강에 겨운 양반 계집이 아니었다. 그러니 저를 할퀴고 가마에서 내리지 않아도 좋았다. 그러나 동매는 대답도 없이 걸어 나갔다. 떠나는 동매의 등을 애신은 가슴 아프게 보았다. 이것이 긴 인연의 마지막이었다.

날이 밝은 제물포항이 북적였다. 동매는 양손에 칼을 빼든 채 그 한복판을 우두커니 서 있었다. 서슬 퍼런 동매의 주변을 피해 행인들이 길을 지났다. 흘러가는 시간 속에서 동매는 마지막을 기다렸다. 소란이 일며 혼비백산한 행인들이 양쪽으로 갈라졌다. 그 사이를 뚫고 막 배에서 내린 본국의 낭인들이 동매를 향해 달려왔다. 동매는 흔들림 없이 제게 칼을 겨눈 낭인들을 맞았다.

"이시다, 고맙게도 마중을 나왔네?"

"하루 늦었네. 열흘 셌는데."

"날이 너무 궂어서 배가 늦었지 뭐야."

"하늘이 도운 건가……. 양화가 도운 건가……."

동매의 입가에 희미한 미소가 걸렸다. 하루가 늦어 마지막으로 애신을 볼 수 있었다. 하늘이 도운 것이라고 하기엔 이제껏 하늘이 저를 도운 적이 없으니, 아마 하늘에 있을 히나가 도운 것일 터이다. 꼿꼿하게 마주선 동매를 보며 찌푸린 낭인이 뒤편의 낭인에게 시체를 가져오라 명했다. 뒤에 있던 낭인이 시체를 동매 앞으로 내던졌다.

"네놈을 찾아다니고 있지 뭐야, 그것도 본국에서. 꼴에 모시던 오야붕이라고. 내가 만나게 해줬네?"

낭인들이 저들끼리 낄낄거리며 동매를 비웃었다. 피투성이의 시신은 칼로 난도질당한 흔적이 역력했다. 유죠의 시신을 내려다보며 동매는 어금니를 악물었다.

"내가 조선에 와서 마지막으로 해야 할 일이 이거였나 보다, 유죠. 난 여전히 누구든 벨 수 있으니까."

벌게진 동매의 눈이 짐승과 같았다. 동매가 낭인들에게 달려들어 가차 없이 베었다. 동매의 분노처럼 낭인들의 몸에서 피가 솟구쳤다. 지나던 행인이 끔찍함에 비명을 내질렀다. 낭인 하나가 죽어갈 때마다 동매의 몸에도 선명하게 칼자국이 새겨졌다.

"한 놈만 더……."

이미 한계를 넘었다. 거친 숨을 몰아쉬며 동매는 눈을 번득였다. 쓰러져가면서도 낭인들의 바짓가랑이를 붙잡고 버티며 다리를 베고, 달려오는 이에게 칼을 찔러 넣었다. 낭인들의 피와 동매의 피가 정신없이 뒤섞이며 항구를 적셨다. 바다에서 불어오는 바람이 비릿했다. 동매의 시야가 뿌옇게 번져나갔다. 앞이 잘 분간되지 않았다. 무너지는 동매의 복부로 낭인의 칼이 깊이 들어왔다.

그대로 쓰러진 동매의 위로 푸른 하늘이 붉었다. 시야가 온통 핏빛이었다.

'호강에 겨운 양반 계집이 나를 얼마나 괴롭혔는지 아는가.'

동매를 붙잡으려던 애신의 마지막 말이었다.

"역시 이놈은 안될 놈입니다. 아주 잊으셨길 바랐다가도…… 또 그리 아프셨다니…… 그렇게라도 제가 애기씨 생의 한순간만이라도 가졌다면, 이놈은, 그걸로 된 거 같거든요."

뼈와 살이 짓이겨지는 듯한 고통 속에서 동매는 소리 없이 웃으며 눈을 감았다.

씨
유
어
게
인

깊은 밤, 외국인 묘지 앞에서 은산이 유진과 은밀히 만났다. 밤마다 기습적으로 희성의 호외가 뿌려지면, 조선인들은 분노로 일본에게 떠밀린 몸을 일으켰다. 분노하는 조선인들을 회유하고자 일본은 용모파기와 함께 현상금을 걸었다. 폭도를 목격하는 자는 통감부와 경시청으로 기별하고 포상을 받으라는 방이 각지에 깔려 있었다.

"거리 곳곳에 용모파기가 붙었습니다. 현상금도 엄청나던데."

은산과 의병들을 걱정하는 유진에 은산이 고개를 끄덕였다.

그렇지 않아도 얼마 전 무리에 함께 있던 이 중 하나가 배신을 해 거점이 탄로날 뻔한 일이 있었다. 때문에 거점 또한 다시 옮겨야만 했다. 이번에는 무사히 넘겼으나 그다음은 또 모르는 일이었다.

"해서 보잔 것이다. 부탁이 있다. 조선인은 할 수 없는 일이라."

"조선인 아니라고 죽이겠다 할 때랑은 목소리가 영 다르신데."

은산이 픽 웃으며 메고 온 봇짐에서 묵직한 보따리를 꺼냈다. 각지에서 보탠 군자금이었다.

"제가 뭘 해야 합니까."

"기차표를 구해야 한다. 도착지는 평양. 장수도 많고, 조선인이 사면 의심을 산다. 표는 총 12장이 필요하다."

"누가 떠나는 겁니까."

유진의 물음에 은산의 표정이 쓸쓸해졌다.

송영과 정문이 상해에서 지난 1년간 구입한 총포들이 만주에 도착해 있었다. 원래대로라면 조선으로 곧장 들어왔어야 하지만, 러일협약으로 남만주 일대가 일본의 손에 넘어가면서 계획에 차질이 생겼다. 때문에 무기를 구하러 직접 만주로 떠나야 했다.

일본 군대가 점점 더 의병들의 목을 죄어오는 이때에 대인원이 한 번에 움직이는 것은 무리였다. 조선을 떠나는 일부터 쉽지 않을 것이다. 은산은 3개의 소대로 무리를 나누었다. 1소대 소대장이 상목이었고, 2소대 소대장이 무걸, 마지막 3소대 소대장이 애신이었다.

"살아야 할 자들이 떠나지. 아이와 여인과 젊은이들과 애기씨. 조선의 미래 말이다."

12장의 기차표는 3소대를 위한 표였다.

평양까지는 기차로, 평양에서 신의주까지는 육로로, 신의주에서는 압록강을 건너 만주로 향하는 여정이었다. 기차를 탄다고 해서 편한 길도 아니었다. 험난한 여정이 될 것이다. 3소대가 기차를 타면, 1소대와 2소대는 후발대로 해산 군인들과 접선해 평양까지 육로로 이동할 예정이었다.

누군가의 희생으로 누군가는 살아남고, 살아남은 이들은 또 다시 희생으로 누군가를 살렸다. 긴 싸움이었다. 유진은 비단보에 싸인 태극기를 은산에게 건넸다.

"조선의 것을 조선에 돌려드립니다."

태극기를 받아든 은산의 주름이 깊어졌다.

"4소대 소대장은 이방인이다."

축축한 비가 내리기 시작했다. 그렇게 이방인인 유진은 의병 조직 4소대의 유일한 대원이자, 소대장이 되었다.

날이 밝자 눈부신 햇빛이 태극기 위로 쏟아졌다. 거점의 한가운데 모여 의병들이 태황제가 직접 하사한 태극기를 구경했다. 그때 뛰어놀던 아이 하나가 태극기 위로 엎어졌다. 아이의 손바닥에 묻어 있던 진흙이 태극기에 찍혔다. 아이가 놀라 일어나며 어른들의 눈치를 보았다. 무걸이 아이를 나무랐다. 웃음기 어린 목소리였다.

"와, 너 이제 큰일 났다. 너 이거 수결이야. 수결 알아? 이제 넌 빼도 박도 못하게 애국해야 되는데, 할 거야?"

아이가 울먹거리며 끄덕이자 의병들이 모두 소리 내어 웃었다.

"이 어린 것도 애국하겠다 하는 거 보니 나라 금방 찾겠네. 그럼 나도 숟가락 얹어봐? 어디 먹물 같은 거 없나?"

"이걸로 하면 되겠네. 봉숭아 물 들였어. 죽을 때 죽더라도 곱게 죽어야지."

먹물을 찾는 상목에게 분이네가 봉숭아를 빻은 바구니를 내밀었다. 모여 있던 이들이 나서서 팔을 걷어붙이고 손을 내밀었다. 태극기 위로 수십 개의 붉은 손도장들이 찍혔다. 봉숭아 꽃처럼 피어나는 손도장들이 어여뻤다.

폭풍전야와 같이 모처럼 맑고 평화로웠다. 뒤편에 앉은 애신은 약지에 들인 봉숭아 물을 햇빛에 비추어 보며 작게 미소 지었다. 애신의 옆에 선 유진도 새끼손가락에 봉숭아 물을 들인 채였다. 어젯밤에는 자신의 곁을 떠나 죽은 이들의 기억에 괴로웠다. 빗물이 눈물처럼 흘러 애신을 적셨다. 그러나 오늘은 아직 살아 있는 이가 제 옆에 있어 다행이었다. 매순간이 더욱 소중하고 간절해지고 있었다. 이렇게 간절한 생을 다 보내고 나면, 남은 것은 슬픈 끝맺음일지 영광일지, 아니면 둘 다일지. 애신은 먹먹해졌다.

"이런 거 하는 사내, 내 생전 처음 보오."

"이 사내도 하기에."

자신을 가리키며 하는 말에 애신이 헛웃음을 터뜨렸다.

"내일은 여인이요. 또 못 알아보지 말고."

흩어져 만주로 떠나는 날이었다. 유진은 불안한 마음을 감
추며 웃었다. 애신에게로 가닿은 햇살이 눈부셨다.

'해드리오'에 희성이 마련한 암실이 있었다. 암실 벽에 빼곡
하게 붙은 사진들을 희성은 마구 떼어내었다. 편전에서 찍은
대신들의 사진이었다. 그 옆으로 걸려 있는 사진들에 가서 희
성의 손이 잠시 멎었다. 시위대가 있었던 남대문에서 벌어진
처참한 전투의 현장들이 고스란히 담긴 사진이었다. 총살당
하던 해산 군인들, 일본군과 싸우던 맨손의 조선인들 모습이
참혹했다. 빈관이 폭파되기 직전 하나의 부탁으로 찍었던 빈
관 직원들과 하나의 환한 얼굴이 담긴 사진도 있었다. 희성은
조심스럽게 사진을 떼어냈다. 마지막 사진은 애신과 의병들
의 용모파기를 찍은 사진이었다.

"무용하던 내 삶에 그대들은, 영광이었소."

희성은 사진 속 얼굴들을 가슴에 새기며 귀한 사진들을 한
지에 감쌌다. 발행했던 호외와 각종 기록물들까지 상자에 담
아 희성은 어두컴컴한 암실을 나섰다.

"여기가 배산임수 명당자리니 안 들키고 오래 숨어 있다가 꼭 발견되거라."

삽으로 땅을 파 상자를 놓은 희성의 이마에서 땀이 흘러내렸다. 뒷문으로 들어오던 남종이 놀라 무엇을 하느냐 물었다.

"마침 잘 왔어, 윤 기자. 얼른 퇴근하고, 가는 길에 사진기 가지고 가고."

"사진기를요? 왜요?"

"누군가 날 응원한다며 주었는데 내 자네에게 넘기는 거야. 응원한다, 윤 기자."

언제나와 같이 능글맞은 미소로 저를 보고 있는 희성이었음에도 남종은 불안해졌다.

"사장님, 지금 그런 느끼한 말로 저 해고하시는 거예요?"

"알았으면 얼른 가. 당분간은 여긴 얼씬도 말고. 자네까지 위험해질 수 있어. 얼른."

시간이 얼마 없었다. 호외를 발행하는 이를 이토가 눈에 불을 켜고 찾고 있었다. 이름도 내걸지 않아 아직 발각되지 않았으나, 더는 위험했다. 각오했던 일이었다. 불안하게 희성을 보던 남종이 이내 사진기와 희성의 손에 들린 삽을 빼앗아 들었다.

"꼭 찾으러 오셔야 합니다. 잘 보관해놓을 테니까."

누군가는 또 남아 이 일을 계속해내야 했다. 이를 악문 채 뒷문을 향해 달리는 남종을 보며 희성이 쓸쓸히 미소 짓고는 남은 일을 마쳤다. 덮어놓은 흙을 꽉 눌러 밟고, 흙 위에 거적을 덮었다. 거적 위에 서랍장까지 옮겨 감추니 안심이 되는 듯했다. 신발과 셔츠에 묻은 흙을 털어내며 희성이 뒷문으로 향하려던 찰나였다.

문이 열리며 순사들이 들이닥쳤다.

경시청 지하 고문실에 끔찍한 파열음이 일었다.

"자. 처음부터 다시 묻겠다. 호외 내용이 상세하고 편파적이던데. 폭도 고애신과는 정혼한 사이였다 하고. 그동안 찍은 사진 어디 있어. 폭도들 명단 어디 있어! 너 그것들이랑 한패 잖아! 황은산, 고애신!"

의자에 포박된 채 모진 매질을 당하고 있는 희성은 이미 만신창이였다. 눈도 제대로 뜨지 못한 채 희성은 고문을 견뎠다. 귓가에 선연히 울리는 시계 소리는 희성에게는 늘 무거운 것이었다. 이제 이 소리와도 이별이었다. 고통스러운 시간을 견뎌내는 법은 언제나 아름다운 것들을 떠올리는 것이었다. 희성이 사랑하는 것들.

"아름다운 이름들이구려……. 내 원체 아름답고 무용한 것들을…… 좋아하오. 달, 별, 꽃, 웃음, 농담, 그런 것들……. 그런 이유로…… 그이들과 한패로 묶인다면…… 영광…… 이오."

귓가의 시계 소리가 잦아들고 있었다.

"일본 말로 하랬지! 뭐해! 더 패!

고문하던 일군이 노여워하며 소리쳤다. 다시 희성을 향한 매질이 시작되었다. 희성이 앉아 있던 의자가 옆으로 툭 쓰러졌다. 벌려진 입술 사이로 희성의 가느다란 마지막 숨이 빠져나갔다.

✦

1소대와 2소대를 이끈 은산은 해산 군인들과 접선하기 위해 외국인 묘지로 가는 언덕을 넘었다. 그때 단발의 총성이 울렸다. 의병들은 곧장 몸을 낮추고 풀숲 사이로 몸을 숨긴 채 묘지 쪽을 살폈다. 이미 말을 탄 일군들이 묘지 앞을 점령하고 있었다. 붙잡힌 해산 군인들이 일군들 앞에 무릎 꿇린 채였다. 다시금 총성이 울리며 해산 군인이 쓰러졌다. 대화는 들리지 않았으나 일군들이 해산 군인들을 겁박하며 정보를 캐내고 있는 것이 분명했다. 일군 장교 하나가 명령하자, 말을 탄 일군이 방향을 틀어 어딘가로 달렸다.

"정보가 샌 것 같습니다. 기차역, 기차역의 3소대가 위험합니다!"

"제가 기차역으로 가겠습니다."

무결과 대장장이가 급히 말했으나 은산의 판단은 달랐다.

"늦는다. 말보다 빠를 순 없다. 3소대, 4소대를 믿어볼 수밖에. 우린 저들을 구한다."

뒤에 선 의병들이 총을 단단히 잡았다.

"우리가 이길 수 있을까요?"

떨리는 목소리로 누군가 은산에게 물었다. 일군들의 숫자가 너무 많았다. 은산이 깊은 한숨을 내쉬었다.

"화려한 날들만 역사가 되는 것이 아니다. 질 것도 알고 이런 무기로 오래 못 버틸 것도 알지만 우린 싸워야지. 싸워서 알려줘야지. 우리가 여기 있었고, 두려웠으나 끝까지 싸웠다고."

역사는 싸운 자들의 것이었다. 끝까지 싸운 자들만이 오늘은 죽어도 내일은 살 수 있었다. 봉숭아 물이 잔뜩 든 태극기를 대장장이가 장대에 묶었다.

"예. 갑시다! 한 번 죽지 두 번 죽나."

"어쩐지 어제 꿈이 좋더라고. 저놈들 중 반은 저승길 같이 갈 수 있을 겁니다."

무걸이 보태자 은산이 끄덕였다. 전 대원 진격이었다.

달리는 이들의 앞으로 태극기가 힘차게 휘날렸다.

기차역에 선 애신은 양장 차림이었다. 모자에 달린 베일로 얼굴을 가린 채 애신은 기차에 올랐다. 일본의 군복을 입고 일군으로 위장한 준영과 진국이 애신의 3소대 대원들을 빠르게 기차에 태웠다. 일부러 양장과 양복, 기모노에 한복까지 제각각으로 입은 이들이라 쉬이 한 일행이라 생각되지 않았다. 기차에 오르는 애신의 발걸음에 아쉬움이 묻어났다. 이렇게 떠나면 다시 돌아오지 못할 조국이었다.

시계탑의 시계가 11시 20분을 가리켰다. 기차 출발까지 남은 시간은 40분이었다.

기차역 한편에서 관수와 수미가 유진을 기다렸다. 궁에 머무르고 있던 수미였으나, 수미는 의병에 합류하고자 했다. 위험한 길이었지만 아무도 수미를 막아 세울 수 없었다. 유진이 애신을 막을 수 없었듯이.

인파를 뚫고 관수와 수미에게로 오던 유진의 표정이 굳었다.

"나으리. 왜 그러십니까. 뭐가 잘못됐습니까?"

관수가 유진에게 다가오며 물었다. 지나던 일군들이 의병들의 계획을 알아차리고 있었다. 일군 하나가 다른 군사들에게 병력들이 보충될 때까지 기차를 출발시키지 말라, 기차를 수색하라 명령을 내렸다. 유진은 손에 든 가방을 수미에게 건넸다.

"수미야. 다시 또 '턴 레프트'야. 기차는 위험해질 모양이니 목화학당의 스텔라를 찾아가. 그건 좀 맡아주고."

수미의 커다란 눈에 눈물이 맺혀 그렁그렁해졌다. 관수에게 수미를 부탁하며 유진이 관수의 손을 당겼다. 다시 조선에 돌아온 유진을 관수는 따뜻하게 반겨주었다. 그리고 틈만 나면 조선말을 쓸 줄 모른다, 배움이 더디다 유진을 놀렸다. 그러한 관수에게 마지막으로 전할 것이 있다면, 이것이었다.

"임…… 관……."

손바닥 위에 유진이 손가락으로 써 내려간 글자는 관수의 이름이었다. 손바닥에 흔적 없이 적힌 제 이름에 소리 내어 웃던 관수는 이내 울음을 터뜨렸다. 울먹이는 관수와 수미를 보며 유진은 또 한 번의 작별 인사를 나누었다.

"늘 고마웠소. 잘 지내시오."

나으리도 다시 꼭 조선에 오시라는 관수의 인사는 울음에 먹혀들어 채 이어지지 못했다. 관수는 수미의 손을 꼭 잡은 채 역사를 빠져나갔다. 유진은 품 안의 권총을 만지며 일군들을 살폈다. 검문이 심해져 기차에 오르는 것조차 쉽지 않아 보였다. 방법을 찾는 유진의 곁을 일본 귀족이 지나갔다.

수행원을 잔뜩 대동한 구로다 남작이 나타나자 일군들이 바짝 굳어 경례했다. 유진은 태연하게 구로다에게로 다가가 일본어로 말을 걸었다. 뉴욕에서 타카시 가문의 모리와 알고 지냈다고 말하는 것만으로도 구로다는 유진에게 경계를 풀고 호감을 나타냈다. 유진은 자연스럽게 대화를 유도했다.

"사업을 하시나 봅니다."

"아, 평양에 작은 탄광을 하나. 오늘 중요한 계약 때문에 꼭 가야 해서요. 당신은 평양엔 무슨 일로."

"아. 난, 사랑하는 여인이 그쪽으로 걷겠다 하여."

"오! 나는 석탄을 실으러 가는데 그대는 사랑을 실으러 가는군요."

구로다가 감탄하며 호의를 드러냈다. 유진은 구로다의 옆에서 걸으며 검문을 피했다. 정차한 기차가 출발을 준비 중이었다.

기차에 착석한 애신을 진국과 준영이 검문하는 척 살폈다. 진국이 목소리를 낮춰 애신에게 상황을 보고했다.

"왜놈들이 기차 출발을 지연시켰습니다. 아무래도 들킨 듯합니다."

애신은 침착하게 내부의 인원을 살폈다. 기차 안에 있는 일군은 열댓 명뿐이었다. 병력이 더 오고 있음이 분명했다. 더 보태지기 전에 기차를 출발시켜야 했다.

"아직 두 명이 기차에 안 탔습니다."

함께 가기로 한 수미와 유진이 아직이었다. 준영의 말에 애신의 동공이 흔들렸다. 그러나 어서 출발하는 것이 맞았다. 기차에 탑승한 인원만이라도 무사히 평양에 갈 수 있다면 다행인 상황이었다. 봉숭아 물을 들인 채 은근슬쩍 미소 짓던 유진의 얼굴이 아른거렸으나 애신은 냉정하게 결정을 내렸다.

"자넨 날 따르게. 이 기차는 반드시 지금 출발해야 하네."

애신은 자리에서 일어나 진국과 함께 기관실로 향했다.

어여쁜 여인의 모습에 기관사는 경계 없이 그저 무슨 일인가 궁금한 눈으로 애신을 보았다. 애신의 뒤로 들어온 진국이 재빠르게 기관사의 관자놀이에 총을 들이밀었다.

"죽고 싶지 않으면 지금 당장 기차 출발시켜!"

머리 옆에서 장전되는 총소리에 기관사가 떨며 기차에 시동을 걸었다. 애신이 엄한 눈으로 진국을 보았다.

"자넨 이 기차가 절대 멈추게 해선 안 되네. 무슨 일이 있어도. 할 수 있겠나."

"예, 대장님."

"나 나가면 문 걸어 잠그고."

두 사람 사이에 긴장감이 감돌았다. 애신이 기관실을 나서자 곧 기차 기적 소리가 기차역을 흔들었다.

기차를 향해 오던 구로다가 증기를 뿜어대는 기차에 당황했다. 분명히 기차 출발을 지연하라 했던 일군들도 당황하기는 마찬가지였다. 움직이는 기차를 보며 유진은 귀족의 손목을 붙잡고 기차를 따라 내달렸다. 간신히 기차를 따라잡은 유진이 구로다를 먼저 기차 위에 태우고 자신도 올라탔다.

특등실에 겨우 자리를 잡고 앉은 구로다는 성을 내면서도 유진에게 감사 인사를 전했다.

"이런 미친놈들이! 내가 아직 타지도 않았는데! 어떻게 감사를 해야 할지. 그대 아니었으면 큰 계약을 날릴 뻔했어요. 아, 위스키 한잔하시겠습니까?"

"말씀은 감사하지만 제 자린 일반실이라, 그럼."

기차를 쫓느라 땀범벅이 되어서도 유진은 차분했다.

일반실로 넘어간 유진은 눈으로 탑승객들을 훑었다. 군데 군데 익숙한 의병들의 얼굴이 보였다. 일본 군복을 입고 검문을 하고 있던 준영이 유진을 발견하고는 놀라 이름을 부르려다 말을 삼켰다. 일본군처럼 다가온 준영에 유진이 기차표를 내밀었다.

"일군 대여섯 명 정도가 더 탔고, 특등실에 쓸 만한 물건이 하나 있고. 넌 죽어도 평양까지 도착한다, 동지들 지켜서. 넌 사자야."

사자 한 마리가 이끄는 양떼가 양 한 마리가 이끄는 사자 떼를 이길 시간이었다. 준영이 주변에 들리지 않을 만큼 낮은 목소리로 답하며 의지를 다졌다. 유진은 다시 기차표를 당기며 다음 칸으로 넘어갔다. 걸음을 재촉하는 유진이었으나 마음만은 애신에게 다가설수록 무거워졌다.

애신은 가방에 손을 넣어 총을 꼭 쥔 채, 제 손의 반지를 물끄러미 보고 있었다. 생각에 잠긴 애신의 옆으로 유진이 털썩 앉았다. 인기척에 총을 더욱 꼭 쥐며 애신이 시선을 돌렸다. 시선을 돌린 곳에 기차를 타지 못했으리라 생각한 유진이 있어 애신은 입을 틀어막았다.

"나 떼어놓고 가려다 들켜서 놀란 건가, 반가워서 놀란 건가. 훌륭한 대처였소."

"······난 어떤 훌륭한 미국인의 아내라."

덜컹거리며 기차가 달리고 있었다. 가까이 앉은 유진이 꿈만 같았다. 유진이 미소로 애신에게 답했다. 되도록 많이 미소 지어주고 싶었으나 이전 칸에서 검문을 마친 일군들이 문을 열고 들어왔다. 유진은 재킷 안주머니에서 권총을 꺼내 총알의 개수를 확인했다.

"난 바로 가봐야 하오."

총알은 단 한 발만이 남아 있었다. 애신이 다급히 어디를 가느냐 물었다.

"내 자리는 특등실이오."

유진은 더욱 서둘렀다. 찰나라도 더 애신을 마주하고 있으면, 마음이 약해질 것만 같았다. 이 옆자리에 영원히 머무르고 싶어질 듯했다. 불안한 얼굴로 애신이 유진의 손을 잡았다. 두 사람의 손이 겹쳐지며 두 사람이 낀 반지 또한 맞닿았다.

"무엇을 하려는 거요. 총알도 한 발밖에 없으면서."

"언제나 그렇듯, 한 발을 잘 쏘면 되오."

애신의 손을 유진이 꽉 잡았다. 언제나 그렇듯 서로에게 가장 위로가 되고, 가장 따듯한 손이었다. 놓치고 싶지 않은 손이었다.

특등실로 간 유진은 구로다 남작을 인질로 삼았다. 유진은 남작을 끌고 일반실로 향했다. 그사이 애신은 검문하던 일군들에게 정체가 탄로날 위기에 처해 있었다. 기차 안은 순식간에 아수라장이 되었다.

"남작님!"

"다들 뒤로 물러나."

유진이 구로다의 머리에 총을 겨눈 채 다가선 일군들을 위협했다.

"물러나라잖아! 안 들려! 빨리 안 꺼져?!"

그렇게 일군들을 몰아선 채로 유진은 계속해 맨 끝의 화물칸으로 향했다. 첫 번째 칸인 특등실에서부터 끝에 있던 일군들까지, 모든 일군들이 화물칸으로 밀려나고 있었다. 애신이 총을 든 채로 유진의 뒤를 따랐다.

"나도 지금은 빈총이오. 어쩔 작정인 거요."

"조선이 조금 늦게 망하는 쪽으로 걷는 중이오. 총 쏘는 거보다 더 어렵고 그보다 더 위험하고 그보다 더 뜨거운 길로 말이오."

애신의 떨리는 물음에 유진이 담담히 답했다. 그 길로 가는 것을 언제부터 각오했을까. 이미 오래 전에 각오하였고, 이미 예전부터 걷고 있었다. 오늘은 새삼스러울 것 없는 하루가 될 것이다.

"조금만 버티시오. 곧 터널이 나올 거요."

"……터널?"

"아, 굴다리 같은 거요. 해서 하는 말인데, 울지 마시오."

애신에게 바라는 일이 있다면 그뿐이었다. 울지 않기를. 너무 슬퍼 말기를.

"이건 나의 히스토리History(역사)이자 러브 스토리Love story요. 그래서 가는 거요. 당신의 승리를 빌며."

애신은 굳어 멈췄다. 심장에 강렬한 통증이 일었다. 슬픈 예감이었다. 예정된 운명이었다. 유진의 발이 맨 끝 칸에 닿아 있었다. 멎었던 애신이 달려 나갔다. 일반실과 화물칸을 잇는 연결 통로에 세찬 바람이 불었다. 화물칸에 선 유진의 등으로 점점 어둠이 드리워졌다. 터널이 가까웠다.

'멀리. 아주 멀리 가, 유진아.'

어미의 목소리가 차마 애신을 돌아보지 못하는 유진의 귓가에 울렸다.

"……다 왔나. 여긴가."

유진의 눈시울이 붉어졌다. 마지막 인사를 하고 싶지 않아 차마 돌아보지 못했던 유진이 애신을 돌아보았다. 애신이 유진을 애타게 바라보고 있었다. 붉은 눈으로 유진이 미소 지었다.

"그대는 나아가시오. 나는 한 걸음 물러나니."

마지막 한 발이 쏘아졌다.

총알이 일반실과 화물칸의 연결 고리를 끊어놓았다.

"아, 안 돼!!!"

애신의 비명이 터널 안에 공허하게 울렸다. 애신은 나아가고, 유진은 서서히 멈췄다.

터널을 빠져나온 기차가 빛 속으로 계속해서 달렸다. 유진이 탄 화물칸은 깊은 어둠 속에 남아 보이지 않았다.

"최유진!!!!"

애신이 유진의 이름을 목 놓아 불렀다. 애신의 머리카락이 바람에 마구 흩날렸다. 터널 안에서 총성이 쏟아지며 어둠 속에 불꽃이 일었다.

시간이 흐른 화물칸 안에 피투성이의 유진이 잠들어 있었다. 피가 흥건한 손끝에 봉숭아 물이 고왔다. 희미한 햇살 한 줄기가 유진의 손 위로 내려앉았다. 약방 어성초 함에 담아둔 편지를 애신이 읽을 날이 있다면 좋을 것이다. 아니, 읽지 못해도 좋았다. 인사는 충분했고, 두 사람의 '러브'는 불꽃처럼 뜨거웠다.

내일 우리는 함께 일본으로 떠나기로 했소. 아마 그것이 우리의 이별일 거요. 귀하가 걸으려는 곳이 어디든 난 그 앞에 서 있고 싶었소. 귀하가 날 이별 앞에 세워둘 줄도 모르고 말이오. 그대와 걸은 모든 걸음이 내 평생의 걸음이었소. 그대와 함께한 모든 순간이 내겐 소풍 같았소. 아. 소풍은 피크닉이고, P요. 그대는 여전히 조선을 구하고 있소? 꼭 그러시오. 고애신은 참으로 뜨거웠소. 그런 고애신을 난 참 많이 사랑했고. 그럼, 굿바이.

만주의 어느 산기슭에 봉숭아 꽃이 핀 태극기가 휘날렸다. 봉숭아 꽃 위에 덧입혀진 것은 핏자국이었고, 군데군데의 구멍은 총알 자국이었다. 2년 전 전투의 흔적이었다. 태극기 앞에 선 애신은 막대기를 들고 승구에게 배웠던 대로 젊은 의병들을 교육했다.

"총을 쏘는 순간 위치는 탄로 난다. 그럼 어떡해야 할까."

"한 발 더 쏩니까?"

맨 앞줄에 선 의병은 수미였다. 수미의 물음에 애신이 고개를 저었다.

"빠르게 튀어야지. 자, 저 아래 바위 찍고 여기까지 선착순이다! 뛰어!"

수미를 선두로 젊은 의병들이 신식 총기를 든 채 산길을 뛰어 내려갔다. 그들을 지켜보며 애신은 뒷짐을 진 채 손에 끼워진 반지를 만지작거렸다. 저 멀리 하늘로 불꽃같은 노을이 지고 있었다. 노을을 바라보며 애신이 마음으로 읊조렸다.

눈부신 날이었다.

우리 모두는 불꽃이었고, 모두가 뜨겁게 피고 졌다.

그리고 또 다시 타오르려 한다. 동지들이 남긴 불씨로.

나의 영어는 여직 늘지 않아서 작별 인사는 짧았다.

잘 가요, 동지들.

독립된 조국에서, 씨유 어게인.

미스터 션샤인 2

1판 1쇄 발행 2018년 10월 18일
1판 12쇄 발행 2024년 9월 27일

극본 김은숙
소설 스토리컬쳐 김수연

발행인 양원석
펴낸 곳 (주)알에이치코리아
주소 서울시 금천구 가산디지털2로 53, 20층 (가산동, 한라시그마밸리)
편집문의 02-6443-8855 **도서문의** 02-6443-8800
홈페이지 http://rhk.co.kr
등록 2004년 1월 15일 제2-3726호

ISBN 978-89-255-6469-2 (03810) | 978-89-255-6470-8 (세트)